辛香兰 ◉ 著

揭开爱情世界中最隐秘的一角，
让你看到一个透亮的爱情世界

**一本青春爱情世界中
道术融合的"智慧书"**

让你成为爱情世界中"小成
本的大赢家"

● 热播电视剧《步步惊心》的现代爱情回溯版

恋爱军师 ALEX 教你——

步步有心

小艾

恋愛记

Xiaoai Lianaiji

东北财经大学出版社
Dongbei University of Finance & Economics Press

大连

U0674970

ⓒ 辛香兰 2013

图书在版编目（CIP）数据

小艾恋爱记／辛香兰著．—大连：东北财经大学出版社，
2013.5
ISBN 978-7-5654-1132-8

Ⅰ．小… Ⅱ．辛… Ⅲ．长篇小说-中国-当代 Ⅳ．I247.5

中国版本图书馆 CIP 数据核字（2013）第 047633 号

东北财经大学出版社出版
（大连市黑石礁尖山街 217 号 邮政编码 116025）
教学支持：（0411）84710309
营 销 部：（0411）84710711
总 编 室：（0411）84710523
网 址：http：//www.dufep.cn
读者信箱：dufep @ dufe.edu.cn
大连图腾彩色印刷有限公司印刷 东北财经大学出版社发行
幅面尺寸：170mm×240mm 字数：239 千字 印张：12 3/4 插页：1
2013 年 5 月第 1 版 2013 年 5 月第 1 次印刷

责任编辑：章北蓓 魏 巍 责任校对：一 心
封面设计：冀贵收 版式设计：钟福建

ISBN 978-7-5654-1132-8
定价：29.00 元

前　言

一切的一切，都要从一个陌生的电话谈起。

10年前，我读大学一年级，刚满20岁。一天，家里突然接到了一个陌生的电话。接电话的那人是我的老妈，而打来电话的人则是一位陌生的阿姨。

"您家女儿刚刚参加过一次小学同窗会，是吗？"

"是呀，您的意思是？"……

原来，刚上大学那年寒假，我曾经就读的小学组织过一次全校范围的校友聚会，很多阔别多年的小学好友聚在一起，度过了开心的一天。这次打来电话的人，正是母校组织这次聚会的老师，校友会那天，她负责现场登记学生们现在就读的大学和联系电话。阿姨在电话里表示：她的儿子现在正在清华大学读研究生，马上就要毕业了，工作地点就定在北京。阿姨还说，因为她在校友会上看中了我，所以很想把自己的儿子介绍给我认识。

从老妈电话这头的只言片语，我也大概猜出了两人对话的内容——这是一大龄青年他妈在给她儿子找媳妇。听到这些，我的心里不由得澎湃起小激情，心想："哈，清华的耶！"

可谁想到，我那亲爱的老妈，当时一口就把对方给回绝了。老妈的理由是："我的女儿还小，她还要读研究生呢。"

就这样，我遵从了老妈的心愿，大学四年，简直就化身成了长满蘑菇、浑身硝烟味道的超级玛利，打通关一样获得了一个又一个的专业90分，然后，在大学课程结束时，顺利保送了研究生。

好吧，我似乎忘记介绍我研究生的专业了。我的专业是古汉语训诂学。什么叫训诂呢？简单来讲：古籍在流转过程中，反复抄写，难免有抄错、誊错的地方。而训诂就是要校正其中的错误，还原正确的表述。我在读研期间，所做的研究工作就是对照两种不同版本的《淮南子》，找出其中不同的地方，然后再根据其他古籍和佐证材料论证哪一种版本的表述是正确的，哪一种版本可能是抄错的。

训诂需要超乎常人的意志力和耐心。我经常会在学校图书馆古籍部一坐好几天……每当我从"灰尘仆仆"的古籍图书中抬起自己"灰尘仆仆"的头时，都会觉得自己有些东西实在是想不明白：难道自己大学四年辛苦打工赚学费生活费，辛苦熬夜挑灯夜战备战期中期末四六级，把自己从鲜黄豆活生生压榨成豆饼渣，就是为了换得每天和一堆老古董打交道？

而且，更让人纠结的是我的终身大事。研三时，一段恋情告终，再加上为期两年的心理疗伤期，不知不觉，我已经成了一名年届 27 岁的大龄剩女。这时，我那亲爱的老妈会时不时地谈起当年的那通电话，语气中难掩一丝小遗憾。

我也时常在想，我们人类，对生命的研究已经深入到了 DNA，对物质的研究深入到了分子、原子、离子，但我们对自己生命中最重要的议题——爱情，又了解多少？

我也会时常去想，我们人类，在大学时，要花费四年时间备考四级、六级，花 144 学时学习高等数学，花 288 学时学习古代汉语……好不容易工作了，又要每周花 5 小时给老板免费加班，5 小时购物给自己心理排毒……但，我们用来学习爱情的时间又有多少呢？

好吧，我决定了。

拿出做毕业论文的劲头！

在最短时间内归纳总结出恋爱的规律！

用全部所学知识加上"训诂"培养出的强大意志力和超强耐心，认真地对自己的终身大事负起责任！

就这样，我把当年读本科时搜集而来，原本打算用作小说素材的真实爱情故事翻了出来，再加上法律、契约、商务谈判、营销策划等相关知识，串成了一本关于如何谈恋爱的教材。凭着这本书，我在 28 岁生日前夕，成功俘获了我的 MR RIGHT——我现在的先生。

再后来，我成为了一名高校教师。虽然在课堂，我谨守专业操守，从不轻易谈论关于恋爱的话题，但课下总有学生，特别是女孩子跟我交流她们的恋爱经历。看着她们捧着一颗颗受伤的心，我仿佛看见了 20 岁时的我自己。于是，我凭着这套不够完善的"恋爱教程"，和女孩们一同继续探寻爱情的秘密，每当看到她们找到属于自己的 MR RIGHT，我的心中都不由得洋溢起了"小得意"。

我想起有人说过：

Be yourself. There is something that you can do better than any other. Listen to the inward voice and bravely obey that. 做你自己。总有一件事你能比别人做得更好，听从你内心的召唤并勇敢地去服从它。

我想说，可能比起做训诂，我更加热爱对爱情的研究。这并非源于我的救世主情怀，我并不想拯救任何人，只是想让这些封锁在我脑袋里的"关于爱情的认知"飞出来。是的，这是写给我自己的一本书，我想把它送给 20 岁时的自己。

20 岁的那个阿福（作者笔名），我想对你说："感谢那些年你的奋力奔跑，也感谢你的茫然无措。感谢你的兵来将挡水来土掩，也感谢你的默默承

受。人生就是 Fight and Struggle，未来的你，感谢你今天所做出的一切。"

再后来，这些关于如何谈恋爱的文章，被老公看见了。没想到，这一系列专门教女孩子如何对付男朋友的文章，竟然得到了他的认可。他支持并鼓励我把这些文章重新完善，结集成册。

其实，找老公的标准也许很多，但如果能遇见一个尊重你理想的伴侣，那真是再幸运不过了。他会在你绝望、沮丧、自我否定的低潮期给你鼓励，更从来不会因为你的理想太过梦幻太不切合实际而嘲笑你。

谢谢你，老公，因为有你，我的理想才在这里，闪闪发亮。

再后来，我幸运地遇见了辛允老师和东北财经大学出版社的北北编辑，对了，还有刘东威编辑。我相信这是老天爷送给我的另外一份礼物。在他们的建议和鼓励下，我决定将原本枯燥的"恋爱教材"改写成小说的形式，再配上更多生动的插图，于是《小艾恋爱记》呼之欲出。

还有这群长着憨厚狸猫脸的狸狐们，我也想感谢你们。因为本人财力有限，请不起大牌明星，所以狸狐一家友情客串了本书中全部桥段的演出。本人再次表示感谢。

当然，还有我那乌龙的老妈，现在我终于明白，当年，您在电话这端的拒绝是为了日后的我用更好的姿态，遇见更好的他。当然，还有一直深爱着老妈的老爸。您遗传给我的乐观豁达是我最最珍贵的一笔财富。再有，我的儿子翰翰，妈妈也感谢你，是你让我明白，有技巧的爱远比无原则的宠溺更厚重也更深沉。

与其他图书中将感谢语放在篇末不同，我将感谢放在前言。因为我觉得，唯有心怀感谢出发，才会拥有美好的旅程以及一个 happy 的 ending。不是吗？

PS：显然，这是一本谈论恋爱技巧的书，但它不会教给你任何关于欺诈、厚黑的学问，也不会要你放弃爱中的真诚与美好。谈论技巧并不可耻，因为善良的人同时也必须聪慧。耶和华说：要有蛇的智慧，又要像白鸽一样温柔敦厚。把这句话送给所有看这本书的读者，也送给阿福——我自己。

3

我的公众微信号：
快快加我吧，每日都有很好的情感技巧和心灵鸡汤等分享呦！

前言

出场人物

一、主时空，8 号空间。

1. 小艾

前世宫中一籍籍无名的小主，不善争宠。这一世同样生性温柔，恬静内敛，一直觉得自己是最最平凡的一个，却也有着坚强的内在力量，强大的小宇宙。巨蟹座。

2. 王晴

前世宫中最美艳的一名小主，有四分之一的波斯血统，但因远离故土，无背景，在宫中同样未得宠爱，落寞离世，死前许愿这一世不再生性懦弱，任人鱼肉。这一世的王晴托生为一位女性化特质明显的富家女，容貌若前世般美艳，但却女孩身，男孩心，拥有强大的野心、进取心和高智商。她身边的男生全部都被她的外貌骗了，和她谈恋爱，会每天被逼着早起去图书馆看书，占座位。各个被逼疯。因太过完美，被我们戏称为"女二号"。因为言情电影中，如此完美的女二号，一定不会得到男主角的爱。摩羯座。

3. 陈燃

前世是蒙古王之长女，巾帼不让须眉，武功、骑术卓越，与宫中小主是好友。这一世是一位短发的中性女生，豪侠仗义，也是寝室的室长，大姐大，身高 170cm，高、黑、瘦且有肉，嘴巴很厚，很性感。外号"王子"。不过，陈燃只要一提到薛定谔之猫，马上智商变零。所以超级崇拜自己学理工的男朋友丁小果。除了有点嘴上不饶人，其实很简单，也很女生。射手座。

4. 小七

前世宫中十阿哥的侧福晋，失宠后自缢身亡，身前许愿希望下一世心思不要如此细密，伤人伤己。这一世的小七，生性迷糊，犯错多多，如其所愿，生就了超强大的负能量自我消解功能，活得没心没肺，欢乐无比。在这一部的故事里，小七因为想试试男友齐大圣的忠诚度，结果让闺蜜苗小小抢了男友去。要不回来了。白羊座。

5. Alex

狸狐，也就是一只长着狐狸尾巴的狸猫。生命跨越普通人的生死极限。好比鸟儿天生可以飞翔，狸狐一族天生具有平行空间之间的移动的能力。它也是这部书里的恋爱军师。

6. 箫健
小艾的前男友。会计系同门师兄。天蝎座。

7. 丁小果
陈燃的男友。隔壁学校理工硕士，圆，胖，小个子，可爱。陈燃最崇拜的人。双鱼座。

8. 齐大圣
小七的男友，冷峻阴暗的帅哥。小七打 DOTA 认识的齐大圣，和丁小果同一学校。后被小七的闺蜜苗小小给撬走。双子座。

9. 苗小小
小七的闺蜜。貌似可爱的心机女。摩羯座。

10. W
体育系风云人物，阳光。王晴倾慕的对象。射手座。

11. 巧锦
Sirens Coffe 咖啡店的老板娘。原来是作出版行业的，嫁人后开了家咖啡馆。喜欢穿织锦大褂，丽江老板娘的范儿。可以用气泡收集人们的故事，贩卖或交换。天蝎座。

12. 夏小米
法律系毕业。巧锦的闺蜜。走团脸甜腻的文艺风。很不像学法律的人。天秤座。

13. 王敏
戴金丝眼镜长小雀斑的皮肤白白的好学生。小艾的高中同学。是 W 暗恋小团体"挺 W 团"团长。巨蟹座。

二、第一道雕花大门，2 号平行空间。空降位置同为重庆。

1. 楚俞姐

　　谈判专家。马尾束在脑后，干净整齐，一丝不苟，年纪和小七的妈妈相仿，但看起来很年轻，很干练。双鱼座。

2. 启东、小晨

　　2 号空间里的一对恋人。启东是典型的食草男，和动物凶猛的食肉动物相比，生性温和，摄影师。但是，一旦下定决心就坚决不会动摇。水瓶座。小晨，28 岁的前婚庆策划师，和小七的性格接近，也是一个冲动的白羊座姑娘。

三、第二道雕花大门，3 号平行空间。空降位置，上海。

TINA

　　秀导。尖锐刻薄如刀锋，沙宣短发，男孩子性格。天蝎座。

四、第三道雕花大门，5 号平行空间。空降位置，香港。

梅笛，Mandy

　　智传广告公司的策划总监。是王晴的升级版。长相酷似王晴，但却有《法柜传奇》中冰雪女王的气势。狮子座。

五、第四道雕花大门。9 号平行空间。空降位置，杭州。

洛诗

　　长得若翩然仙子。金融专业出身，出身名门，在杭州一家电台做主持。水瓶座。

六、第五道雕花大门。神秘之门，大门紧锁，永不开启。

出场人物

目　录

小艾恋爱记

3

目录

5

目录

小艾恋爱记

我愿与你分享，一段生命。
我一生中最最闪亮的一小段生命。
它有一个好听的名字，叫"青春"。
而与它结伴而生的，是"爱情"。

引 子

话说，小白领若曦在一次意外事故中，穿越回了清朝，与众阿哥上演了一出《步步惊心》的好戏。可不想，这宫中诸多宫女嫔妃们，却不是各个都有这样的好运气。即便是生得若雪莲傲雪晶莹，夺人心魄的异域美女；又或是巾帼不让须眉英姿飒爽的蒙古女儿；更别说是毫无心机的憨直小妞和甘于平凡的温柔女子，在别人的故事里，永远都是配角。

这部《小艾恋爱记》讲的便是宫中小主几位相约来生再续前缘，许愿能有着一段属于自己的完美爱情。

话说，这现世的爱情，虽可以做出自主选择，少了步步惊心的听天由命，却也需步步有心，才能走出一个完美的结局。

第一章

恋爱门诊

【出场主要人物】

陈燃：A112寝室室长，大姐大，170cm，正义、豪侠，人称"王子"。

小七：迷糊，犯错多多，欢乐多多，典型的2型青年，人称"小迷糊"。

小艾：主角，普通人一枚。

王晴：外表女性化特质明显的富家女，人称"女二号"。

图 1.1

注：左起小艾，中上陈燃，中下小七，右侧王晴

（恋爱运极差的 A112 寝室）

1. 小艾深陷失恋困境

我的名字叫艾菲，英文名叫 ELLA，所以大家都喜欢叫我小艾，在重庆的一所财经类大学里读会计专业。那年，我刚上大三。

那年，正逢我失恋，又赶上《失恋三十三天》热映。

失恋的人总是不希望再次看到任何关于"爱情"的字眼。自尊心受挫、情绪低潮，对一切的一切都提不起兴趣。情绪免疫力如此低下的一个人，只要一遇见与"爱情"相关的字眼，就会痛苦无比。可同寝室的闺蜜王晴却非拉着我去看这部片子，真讨厌！

好吧，我转念又想：也许这部讲述爱情的电影能够疗愈好我的伤痛。

* * * * * *

（电影散场）

"王晴，你说，难道治疗失恋的方法就只有寻找另外一份新的爱情吗？"

"小艾，我怎么知道，我连个男朋友都还没有。"王晴眨了眨她那双无辜的大眼睛："你再看看咱们寝室四个人，小七正在和小三斗智斗勇，陈燃在和她男友打冷战，你失恋，我单身，最近寝室怎么这么低气压？"

"我也想摆脱低气压不是，我简直讨厌透了现在的自己！"我说。

"不过……"王晴一边说，一边故作深情地把我紧紧抱住，"我永远都不会讨厌你的！"

"少来！"我推开她，四下张望了一下，我可不想被别人误以为是蕾丝。

"哈哈哈哈……"看着我滑稽的样子，王晴大笑了起来："不过，小艾，我倒是觉得，你还是和箫健分开比较好。他根本就是白眼狼加小白脸。你有钱吗？你养得起他吗？他连吃早餐都要你请客。"

"箫健不是那样的人，"我垂下了眼帘，"他只是，太穷了。"

我一边说，一边低着头，踢踢踏踏地往前走，身影在路灯的映照下，拉得很长很长。

我在想，不管怎样，还是要谢谢你，王晴——我的闺蜜。虽然你没有办法提供什么有效的解决问题的方法，但却可以给予我最温馨的正能量。谢谢你，也谢谢你的熊抱。虽然，我仍然不知道应该如何面对即将到来的这个夜晚。

"王晴，你说，会不会真的有……"

"你指的是上次我们遇见的那个？"王晴几乎是将她的大眼睛和长睫毛一同瞪到了我的脸上，"这一定是骗人的鬼地方。我命令你，不许再胡思乱想。"

王晴说的是那间传说中的"8号恋爱门诊"，有好几次，我都想去找找看，但都被王晴阻止了。她肯定以为我是疯掉了，居然相信世上会有这样奇怪的门诊。今天也不例外，王晴死命地拖着我的手，强行把我从电影院"绑架"回

了学校寝室。

但我还是难过。特别是一入夜。你知道，回忆总是喜欢乘虚而入……

* * * * * *

直到分手，我都未曾告诉过萧健。

其实，那一日，是我先看见他的。

人群中，他穿着蓝色 T 恤，白色短裤，金边眼镜，短发被风吹动，样子像极了中央四台播午间新闻的男主播。

那一刻，我正坐在轮渡码头，怡然自得地舔着一块雪糕。

天气微凉，我黑色的头发飘散在空中。

那天，我穿着一条浅草色的长裙，鹅黄色毛绒开衫。

彼时的我，一笑便灿如春花，足可以让任何人动容。

那真是一个美好的年纪。

那一刻，

我的目光穿过流动的人群，

定定地望向他，

他也在看我。

我把头摆向一边，假装不去看他，心里却在偷笑。

他真的径直走了过来，

"能把你的电话号码告诉我吗?"

"凭什么给你?"

"因为你笑起来的样子……不像是一个坏人……"

好烂的借口，我忍不住偷笑："好呀，137＊＊＊＊＊＊＊＊!"

看他手忙脚乱的样子，我忍不住用手捂住嘴，两只眼睛笑成了两只小小的月亮。

我本以为他记不住我的号码。

我把号码报得飞快。

我明明看见他连电话的解锁键都没来得及打开。

船来了。我轻快地跳上船，回头看见他笔直地站在原地。

汽笛声中，我们之间的距离被拉得越来越远。

* * * * * *

也许，故事从一开始便已写好了结局。

在他眼中，这一切不过是一场赌约。

而对我而言，这一切却意味着一段美妙无比的缘分。

是的，直到今天，我仍然认为，这是老天送我的一份礼物。

直到今天，从未动摇。

＊　＊　＊　＊　＊　＊

寝室长陈燃早已爬上了靠门那张床，像往常一样，伸了伸腿，用脚按下了电灯开关。

寝室瞬时陷入到一片黑暗中。

我一直躺在床上，过往种种不断浮现在眼前。我怎么能睡得着？失恋后，我一直都感觉自己睡眠不好，经常是睁着眼睛，躺到天亮。

半梦半醒之间，手机短信响起。

"小艾，睡了吗？"

是萧健的短信。

我是不是很白痴，看见短信都会流出眼泪。他还是会找我，他会给我电话，给我短信。我真的不相信他已经不再爱我。每次，每一次的再次接触都会让我好不容易建立起来的分手决心瞬间瓦解。

"小艾！"寝室长陈燃显然对我半夜不睡觉，回短信的行为极其不满，"你大半夜不睡觉，干什么呢？"小七此刻正睡得香，下意识地翻了翻身；王晴则显然是被惊醒了，但没吭声，窸窸窣窣动了几下，然后继续装睡；我知道最近陈燃的脾气不好，连忙藏好了手机，温顺地睡了下来。

陈燃和丁小果，难道他们也会分手吗？A112寝室最近难道真的触到了霉头？

2. 王子陈燃大战丁小果

陈燃最近脾气大，大家都是知道的，这全都是因为她正在和她的男朋友丁小果闹矛盾。

说起这对欢喜冤家，那故事还真不少呢！

陈燃一直都是我们寝室的大姐大，170cm，瘦且有肉，梳着一头短发，皮肤是健康的小麦色，大眼睛，双眼皮，嘴巴厚嘟嘟的，很性感。我们都喜欢叫她"王子"，因为她总喜欢略带中性的打扮，而且做事风风火火，特别有激情。她不仅是我们寝室的寝室长，还是班上的班长，学校的学生会副主席。我们寝室的女生都习惯被她照顾，她会经常跑去系里帮我们选课、抄课表；我们逃课，她会帮我们签到；到了期末她还会提供课堂笔记给我们复印；最重要的是，晚上我们想吃夜宵，她也会毫无怨言地下楼帮我们带……

不过，在陈燃遇见丁小果之后，我们的"福利"就下降了不少。一次，陈燃去邻校参加一次小型的联谊活动，结果在男研究生宿舍楼下，偶遇了他。工科学校的男孩子，172cm，浓眉大眼，憨厚中透着秀气劲儿。

图 1.2

联谊回来，陈燃就和我们聊开了这个男生。不过，我们都觉得仅凭一面之缘就芳心暗许，实在是有点不靠谱，但陈燃这就开始了自己的计划。她跑去那个男生住的研究生楼下，买了根冰棒给看门大娘，套出了男生名叫"丁小果"，还从大娘那儿要来了他的电话。

第一次约会也是陈燃约的丁小果。上天保佑，小丁同学没有女朋友，斯文内向，看起来很负责任的样子。两相交流，陈燃发现两人之间有很多的共同之处。比如家里都有个小买卖，算是小康。两人都是第一次谈恋爱。两人都是家里的老大，下面还有一个弟弟。两人从小时起功课就都好。而且，一个外向，一个内向，正好互补。

就这样，陈燃成了丁小果的女朋友。于是，风风火火的陈燃开始风风火火地照顾起了丁小果，我们都颇受冷落。谁叫这个女人一向如此善于掌控爱情中的主动权呢？

可最近，这对小情侣的状况有点不妙。

事情的缘起让我们都觉得有点莫名其妙。

那次，丁小果去陈燃家做客，陈燃和她妈妈在厨房准备水果。丁小果和陈燃她爸就坐在客厅看电视，两个男人，沉默地弓着背，抱着膝盖，一同望着屏幕出神。而遥控器则握在陈燃爸爸手中，频道不断地变换着。就在这时，丁小果的耳边突然响起了陈燃的喊声：

"丁小果，快快快！毛巾、毛巾、毛巾！"

丁小果一时没有反应过来，顿了一顿。

陈燃还在厨房里继续大喊："丁小果，毛巾、毛巾！"

丁小果这才匆忙地冲进洗手间拿了条毛巾，冲回厨房才发现，平时从来不做家务的陈燃惹了大麻烦。因为听说葡萄表面的农药要用热水洗，陈燃特意烧了一壶水，晾到半凉，准备等一下洗葡萄，结果一不小心给弄洒了，好在水温不高，可地上、灶台上到处都是水，一片狼藉。

丁小果慌忙中，拿起毛巾就去擦灶台上的水，回身正想去取脸盆，没想到被陈燃劈头盖脸一顿教育。

"你怎么能用擦脸的毛巾擦灶台呢？毛巾还要不要了？你得用擦桌子的毛巾，怎么能拿擦脸的毛巾呢？"

晕呀，丁小果急忙大声辩解说："擦桌子的那不叫毛巾好吧，那叫抹布。"

陈燃："你没看见是水洒到灶台上了吗？灶台能用擦脸毛巾吗？擦脸的毛巾是毛巾，擦灶台的毛巾也是毛巾，你怎么能拿擦脸的毛巾擦灶台呢？"

"毛巾是毛巾，抹布是抹布，是你让我拿的毛巾呀。"

"你一个大男人，怎么就不能让着点儿我呢？这是我家呀，你和我这么大声说话，你的语气那么呛，你说，我爸妈能放心把我嫁给你吗？"

丁小果一脸黑线，说实话，他还在纠结"毛巾"、"抹布"的问题，根本没考虑到这是在陈燃家，更没考虑到陈燃纠结的不是"毛巾"、"抹布"，而是在纠结自己的声音太大。女人，你有话，难道就不能直接说吗？听陈燃这么一说，丁小果硬生生把快到嘴边的话给吞了回去。

后来，丁小果接了一个电话，推说有事，饭也没吃，就离开了。

陈燃也憋了一肚子火，吃过晚饭打车回了寝室。

其实，关于这次陈燃大战丁小果事件，A112寝室的女人们，心里都很清楚：女人吗，吵架生气，绝对不是因为吵架的那一次小事；女人吗，一生气，气的恐怕是之前8个月里男人犯下的207个错误的累加。

其实，每个女人心中都有一个奇特的记分牌，以一种男人无法理解的方式

在上面给她们的男人计分。比如，当众放屁，扣一分；说话语气重，扣一分；反复暗示他让他买礼物，没买，扣一分；想找他聊天，他却总是插嘴，给出各种意见，扣一分；在父母或是朋友面前否定她，扣五分；该买花的日子没买花，扣五分……

这下可好，丁小果这不想着让陈燃先安静两天，等她情绪稳定了再和她沟通；可陈燃则认定了丁小果这是在和她抬杠，心里的火越积越大，直到后来丁小果打来电话解释，陈燃干脆挂断了了事。这股无名怒火呀，你还要燃烧到何时？A112 寝室的姑娘们，可都得跟着遭殃了。

3. DOTA 战场上的小七和齐大圣

话说 A112 寝室，最近幽怨的不止陈燃一个，还有小七。她最近正在为如何斗小三而发愁。小七，是我们寝室最小的一个，脸蛋圆圆的，有时候不爱搭理人，疯疯癫癫，懒得要死，不爱学习，整天做白日梦又不肯付出行动，三分钟热情，有时候无理搅三分，容易生气容易哭，更容易大笑，更重要的是，她还老爱说："我饿了……"

其实，招惹到了小三这事，怪不得别人，得怪小七自己。小七是我们寝室出了名的"小迷糊"，平时也就爱玩个魔兽，打个 DOTA，平时的口头禅就是"为了部落"，这不，小七为了她的部落，在魔兽世界里嫁给了一个圣骑士。

回头线上一聊，发现这位圣骑士和丁小果一个学校，也就是说，圣骑士和我们 W 大距离很近，就在隔壁。于是，小七和圣骑士两人热热闹闹地各带着自己寝室的一帮人，来了个寝室大联欢。联谊活动一结束，小七也就理所应当地成为了圣骑士——齐大圣同学的女朋友。这事不久就让小七的闺蜜苗小小知道了。

苗小小对小七说："网上认识的男生大多不靠谱，这样吧，有空我帮你去试探试探他，看看他人品如何。"小七呢，想想不错，于是就设计了一些情节，让苗小小出面，帮她测试男朋友是否可靠。她先是让苗小小在网上加齐大圣做好友，再一步步接近。半个月过去了，小七悲催地发现，苗小小成了自己男朋友的新女友。

可问题的关键在于，虽然苗小小和齐大圣，手也拉了，嘴也亲了，可任苗小小软磨硬泡，软硬兼施，齐大圣还真就不承认她是自己的女友。一边厢，齐大圣对小七呢，一直是深情款款；而另一边厢呢，齐大圣对苗小小也从来都来者不拒。我们寝室的女孩子，一直痛斥齐大圣是负心汉，让小七果断"斩仓"，可好巧不巧，最近小七的老妈也遭遇了小三，小七不甘心，非要积累和小三斗智斗勇的经验教训，好和老妈交流，哎！

4. 剩下的女二号王晴大小姐

至于我的闺蜜加寝友王晴，恋爱运也一样糟糕透顶。王晴是我们寝室长得最漂亮的女生，也是我们会计系公认的系花。还记得我第一天走进 A112 寝室，看见安安静静坐在床铺上的她，还以为自己走错了楼层，误闯了表演系的宿舍。得知她果然会成为我的寝友后，不由得激动了小半天。她实在是太美了，长着漂亮的大眼睛，眸子又黑又亮，皮肤白得耀眼，看起来像是一个混血的小美女，特别是她轻轻起身，彬彬有礼地和你打招呼的时候，你会觉得，如果世界上只有一个人可以称作"女神"的话，那么，那个人就一定是王晴了。

哦，忘记说了，这当然只是我们对她的第一印象。相处时日久了，你会觉得，王晴根本不是什么"女神"，我们应该改称其为"高富帅"。因为那些用来描写男生的词汇，才更适合她。她简直是典型的女人身、男人心。陈燃是"王子"，但其骨子里娇憨可爱，特别是一提到什么"薛定谔之猫"，马上智商变零，所以陈燃超级崇拜学理工科的丁小果。不过，王晴会崇拜谁呢？

这个美貌的富家女，有着超强的进取心和强大的野心，加上高智商，实在是过于完美，以至于我们会戏称她为"女二号"。因为言情电影中，如此完美的女二号，通常都不会得到男主角的爱。追她的男生全部都被她的外貌骗了。和她谈恋爱，会每天被逼着早起去图书馆占座位，各个被逼疯。在可以预见的未来，我们清楚，王晴才是我们寝室最可能被"剩下"的女生。特别是，当我们眼睁睁地看着王晴独自一人狂扫一份全家桶，摸着自己的小肚子，娇着地叫道"人家真的吃得好撑呀"的时候；当我们全寝外带家属出门郊游，汽车抛锚，王晴踩着 10cm 细高跟鞋，扭到车前，掀开车前盖，3 分钟后连上一根导线，重新开动汽车的时候；当我们去上变态的高等数学课，这家伙居然答出了据说连续三年无人能解的微分方程答案的时候……这种感觉就会愈发地强烈。

嗯，A112 寝室就是这样一个妖孽丛生的地方——王子陈燃，迷糊妹小七，女二号王晴，还有最最普通的我。

5. 8 号恋爱门诊

2 月里的重庆，阴雨绵绵。

吃过晚饭，我披着雨衣就出门了。我不知道此行能不能有所收获，但我别无选择。

我是赶在晚上寝室门禁前才回来的。

回到寝室，我站在门前，脱了雨衣，抖了抖头发上的雨水，整理了下衣服，然后就迫不及待地走了进去。

"陈燃，小七，还有王晴，你们都在呀。"

"你这是去哪里了？身上脏兮兮的。"陈燃眼尖，一眼就看出了我的异样。

"没什么，今天去见了一位朋友。"

"小艾，你最近可真有点儿神神道道的。"小七搭腔道。

我什么也没说，径直抖开了我的大书包。

几个姑娘旋即大声尖叫了起来。

"这是什么？"

* * * * * *

其实，恋爱门诊的地址，是一位师姐留在图书馆古籍部的一部古书里的。

我按照上面的地址，在学校附近的巷子里，找到了这间门诊。据说，这是一间不收取任何现金酬劳的诊所，但收取"正能量"，比如"高兴"、"好起来了"、"努力"、"加油"这些词汇，又或者是"微笑"、"拥抱"这些行动……而"负能量"则会被禁止携带入内。比如，客人在诊所，"伤心"不能说"伤心"，要说"胸口发闷"；"也许有用吧"不能说"也许有用吧"，要说"希望会有作用"……

总之客观事实的描述和正面情绪的表达被允许，但无原则的负面情绪宣泄则会被禁止，因为8号恋爱门诊需要一定的正能量才能正常运转，才能将更多正能量传递到其他客人身上。

走进诊所，我注意到墙上的时钟敲了13下，布谷鸟也探了13次头。哦，这真是一家奇怪的诊所，长长的走道一侧贴着这样一句话："你不是你的思想，你若是你的思想，则思虑不停，你便会困顿不已；你不是你的情绪，你可以与你的情绪对话并引导它的走向；你不是你的身体，你是你身体的主人，你能够引导你的身体进入更加舒适的境地。"

我只觉似懂非懂，默默穿过走道，走进了诊室。突然脚上软软一条动物尾巴掠过，着实吓了我一大跳。

"不用害怕，我就是你的军师，一只长着狸猫面孔的狐狸。"长着狸猫脸的狸狐窜上了我对面的椅子道："你好，你可以叫我占星师 Alex，很高兴能为你服务。"

"哦，还真的把我吓了一大跳。你好。"

和所有的占星师一样，Alex 面前也有一个硕大的水晶球，见了我，这家伙先是倚着椅子懒懒地打了个呵欠，然后双手一摊道："来吧，和我讲讲你的故事。"

"哦，"我迟疑了一下，"好吧，你知道我失恋了。原本所有人都反对我跟他在一起的，我的家人、朋友都反对。可是当初决定在一起了，就觉得不想这样放弃。这次分手，半个月了，他竟然已经和别的女生在一起了。但他还会时不时打电话给我，每一次都让我好不容易建立起来的分手决心瞬间瓦解。然后

我就会忍不住打电话给他，我真的控制不住，会想找他，想跟他说说话。我甚至会怕迟些时候找不到他了。"

"我明白，你的处境和很多客人一模一样。OK，那么先告诉我，你是不是真的打算好起来？还是打算沉迷在上一段爱情里，以证明自己的那段感情是真爱？" Alex 坐在转椅上，转了个圈。

"我不想沉迷，我确定我们已经分手了。我只想快点好起来。"

"你确定？很多来失恋门诊的女生都口口声声地说想要好起来，不想再沉迷于过去，但其实她们心里并不这么想。因为如果她们很快就从失恋的阴影中走出来，她们会开始自责，认为自己薄情，认为是因为自己不够投入，所以上一次恋爱才以失败告终。为了避免这种自责，她们会选择继续沉迷，甚至不惜扮作凄苦的模样。"

"哦，还好，我没有这么想。我只是……我想……我只是不知道应该如何忘记他。"

Alex 从身后拿出了一套塔罗牌："你抽一张出来。"

我随手抽出了一张："是塔。"

"逆位。" Alex 补充道。

6. 塔罗牌的神秘预兆

"塔罗中的塔代表着突变，暗示某种结构模式无法继续存在，要做出改变。'逆位'代表你抗拒这种改变，但却不觉醒，于是越抗拒，越存在。"

"不懂，你能讲得明白一些吗？"

Alex 长长地叹了一口气，说道："你真的想知道真相？"

"我必须知道。"

看我决绝，Alex 沉默着将它的水晶球推到了我的面前，水晶球中浮现出我和箫健交往的种种。

我们曾是多么好的一对呀。姐妹们都知道我是个小花痴，所以当花样美男箫健追求我的时候，大家都觉得他一定就是我的那个真命天子了。箫健虽说长得没金城武、吴彦祖帅，但个子高高，白白净净，带着金边眼镜，斯斯文文的，绝对是校草一级的人物。

可我的家人却一直反对我和箫健，觉得我们并不相配。我顶着很大的压力与他交往，不想半年后，因为种种小事，两人不断争吵，直到有天他不再接我的电话，也不再和我联系。

再后来，他有了新的女朋友——小雪。我想破脑袋也闹不懂他和我分手的原因。但 Alex 用他的水晶球告诉了我分手的真相。

箫健在与我交往的过程中，一直为我们彼此的未来而担忧。他和我同为 W 大会计系的学生，他高我一届，马上面临着找工作。就在他为未来迷茫担

心的时候，小雪出现了。她美貌且温柔，更重要的是，有一个有能力的老爸。萧健呢，和我一样，出身普通家庭，没见过什么大场面。小雪请萧健吃饭，经常会在五星宾馆点一大桌子菜，点好了再请萧健来，然后对他说："这些都是我喜欢吃的东西，我也想让你每一样都尝一尝。"小雪在萧健最迷茫的时候，给予了他温暖，而我，却因为准备六级考试和就业实习而频频向他吐苦水。渐渐的，萧健有了自己的选择，开始慢慢疏远我。

"原来，恋爱的格局其实早已发生变化，只是我自己不愿看清而已。"我深深地叹了口气："也好，相濡以沫，不如相忘于江湖。只是，Alex，其实我早已做好忘记的准备，但他现在还会时不时打电话给我，每一次都让我好不容易建立起来的分手决心瞬间瓦解。然后我就会忍不住打电话给他，我真的控制不住，会想找他，想跟他说说话。我甚至会怕迟些时候找不到他了。"

"我明白，那么你先告诉我，你是不是真的打算好起来？"Alex坐在转椅上，转了个圈。

"我不想沉迷，我确定我们已经分手了。我只想快点好起来。我只是……我想……我只是不知道应该如何忘记他。"

Alex慢慢闭上眼睛，再慢慢睁开，看了看我："也就是说，你现在的问题在于你忘不了他。"

"是的。"

"好吧，那么，我们首先要解决的问题就是'忘了他'。"Alex把一张白纸铺在了我面前的桌子上，然后把"忘记他"这三个字写在了纸上。

7. 潜意识之谜

Alex又从身后拿出了一套塔罗牌："你抽一张出来。"

我随手抽出了一张："是月亮。"

Alex："月亮指向你的潜意识，象征着你内心的不安与矛盾。所以，现在请回答我，你确定你自己真心想忘记他？"

望着Alex，我皱了皱眉头，不觉迷惘了起来。

Alex："仔细问问自己的内心，一旦忘记他，连同他的美好回忆也会一同忘记。你情愿吗？"

"不，如果丢失了记忆……"我不觉惊呼，"我不情愿……我到底应该怎么办？"

Alex没说话，默默地展开一张纸，随手在纸上画出了一辆马车。

"你看，这辆马车就好比是我们的人生。貌似控制着我们行动的是马匹，但实际上的控制人是？"

"——应该是驾车的人。"

"对，看似我们的人生受着我们意识的控制，但控制我们意识的却是我们

图 1. 3

的潜意识。"Alex 说着，在马头上写上了"意识"，车夫身上写上了"潜意识"。

"意识和潜意识构成了我们的思想，而思想则控制着我们的情绪。想搞定我们的情绪，我们必须先搞定我们的思想。你的情绪一直没有被你搞定，你总是忧苦不已，原因也正在于你矛盾的思想。"

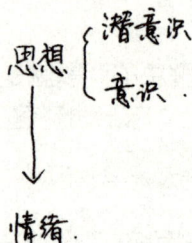

"矛盾的思想？"

潜意识   意识

图 1. 4

"是呀，是你的潜意识和你的意识在打仗呢。"Alex 说："你看，你的意识每天都在告诉你，你需要忘记他，但你的潜意识却未见得这么想；潜意识告诉你，你不能没有这段回忆，你不可以忘记。你的意识越是告诉你要忘记他，你的潜意识就越是加倍地、奋力地要你记住他。潜意识甚至会暗地里控制着你，不断地去重复，增多和他的联系，和他说话，来避免忘记。"Alex 说完，长长地叹了一口气。

　　我试着沉下心来，努力理解 Alex 的话，看着纸上互相搏斗的意识和潜意识，我似乎明白了些什么。"难怪晚上一个人独处的时候我会特别的难受，会跟疯了一样的想他，然后控制不住地给他打电话……这是因为，夜晚是潜意识活动最频繁、意识最薄弱的时候，于是被压抑了的'真心'就显现了出来，是这样吗，Alex？"

　　Alex："哦，你真是一个聪明的姑娘。"

　　"那我应该怎么办？"我自觉困惑无比。

8. 遗忘旧爱的秘诀

　　"很简单，放下记忆，愉快前行。"说完，Alex 重新拿起画笔，画下以下的内容。

图 1.5

　　"你看，第一只狸狐，他带着沉重的记忆的包袱，跑起来又吃力又辛苦。第二只狸狐呢？他没有真正地丢弃属于自己的记忆，他不过请一个叫'纸张'的伙计帮他背着他的记忆，而且他还一边跑，一边唱歌，带着这样的心境上路，自然就会遇见好运。"

　　"纸张？"

　　"没错，我们需要做的就是把你们之间所有的事情都写在一张纸上，内容一定要写得很详细，很具体，像画面一样再现你们在一起的点点滴滴。把你生怕会忘记的一切都写下来。这样一旦忘记，我们可以找回那张纸。"

　　"那会是一次漫长的煎熬。"我说道。

　　"也许你会大哭一场。不过没关系，这是正常的心理排毒。写完后告诉你

自己，你无需再负责记忆，因为纸张已经帮你记好一切，你不是要忘记，你只是在伤好前把这段记忆暂时封存起来，直到你开始新的恋情。"

"这听起来是个好办法。"

"为了加速我们的遗忘，我们还必须学习一些遗忘的技巧。那么请告诉我，记忆的秘诀是什么？"

"不断地重复。"

"那么遗忘的秘诀又是什么？"

"哦，难道是'避免重复'？"我并不够确定。

"正解。所以我们只需要在心上的伤口好之前，避免不断去重复过往就好。伤口有它自然的生命周期，我们只要在养伤期，避免揭痂就好了。"

"避免不去重复，听起来容易，但又哪里是那么容易的一件事情呢？"我问。

"你现在站起来，弯腰去够地面，能弯得多低？"Alex 说道。

我十分不解地按照 Alex 的要求站了起来："手尖能够够到地面。"

Alex："手能完全贴在地面上吗？"

"不能。"

"哪里阻碍住了你？"

"腿会痛啊。"

"是不是腿后面有一个地方有根筋？"

"嗯、嗯。"

"试着跟这个阻碍你的地方对话，好好静下心来跟它沟通，告诉它你的要求。"

我开始试着按照 Alex 的意思与阻碍我的地方对话，告诉它我需要它的配合。

五分钟后……

"太神奇了，我的手掌能够完全贴在地面上了。"

"这是瑜伽最常见的心法训练。你会发现，你能够和你的身体对话并说服它。同样，你也完全能够说服自己的思想，让自己不去重复想他。"Alex 说道。

"原来是这样的！"我不禁再次惊呼。

"是呀，你不是你的身体，你是你身体的主人，你能够引导你的身体进入更加舒适的境地；

你不是你的思想，你若是你的思想，则思虑不停，你便会困顿不已；你不是你的情绪，你可以与你的情绪对话并引导它的走向。"

"是走道里的那句谚语。"我说。

"没错。这是狸狐世界的谚语，它会帮你认识你自己。"

"好吧，我相信我能够说服自己的思想，尽量不重复去想过往的种种。但你知道，思念已经成了一种习惯。"

"好吧，今天你的问题到此就告一段落吧，回去记得完成我给你的任务。"

"任务？"

"把过往的一切写下来呀。"

"哈哈，好吧。我记得了。"我说道："哦，对了，Alex，你出诊吗？"①

9. 本章复习

（1）你不是你的思想，你若是你的思想，则思虑不停，你便会困顿不已；你不是你的情绪，你可以与你的情绪对话并引导它的走向；你不是你的身体，你是你身体的主人，你能够引导你的身体进入更加舒适的境地。

（2）看似我们的人生受着我们意识的控制，但控制我们意识的却是我们的潜意识。意识和潜意识构成了我们的思想，而思想则控制着我们的情绪。想搞定我们的情绪，我们必须先搞定我们的思想。

（3）没有人会来，没有人会来帮你走出困境，没有人会来帮你找到爱情，没有人会来帮你搞定你的情绪，没有人会来帮你走出失恋。没有人，你得靠你自己！唯有自己，才是自己的主人！

17

第一章　恋爱门诊

---

① 关于潜意识理论及瑜伽心法部分内容，参考了张德芬：《遇见未知的自己》，北京，华夏出版社，2008。

第二章

恋爱军师的锦囊计

【上集提示】
　　恋爱运极差的 A112 寝室，最近每个姑娘都在为自己的心事而犯愁。小艾找到了传说中的恋爱门诊，并说服军师 Alex 出诊，希望一切都能渐渐好起来。
【本章概述】
　　恋爱军师 Alex 的锦囊里，装满了让恋人们幸福的妙计。

1. 互刺的利刃

　　"因为你觉得 Alex 所说的比较靠谱，就把他带来我们寝室了？"陈燃盯着我问道。

　　"嗯，"我看着 Alex 抖了抖身上的绒毛，"难得他愿意出诊。"

　　"嘿，我可不想被当成神经病，我可不需要什么医生。"小七不太满意地揶揄道。Alex 没理她，跳下桌子，跳到椅子上，舒舒服服地伸了个懒腰。

　　"我不喜欢医生这个称呼，大家还是叫我恋爱军师吧！"说着，Alex 拿出了一个精巧的锦囊，从里面掏出一张字条："小七的问题很容易解决，她不是被小三抢了男友吗？和男友分手就成了，不用这么纠结啊！"Alex 说道。

　　"什么？分手？"小七被 Alex 搞得越来越恼火了。

　　"我们早就告诉过你，你早就该和齐大圣分手了。"寝室的女人们齐声应答到。

　　"你在齐大圣身上的前期投入，如果无法收回，那就叫'沉没成本'，眼见这只股票已经跌破 30 日均线——找了小三，那势必已经凶多吉少，还不赶快斩仓。"王晴补充道。

　　小七知道嘴上斗不过我们，闷闷地扭头，一屁股坐在自己的凳子上。

　　"我还是先来看看陈燃的问题。"Alex 说着，拿出了另外一个锦囊，沉吟了一下，对着我们说道："不如，就让我们开始恋爱课程的第一课吧！"

情侣间为何因小事争吵

1. 人喜欢像自己的人。相亲对象如果碰巧点了同样的一种饮料，好感度会大幅提升。

2. 新手妈咪之间也会有聊不完的共同话题。

最讨厌xxx了，
是啦，我也是。

3. 同事间会因为讨厌同一个人而关系亲近，就连陌生人也会因为喜欢同一个明星而互生好感。

夫妻相

4. 人会越来越像自己喜欢的人。两个相爱的人结婚后，会变得越来越像。

19

第二章

恋爱军师的锦囊计

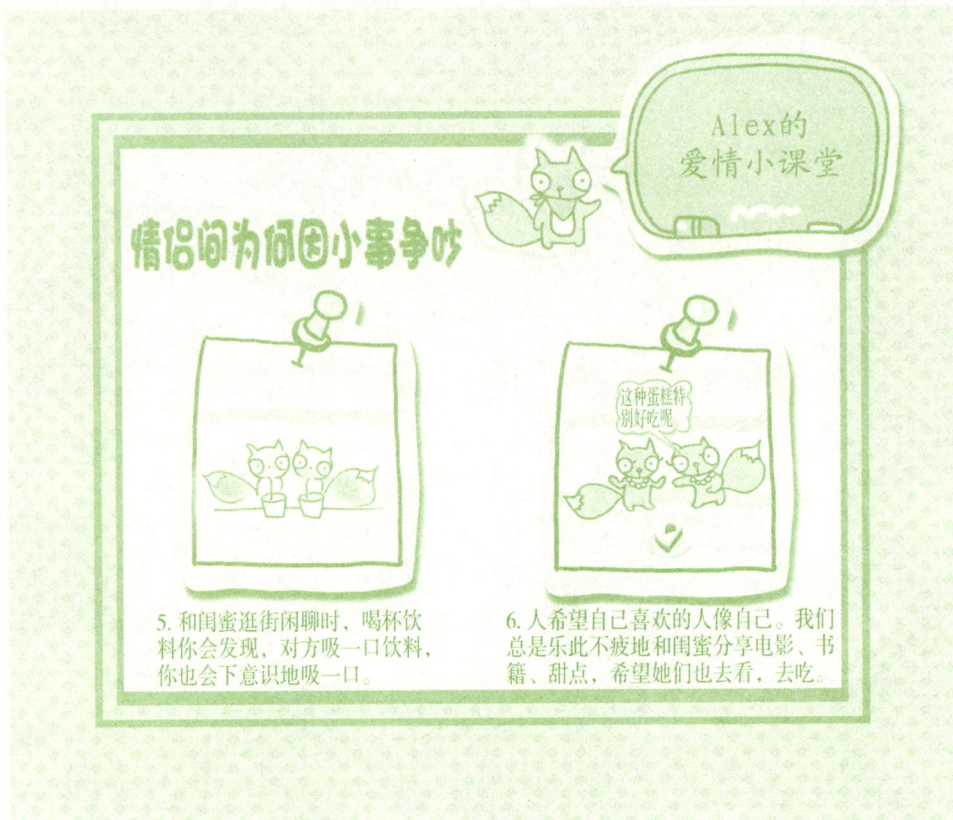

图 2.1

[Alex 爱情小课堂第一课]

情侣之间为什么总因小事而争吵：

提要：

（1）相似性原则：人喜欢像自己的人。

（2）接近性原则：人会越来越像自己喜欢的人。

（3）趋同心理：人希望自己喜欢的人像自己。

极度趋同的微变态心理：要求自己喜欢的人和自己一样行动，一样思考。

"所以，根据以上理论，陈燃之所以向丁小果大发脾气，这巨大的'坏脾气云团'产生的原因，归根结底是因为，丁小果想的居然和自己不一样。本以为一句'毛巾'，丁小果就应该心领神会地拿来擦灶台的毛巾，结果丁小果居然没这么想。于是，陈燃生气了。而所有的'坏脾气云团'都携带着'负能量'。这巨大的'负能量云团'袭向了丁小果。丁小果被陈燃公开指责，特别是当着陈燃父母的面，自尊心相当受伤，于是忍不住向陈燃反扑。

而正在气头上的陈燃，最需要的是丁小果的情绪安抚，没想到丁小果居然

反扑了过来，陈燃的火越发大了。对不对？"

"嗯，就是这样的。"陈燃点头应答到。

"其实，男人和女人的需要是不一样的。男人需要他的'尊严'受到重视，而女人需要她的'情绪'受到重视。所以，陈燃，你和丁小果，你们各自拿着把利刃，插向了对方最在乎的地方——你攻击了他的尊严，而他攻击了你的情绪。"

"哎……"听到这里，陈燃不由得默默叹了一口气。

"另外呀，我知道你气的不仅仅是'毛巾'这件事。我想，最近你对丁小果其实早就积攒了一定的负面情绪，对不？"

"你是怎么知道的？"

2. 爱的记分牌

"因为男生和女生向来有两套不同的记分系统。女生的记分系统在男生看来，根本就如天书一般难以理解。陈燃，不如你说说，最近你都在你的记分牌上给丁小果扣了哪些分吧。"

"嗯，我最讨厌他不顾场合乱放屁，当着我爸妈，一点儿不把自己当外人。还有，2 月 14 日不是情人节吗？他居然去花木批发市场给我批了十支玫瑰。还有，我一再暗示说我喜欢吃印度菜，他怎么就不知道请我去吃一顿呢？再有，上次陪我逛街，逛了半小时，他居然就想回家了。还有，我心情差的时候，本想让他安慰一下，可他总是喜欢打断我的话，故作聪明地给出各种意见……"

"那最近他的记分牌上，有没有什么加分呢？"

"有，他在全市数学建模比赛中得了一等奖，发的 5 万元钱存在一张银行卡里，然后把卡交到我手上了。说以后有了新的奖金入账，就都存在这里头，让我管着。"

"所以，丁小果的总得分应该不低吧。"

"不对，你算算，乱放屁，扣 10 分，批发玫瑰扣 10 分，没请吃饭扣 5 分，不陪逛街扣 5 分，打断我说话扣 5 分……给我银行卡，嗯，算加 5 分吧。"

"哈哈，丁小果赚的那五万块，就这样被自己的几个屁给崩没了。哎，这就是女人的记分方式。女人按照男人为她所做的事情多少记分，而男人则以为她做的事情的难易程度记分。其实，在男人的记分牌里，他赚到了 5 万块，应该至少加 50 分。"

"谁在乎钱呀？"大家几乎异口同声地答道，然后我们彼此面面相觑。哦，原来这就是男人和女人的差异。男人觉得自己费尽力气赚来了银子，理应受到奖励，但他们不知道，女人需要的不只是这些。男人为了心爱的女人，可以横渡海峡，攀登最高峰，徒手搏杀巨兽……但他们没想到，他们的女人却不会因

此而满足，因为他们都没有留在家里陪她。相爱的男女间最大的矛盾莫过于，你给的不是他想要的，他给的也不是你想要的，久而久之，矛盾也就产生了。

"那这样的矛盾又该怎么解决呢？"

"其实很简单：你只要直白地、清楚地、不带情绪地说出你的需求就好。比如，2月14日，你要明确告诉他，你想要他提前一天预订好鲜花和西餐厅，陪你共进午餐，不能批发玫瑰；比如，你想吃印度菜，你和他约个时间，然后让他请你吃，而不是不断暗示你喜欢吃；你寂寞时，告诉他，你就是想让他听着你说话，你不需要他给出任何建议……虽然这不够浪漫，但绝对有效。当然至于逛街，别指望男人会陪你逛街。"

"啊？为什么？"大家又问。

"因为男人祖上都是打猎出身，他们如果在20分钟内仍无法锁定一个目标，大脑就会死机。而女人祖上负责采集野果，所以，她们喜欢逛来逛去。"

"那好吧，我再不让丁小果陪我逛街了。"

"没事儿，我们可以陪你。"王晴插话说道。

就在我们说话的当口，我看见陈燃正沉默地低头画着她的记分牌。

原来的加分表	现在的加分表	原来的扣分表	现在的扣分表
大赛赢了5万块+5	大赛赢了5万块+50	乱放屁−10	乱放屁−10
		批发玫瑰−10	批发玫瑰−10
		没请吃饭−5	没请吃饭−2
		不陪逛街−5	不陪逛街−0
		打断我说话−5	打断说话，但给出了意见−0

不知为什么，陈燃看着这张记分牌，眼圈直发红。她明白了，原来丁小果一直在用自己的方式，默默地对自己好，而自己在不自觉中，却伤害到了他最看重的"尊严"。

"不过，"陈燃一边说，一边抬起了她发红的眼睛，"为什么他明知道我生气，却不肯主动打电话给我呢？他一定是不在乎我了。"

"因为男人在远古负责狩猎，他们排解压力和负面情绪的方式就只有在狩猎回家后，躲进洞穴，望着火堆发呆。即便是现代社会，男人面临压力和负面情绪的时候，也喜欢自己一个人躲起来，安静地发呆。而女人则喜欢通过聊天的方式，排解压力。丁小果由己及人地推断你生气后，需要一段时间自己安静一下，于是就没有打扰你。他只是不清楚男人和女人之间的这点儿不同……"

3. 泡　面

就在这时，窗外突然间下起了大雨。转眼间越下越大。

女生寝室门有一块儿洼地，雨一下起来，就会瞬间积满雨水。重庆2月

里的天气还很冷，徒步穿越洼地，鞋子免不了会被打湿，可马上就要到吃中午饭的时候了。

"陈燃，陈燃……"

楼下传来了丁小果熟悉的叫声。果不其然，这家伙穿着雨衣，骑着辆单车，站在寝室楼下。

"你来做什么？"陈燃望着窗外大喊。

"下大雨，你来坐我自行车后面。"丁小果指了指自己的单车，然后说道，"我怕你饿到。"

陈燃望着楼下喊了句："好，我马上就下去。"说完，拿起一把雨伞。

"小七，你也一块儿下来吧。"

我们几个探头一看，原来齐大圣也来了。然后，就只见小七屁颠颠地拿着她的小花伞也冲了出去。

哎，虽然小七那么不听劝，不过，谁没有为了真爱，宁可得罪全天下人的那段岁月呢？想着想着，我的心里觉得好难过。

"看来，我们两个只能吃方便面了。"王晴一脸无奈地望着我。

我转身准备去打水，泡面。

我记得萧健曾经说过，一包泡面，会在人的体内存留3个月才能被完全消解掉。可他不知道，一个人会在另一个人的记忆里，停留多久才能被完全消解掉。

想到这里，我的心不由得一阵难过。

4. 本章复习

（1）要求对方处处和自己想的一样，做的一样，并不明智。明智的做法应该是"求同存异"。

（2）男人需要自己的"尊严"被重视，女生则需要自己的情绪被重视。

（3）女人的记分牌中，按照男人为自己做的事情的多少记分。男人的记分牌中，按照自己为女人做的事情的难易记分。

（4）男人天生是猎人，如果在20分钟内无法锁定目标，就会死机。女人天生是采集者，她们喜欢逛来逛去。所以，千万别让男人陪你逛街。

（5）男人受伤时，记得一句金句："我知道你现在想一个人静一静，如果有需要，随时叫我。"然后默默转身离开。这可比"到底是什么事呀，你就不能跟我说说"强一百倍。

（6）男人愤怒时，女人只需要保持沉默就成，他们会自己慢慢平静下来。

（7）当你自我感觉正能量不够或充满负能量时，避免与爱人争吵。你必须找到自我补充正能量的方法，先避开充满负能量的他，等补充好充足的正能量再回来。

一、阅读以下资料后，独立完成下面给出的改错题

"英国心理学家莫雷发现了一个适婚公式。他认为：这个公式的准确度有94%之高。他请来了700对夫妻，记录他们之间的谈话。说一句肯定对话就加分，说否定的话就减分。最后，每一对夫妻谈话完毕后，他就预测这对夫妻以后会不会离婚。12年后再次追踪发现实际情况和预测的基本一致。"① 这一方面是因为总是喜欢彼此否定的情侣之间，很可能在许多重大问题上存在分歧，也就是价值观、人生观存在偏差；另外一方面，也是因为否定本身就是一种负能量。② 你会发现，思想决定情绪，思想不被认可时就会产生负面情绪。

吵架的过程就是一个典型的负能量流动过程。因为"相爱的人之间心意相通"及"不设防"，所以负能量在情侣及夫妻之间的传递率会大大高于普通朋友及陌生人。你会发现，当一件不开心的事情讲给朋友听时，朋友会理性地帮你开导；而讲给伴侣听时，他（她）会很快被你的情绪感染，产生同样不开心的负面情绪。当然，有的人个人意志力强，会在一定程度上包容这种负能量；有的人意志力较弱，会很快地陷入不开心的情境。但即使是意志力强、包容力强的一方也需要本身体内的一些正面能量去消解这些负能量。

那么应该如何狙击情侣争吵过程中产生的"负能量"呢？简单讲，当你看到他的举止行为和你心目中理想的举止行为不一致时，请尽量避免使用"否定词汇"及"贬义词"。以下这些句子是情侣间吵架时常常出现的句子，我们来试着将其转化成带有正能量的句子。

（1）你都不替别人着想。

——如果你能够更多地想一想我的感受，我会十分开心和感激。

（2）你好自私！

——我需要你的帮助。你知道，有了你的帮助，我才能更加勇敢地走下去，才能更加勇敢地战胜困难。

（3）你又在耍孩子气了。

—— 一直以来，你的成熟和果敢都深深吸引着我，这是我爱你的最根本原因。（这样一说，他都不好意思耍孩子脾气了。你还可以趁势借他的肩膀靠一靠。然后接上一句）不过，你孩子气的模样也很可爱。（此处的孩子气指可爱，是褒义词。）

---

① 引自 ［韩］南仁淑：《婚姻决定女人的一生》，张虎译，南京，江苏人民出版社，2010。

② "负能量"只是一个比喻，它只存在于人的想象和文字中，以免我们进入形而上学的误区。为了理解方便，可以将负能量想象成一个有弹性、可裂变的球。我们认为的一些消极的东西、否定的意见本身都带有"负能量"，负能量会感染到人们的情绪，给人的心理造成负荷，进而产生悲伤、消极、难过等负面的情绪。

（4）你只会逃避。

——这件事，我们一起面对吧。我需要你。

根据以上提示，试着将以下句子中的贬义词和否定词汇去掉。

（1）丁小果："我觉得美国击毙萨达姆有点不人道啦。"

陈燃："有什么不人道，你管得还挺宽，赶紧去帮咱妈把家里煤气灶头修一修。"

（2）丁小果："别吃那么多橄榄菜，油特别多。"陈燃："谁说的，油一点都不多。你别啥事儿都管着我。"

参考答案：

（1）丁小果："我觉得美国击毙萨达姆有点不人道啦。"

陈燃："是有点。"（是萨达姆重要，还是男朋友的情绪重要？）"小果，快来帮帮忙，你看，这个灶头怎么啦？火窜老高，吓死我啦。"（撒娇，让男人有保护欲，而非感觉被指使。）

（2）丁小果："别吃那么多橄榄菜，油特别多。"

陈燃：（乐呵呵地吃了口橄榄菜，陶醉地眯起眼睛）："嗯，就是有点油。"（言外之意是，除了有点油，还真的很好吃。小丁看着陈燃那么满足，也就不再继续干涉了。）

二、阅读分析题

有一次，丁小果和陈燃约好晚上一起吃饭，然后再去散步。正巧丁小果在楼下叫陈燃的时候，陈燃正在吹头发。吹风筒的功率特别大，根本没听见楼下丁小果叫自己。丁小果在女生宿舍楼下干吼了半天，直到憋一肚子气，才等到陈燃吹完头发。等陈燃走到楼下，丁小果劈头盖脸地大喊道："你不知道这个时候我在楼下等你吗？你听不到我叫你吗？我叫这么大声，怎么可能听不到呢？你看，周围的人都望着我傻笑。"陈燃说："我在吹头发，听不到。"丁小果："不可能听不到。"

参考答案：

错误示范：陈燃："就是听不到。"丁小果："不可能听不到。"陈燃："反正就是听不到。不信你自己听听看。"丁小果："我才不听，不可能听不到。"然后，战火不断升级，一直吵到两人筋疲力尽。

那么正确做法应该是——

男人愤怒的时候，保持沉默。自己该做什么就去做什么。比如找闺蜜聊天、逛街、喝饮料，补充正能量。等男人气消了再说。千万别说：不信你听听看。男人是绝对不允许自己被别人打败的，即使是被"事实"打败。

小贴士：

你一生中和谁吵的架最多？是和你的终身伴侣。所以，吵架绝对是一门艺术。以下两个小贴士，有助于你合理有效地和情侣去吵架。

（1）吵架时的幽默

大家都知道，生气的"气"也就是一口气，泄了气，吵架的底气就不足了。一次，丁小果因为考试的事情很烦心，正巧陈燃不小心又把他的学年论文给无意间删除了。于是，丁小果大摆臭脸。两人就这样呛起来了。架吵到一半，陈燃大吼道："你一有气就找我撒气，你真当我是撒切尔夫人（撒气儿夫人）啦？"丁小果一个没憋住，扑哧一声笑了出来，气也消了一大半，很快就转过头来哄陈燃啦。

（2）搞乱对方逻辑

吵架的一个逻辑前提就是，"对方是我的敌人"，而搞乱对方逻辑就是让对方觉得自己是在和自己交战。比如，陈燃喜欢发脾气。笨蛋男友的做法一定是攻击："你脾气那么臭，我都快受不了了！"聪明男友的做法则是："这么臭的脾气，对你的身体不好！"（虽然语气像是在吵架，虽然心里也是在想这种臭脾气，让人怎么受得了，但结果会大不一样。）即使是在吵架的过程中，也别过分强调你的错误带给我的伤害，而多提你的错误对你的伤害以及对我们的伤害。

（3）百试不爽的哄女孩方法

当女生生气时，男人应该做的不是转身离开，也不是保持沉默。男人应该做的是：紧紧抱住她，然后说，我真没用，我怎么能让你这么想呢？

引申阅读：

［美］约翰·格雷：《男人来自火星，女人来自金星》，黄钦、尧俊芳译，长春，吉林文史出版社，2010。

［美］约翰·格雷：《男人来自火星，女人来自金星2》，白莲译，长春，吉林文史出版社，2010。

［澳］亚伦·皮斯、芭芭拉·皮斯：《为什么男人不看，女人不听地图》，罗玲妃、陈丽娟译，北京，中国城市出版社，2009。

［澳］亚伦·皮斯、芭芭拉·皮斯：《为什么男人爱说谎，女人爱哭》，罗玲妃、陈丽娟译，北京，中国城市出版社，2009。

第三章

失恋的傀儡

【上集提示】

　　看着陈燃和丁小果、小七和齐大圣和好如初，小艾的心里百感交集。她按照 Alex 嘱咐的，把过去恋爱中的种种经历写在了一张白纸上。

【本章概述】

　　这是小艾第二次去 8 号恋爱门诊，她总是觉得自己是一个被"失恋"摄住了的没有灵魂的傀儡。

1. 换件事情想想看

　　我大概是在三天后，再次约见 Alex 的。其实，我不太确定，我有没有从失恋中好起来。但是，我确实很认真地把过去交往的种种记了下来，并把写好的东西邮寄到了"记忆银行"。希望这家传说中的银行，能够帮我好好地保存回忆。但事实上，我觉得最难做到的仍是戒掉想他的习惯。

　　"是呀，"坐在我面前的 Alex 似乎早就猜到了我会如此，"当我们的思想持续不断地去想一个人的时候，就像一辆有着惯性的车子一样，很难停下。"

　　"我们应该怎么做才能让思想停下来，不去继续想念呢？"

　　"其实正确的做法也许并不是停下来，而是应该换一件事情去做。人的大脑皮层有一百多亿个神经细胞，功能都不一样，它们以不同的方式排列组合成各不相同的联合功能区。这一区域活动，另一区域就休息。所以，想让你的大脑停止去想'他'，你可以试着去做一些体力劳动。这样，你就可以从想'他'的困境中摆脱出来。"

　　"但我不喜欢做任何运动。排球、乒乓球、网球……总之我都不喜欢去做。"

　　"哈哈，我有适合女孩子做的运动推荐。不如洗个澡，做个面膜，拍打爽肤水，涂抹精华液、面霜，再做个美甲，1 小时后，你会发现自己的大脑轻松很多。再比如学习一项新的技能。"

　　"像《失恋三十三天》里的黄小仙一样去学大提琴，哈哈，这个我喜欢。"

"当然，如果你没有办法从脑力劳动转到体力劳动中，那么你只需在脑力劳动内部转化，也就是说你可以试着去想想其他的事情。"

"我什么都不想去想，我满脑袋里都是他。"

"我还有一个好的方法推荐。那就是去看一些喜剧电影，当然，如果你对恐怖片不反感的话，适当地去看一些带有悬疑剧情的恐怖片也能够帮助你解压。"

"是啦是啦，就像我看《寂静岭》，看完以后脑袋里还一直在思考关于三层空间之间的关系，还有《造梦空间》……总之看过之后，情节会在脑袋里挥之不去。"

"当你的大脑尝试去想一些与'他'无关的事情时，渐渐地'不去想他'也会变成一种习惯。"

"渐渐地……'不去想他'也会变成一种习惯，Alex，你让我变得有些小伤感。"我低下了自己的头。

"哈哈，'小伤感'，这是你的'失恋模式'启动后的结果。"

"'失恋模式'？"

2. 行为模式的傀儡

"是呀，"Alex 说道，"人们在失恋时，会按照头脑里对'失恋'的理解，做出一些失恋时'应该'做的事情，简称'失恋模式行为'。比如……"Alex顿了顿，示意我来回答。

"一些失恋时'应该'去做的动作……"我重复着 Alex 的话，"嗯，我会去我们曾经在一起的地方寻找回忆，还会去听一些悲伤的关于失恋的歌曲，会不好好去吃饭，蓬头垢面不想去梳洗，嗯，对，还有熬夜。"

"对，这都是'失恋模式行为'。实际上，这些'应该'做的事反倒会强化我们的苦恼。因为按照'知行一致性'理论，当你做什么样的事时，大脑就会以为你怎么想。[1] 比如，当你做一些貌似怀念某人的行为，如抚摸他的照片，拿出他的信物，你的大脑会以为你真的是在怀念他，并会强化'怀念他'这种感觉；参加丧礼时，即使去世的人与你没有什么关系，但在周围人的带动下，你一旦痛哭起来，你会觉得自己真心难受；而当你大笑时，即使是假笑，你的大脑也会分泌一种真笑时分泌的多巴胺，它会让你真的快乐起来。你必须明白，带给你悲伤的不仅仅是失恋，更是你的行为模式。关闭'失恋模式行为'有助于你的恢复。简单讲，你觉得你无法摆脱失恋，摄住你的恰恰是你自我设定的这些失恋模式行为。"

---

[1] 关于知行一致性的内容参考了莉尔·朗兹：《如何让你爱的人爱上你》，北京，新世界出版社，2011。

"也就是说，即使我们失恋了，我们也要像没失恋时一样行动，是吗？可这真的很难。'失恋模式行为'总会反复出现，我根本控制不住。"

"真的控制不住吗？"此时，Alex 脸上又浮现出了那种标志性的仿若来自遥远星球一般让人迷茫的微笑。

"你是说……你是说……"我都快抓破了自己的脑袋："你是说，我可以像'说服我的手掌贴地'一样去说服自己的身体，'去像一个没有失恋的人一样行动'？"

"更确切地说，是说服自己像一个快乐的人一样去行动。不要怀疑，你完全可以的。"

"像一个快乐的人一样去行动，行动就会帮助你去说服你的思想，让你的思想也去相信，你真的没有那么痛苦。你和没有失恋时一样快乐。"

我突然感觉自己似乎已经没有那么难过了。是呀，像没有失恋时一样起居，像没有失恋时一样打扮自己，像没有失恋时一样去品尝美食，像没有失恋时一样欢笑……其实，我们原本就可以做得很好。

3. 元气充裕的"正能量"弹

"哈哈，看来，我的基础治疗已经做得差不多了，想要击碎失恋模式，我们还需要些元气充裕的'正能量'弹。"

"'正能量'弹？"

"正能量是一种正面的、可以引发人努力向上的力量。所谓的正能量弹，是一种比喻，我们可以把充满元气与力量的正能量想象成一个有弹力的球型子弹。发射这些正能量弹，会帮助你击碎所有消极的负能量云团。要知道，失恋可是最损耗正能量的情境。它会极大地打击你的自信心，让你悲观消极，充满了负能量。"

"的确是这样的。失恋后，我总是在反复思考与自责，觉得是因为自己不够好，或是做错了什么才让他离开我的。"

"哦，你要小心，你有着'神经官能症'的倾向哦，这种倾向更容易让你被负能量云团所笼罩。"

"天呐，什么叫神经官能症？"

"我们来看这条坐标。"说着，Alex 在纸上画出了一个坐标。

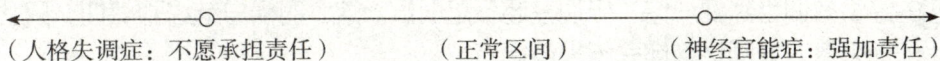

（人格失调症：不愿承担责任）　　（正常区间）　　（神经官能症：强加责任）

"大多数拥有心理疾病或心理问题的人，不是有神经官能症，就是有人格失调症。而它们的症状又恰恰相反：神经官能症患者为自己强加责任，而人格失调症患者则不愿意承担责任。简单讲，神经官能症患者让自己痛苦，而人格失调症患者让身边的人痛苦。"

看着我面露不悦，Alex 马上解释说："当然，你并不是什么神经官能症患者，你只是，只是有一点点神经官能症倾向，哈哈哈。"

"你是说，失恋并不是因为我不够好造成的，并不是我的责任，是这样的吗？"

"失恋就像小时候磕破了膝盖皮，痛且惶恐，还怕被家长骂怎么不好好走路，于是哭得一塌糊涂。长大才发现，失恋就像断奶、学走路、长智齿、学骑车……都必须忍受疼痛才能收获成长。"

"你是说，并不是因为我不如小雪好，所以萧健才甩掉我的，是这样吗？"

"哈哈，两人相爱，就如一双脚去找一双鞋，36 码找 36 码。如果 36 码脚找了 37 码鞋，两人都不舒服，分开是为了彼此有机会找到属于自己的另一半。分开难道要去追究是 36 码脚错了，还是 37 码鞋错了吗？难道非要追究 36 码脚和 37 码鞋，哪只更优秀吗？"

"不是因为我不够好，哈，单单这一句就足够让我充满正能量啦！"

"想要提升身体的正能量，首先要将自己身体的机能提升至最佳，所以任何有损身体健康的事情，如酗酒、熬夜、绝食、自残等都是必须杜绝的。适当的瑜伽训练和体育锻炼有助于身体补充正能量。其次，要在自己的大脑里塞满正面的思想。你可以在每天潜意识最活跃的时段，也就是清晨起来和晚上睡前，向它源源不断地输送正能量。比如你可以对你自己讲：'你是最棒的，你可以做到的，你是快乐的，你是幸福的……'每天重复 21 个正面词汇来进行自我激励，恢复潜意识里的自我认同。当然，我还会在超级练习册里给你准备一些补充正能量的方子，相信你很快就会好起来的。"

"哈哈，是治疗失恋的方子！"我不禁雀跃了起来。

"记住，这味方子在使用的时候，还要忌口哦。"

"忌什么？"

4. 忌 口

"忌负能量。失恋会让人的气场变弱，更容易被外界悲伤的东西吸引。因为人在悲伤时会下意识地寻求归属感，而同为悲伤的东西会让失恋的人获得归属感。所以痛苦产生的路径就是，悲伤——然后看悲伤电影或听悲伤的歌——更悲伤。所以，养伤阶段，尽量不要接触悲伤的东西，避免任何负面评价。失恋的经验教训当然要总结，但现在还不是时候。这个时候总结经验教训，只会让你翻来覆去地回忆，你会越来越痛苦。"

"好吧，"我对走出失恋越来越充满自信了，"不过，我只要一想着 EX 以后会被别人纳入桃花账，心里就好生不爽。这种思想又该如何克服呢？"

"不知道你有没有用心观察过两三岁的小朋友，他们还没有明确的'我'的概念时，他们会将'我'的概念无限延伸，即便是路边的一块石头，若有

人和他抢，他也会争个头破血流。即便是我们长大后，对于'我'的概念的把握也往往不够准确。我们会将与我们最亲近的恋人纳入到'我'的概念范畴之内。其实，这和小朋友去争一块石头又有什么区别呢？恋人与石头，原本都不属于'我'。"

"嗯，听起来倒还蛮有几番禅意。"

"唯有面对失恋仍保有百折不挠的勇气，才配在日后享有完美盛大的爱情呀！"

"Alex，你知道吗，我曾经在失恋后，告诉过自己，'我要让他重新爱上我，然后再甩了他'呢。"

"哈哈，这个想法倒是不错，但你在整个过程中损失的是你的青春筹码和你的机会成本。就算计划得逞，你也还是亏了呀。"

"难道负心人不应该受到惩罚吗？"

"放心，就算你不去报复他，也自然会有别的女人替你'替天行道'的。失恋的痛苦，在于你觉得你失去了两份爱。你给他的爱遗失了，他给你的爱也不再了。其实换个思路，你就不会再纠结，你可以说：我把我对他的爱收回，来爱自己。你算算，平了，是吧！善意对待生活中的每一个困境，相信自己能顺利度过。人呀，越年长就会越能体味到塞翁失马的道理，世间事向来心小则事大，心大则事小。更何况，恋爱的进出成本远低于婚姻的进出成本，一段不合适的恋情，早点结束，是一件值得庆祝的好事。"

"失恋原来是件好事。"我似懂非懂地点了点头。

"好啦，今天就讲到这里吧。你看，你下午还有两节公共选修课要上呢。"

"对，我怎么把这事忘记了。Alex，你怎么什么都知道呀？"

"快回去吧，不然赶不及了。"

"谢谢你，Alex，"我随手抓起自己的包包，"我们下次再见。"说完，向Alex挥了挥手，转身跑开了。

是呀，2点前要赶到北阶梯教室，有两节《心理学导论》的选修课要上。

我奔跑得像一头小鹿，一会儿就跑回了教室。刚进门，就看见王晴已经在第一排帮我占好了位置。

"下次能不能帮我占一个靠后面一点的位置。"我显得有些不太高兴。

"这课挺有用的。"王晴低声说着，然后又狠狠地拉了我一把："快点坐下来吧，课要开始了。"

我用眼睛的余光扫了扫身旁的王晴，突然明白了什么。

5. 最糟状态遇见他

别说，从恋爱门诊回来后，我的感觉还真的渐渐好起来。按照 Alex 的指示，我已经开始了自我疗治。

我最近迷上了舒尔特表练习。在苹果手机的小屏幕上练呀练呀，忘记了所有忧伤。

这不，差点就忘记了下午还得去会计事务所实习的事。每周的周五我都会坐学校门口的 239 公交去事务所实习。

要知道，这年头，很多学生都会随便找家公司，随便盖个实习章，我可不想那样。毕竟我身无所长，唯有对数字有着天生的敏感。记得教会计的老师曾经说过，所谓的会计工作，就是要坐在角落里，安静地把豆子数完。这样的工作比较适合我这种不懂交际的小丫头。为了把豆子数清楚，我可不想浪费每次实习的机会。

不过今天，沉迷于对着手机练舒尔特表，结果差点就把实习的事忘得一干二净了。慌忙间，我抓了件 T 恤，扎了个马尾——唉，话说和萧健恋爱那会儿，其实我还蛮在意自己的打扮的——不过，反正现在也不会有人看了。上车前，我在街边的便利店买了块芝士蛋糕，据说甜品会让人的情绪变好。

就这样，我拎着吃剩的半块芝士蛋糕，揉着惺忪的睡眼，踏上了 239 公交。还好，学校是终点站，有很多空座。我找到司机正背后的座位坐了下来。就在汽车启动前，一对情侣嬉笑着上了车。

"快，萧健，这儿还有一个座位。"女孩拖着男孩的手，两人边笑边坐到了我正对面的位置上。

糟糕，居然是萧健。

我尴尬极了，此刻，我的头发乱蓬蓬，下巴上还长着一个超级大、超级红的大痘子，手里拎着吃剩下的半块蛋糕。我穿着学校发的系服 T 恤，上面还印着大大的学校名字，我的脚指甲上的指甲油掉了大半……总之，我快要掉下眼泪了。

而此时此刻，坐在萧健身边的女生，穿着合身的小洋装，黄色的头发烫过后，蓬松地盘起来，是时下最流行的丸子头，漂亮的颈部裸露着，连着她那雪白的手臂，形成了美妙的弧度。她的手指甲上是浅色大理石纹理的美甲，上面还点缀着水晶做成的小花。

是的，你没猜错。正对面这对，男的是我的前男友萧健，女的是他的新女友。我真恨不得此刻找个地缝钻进去。

怎么办，怎么办，离事务所还有 7 站路。

唉，我长长地叹了口气，低头摆弄手机，随手发出了一条微博："都说女孩子要随时保持最佳状态，今天以最差的姿态在公交车上遇到了曾经的那个他，还要坐在我斜前面，还要坐半个小时。都说了无论什么情况都要以最好的姿态出门的啦，叫你不听，叫你不听！！"

微博发出不到半分钟，几条更新提示，点开一看，哇，被围观了。

小七："你没穿着拖鞋吧？"

我："还不至于……"

王晴："我觉得吧，你得上去揍他，一巴掌上去，所有人都知道是他负了你。如果他敢还手，他在学校就更没得混。日后若他想报复你，全学校的人都知道是他干的，他也不敢。"

我："你知道的，我在他面前根本就是一只小白兔。"

陈燃："还是拿出你的自信，微笑面对吧。"

我："没男友的女人，哪来的自信。"

王晴："这时候，你多需要个小 Gay 蜜啊！"

我："是呀，这个时候我最需要一个王小贱或者是李大仁！"

王晴："不如，拿起电话，铃声后接起开聊：'哈罗，小甜心，什么？你帮我买到了那款限量的香奈儿，太爱你了！'一直聊到下车。要不要我现在就给你打电话？让我来假扮你超级有钱的新男友，如何？"

陈燃："我还是先建议，看看 EX 有没有默默关注了你？"

Alex："放心，不会的。别自作多情啦。"

什么？Alex，居然还有 Alex！

Alex：等你真老成一颗核桃了，你会庆幸是在年轻时重遇了他。

说完，Alex 转发了条微博给我："从前有个禅师，最爱兰花，一日云游，将兰花交由徒弟照料。徒弟知道兰花是师傅心爱之物，十分用心照料，不想师傅回来头一天，他却失手将花盆打翻，兰花摔坏。你猜禅师怎么说？禅师只说了句，我当日养兰并不是为了今日生气的。"

王晴接着又转了一遍，加上了评语："Alex 的意思是说，你的恋人便是你最心爱之人，若真有一日，他背叛、伤害、离开了你，你也要轻轻跟自己说一句：我当日恋爱并不是为了今日生气的。"

也对，于是我扬起我那张紧绷的红扑扑的年轻的小脸蛋儿，面对着箫健微笑了一下。小雪狐疑地盯着箫健看了一眼，箫健反倒心虚地低下了头。

看来效果不错，赶快微博汇报一下……

陈燃："不错嘛，你是怎么做到的呀？"

我："我看着他的眼睛，然后心里默想着，我的舒尔特表第一关的记录是0.67 秒，然后我就俾睨掉了他。"

"哈哈哈哈哈！"寝室的几个姑娘们，在微博上笑做了一团。

这时，汽车到站了，箫健就坐了一站，拉着小雪下车了。

"干什么呀？这还没到站呢？"我听见小雪大声地叫嚷着，不满地甩箫健的手……

* * * * * *

失恋后，我不想像黄小仙睡在浴缸里睡落枕，平日里嘻嘻闹闹，打打笑笑

像没事人，但没有人知道，我用了五天时间，把过去曾经和萧健一起走过的路重新走了一遍，用了两天时间把我们过往的种种认真地记了下来，用一天时间把手机里所有我们之间的短信也全部誊写了下来，然后寄给了"记忆银行"……就到这里吧。与其花时间精力证明上一段恋情是真爱，不如花时间精力去证明下一段恋情是真爱来得实在。

七站过后，我走下公车，阳光刺眼，我抬头仰望，仿若一切都未曾发生。

6. 本章复习

（1）人的大脑皮质有一百多亿个神经细胞，功能都不一样，它们以不同的方式排列组合成各不相同的联合功能区。这一区域活动，另一区域就休息。所以，想让你的大脑停止去想"他"，你可以试着去做一些体力劳动。这样，你就可以从想"他"的困境中摆脱出来。或者，你也可以尝试着去想想其他的事情。当你的大脑尝试去想一些与"他"无关的事情时，渐渐地"不去想他"也会变成一种习惯。

（2）照"知行一致性"理论，当你做什么样的事时，大脑就会以为你怎么想。如果想快乐起来，就像一个快乐的人一样行动起来。

（3）神经官能症患者为自己强加责任，而人格失调症患者则不愿意承担责任。简单讲，神经官能症患者让自己痛苦，而人格失调症患者让身边的人痛苦。失恋后要避免神经官能症倾向的出现，杜绝大包大揽所有责任；也要避免人格失调症倾向，将责任强加于他人。

（4）失恋就像小时候磕破了膝盖皮，痛且惶恐，还怕被家长骂怎么不好好走路，于是哭得一塌糊涂。长大才发现，失恋就像断奶、学走路、长智齿、学骑车……都必须忍受疼痛才能收获成长。

（5）失恋复原，要从身体开始着手进行调整，要将自己身体的机能提升至最佳，所以任何有损身体健康的事情，如酗酒、熬夜、绝食、自残等都是必须杜绝的。适当的瑜伽训练和体育锻炼有助于身体补充正能量。其次，要在自己的大脑里塞满正面的思想。你可以在每天潜意识最活跃的时段，也就是清晨起来和晚上睡前，向它源源不断地输送正能量。比如你可以对你自己讲："你是最棒的，你可以做到的，你是快乐的，你是幸福的……"每天重复21个正面词汇来进行自我激励，恢复潜意识里的自我认同。

（6）失恋会让人的气场变弱，更容易被外界悲伤的东西吸引。因为人在悲伤时会下意识地寻求归属感，而同样是悲伤的东西会让人获得归属感。所以痛苦产生的路径就是，悲伤——然后看悲伤电影或听悲伤歌——更悲伤。所以，养伤阶段，不要接触太过悲伤的东西，并杜绝任何负面评价。

想要走出失恋，你或许应该这样做：

（1）现在，按照 Alex 的意思，马上去洗一张 EX 的黑白照片，贴在黑框框里，然后告诉自己："此人已死，有事烧纸。"

（2）哈哈，Alex 已经猜到你不忍心这样做了。那好吧，也许将一个人"请"出你的小脑袋并不容易，或许我们可以把他"挤"出你的小脑袋。百度一下最受好评的悬疑电影或是喜剧电影，现在就去吧。

（3）看过《潜行狙击》的读者可能知道，缓解压力和负面情绪的一个有效方法就是做一些简单的机械运动，如打俄罗斯方块。最近发现了一个苹果的 APP，叫舒尔特表练习，也是类似的机械运动练习。该 APP 通过动态的练习来锻炼视神经末梢，每天用它来练习一遍，可以大幅度提高注意力水平，更有助于速读训练。当然，即使你的注意力水平和速读水平都没有因练习而长进，至少你在全神贯注练习的时候是不会再想那些让你心烦的事情的。

（4）以下做法也能够增加你的正能量：

①和宠物玩。

②养花草。

③听优美的音乐。

④清理家居。

⑤与大自然共处，脱下鞋子，站在大地上。

⑥写点东西。

⑦做自己喜欢且需要投入创意的艺术创作。

⑧慢运动。

⑨反听内视，可以尝试五分钟冥想，正坐，双脚着地，闭眼，想象眼睛向内看，耳朵孔处有个盖子在关闭，整个人暂时与外界隔绝，自在地看着念头来去，不起任何控制和执着的想法。只要坚持五分钟，对身心的修复作用非常强大。睁开眼睛，可以喝一杯菊花茶，舒顺咽喉，清心明目。

"黄庭禅坐"也有类似的效力。以下网址有张德芬解说的黄庭禅坐音乐，也许能够帮到你。

http：//video. sina. com. cn/v/b/73311883－1300161084. html

⑩读好书。

⑪练习腹式呼吸。

⑫与亲友相伴，聊些开心的事情。

⑬微笑。

（5）当然，我知道你最希望在处方单上看到的处方就是"休息半个月"这样的字眼。要知道你可以堂而皇之地拿着它去申请假期。为什么不呢？失恋

是最应该用假期疗治的。诚意推荐三亚与厦门。

（6）处方单上怎么能没几样补品呢？吃货们请注意，巧克力和香蕉能够很好地缓解压力和不良情绪。据说维生素 C 每天吃一颗，连吃 30 天，失恋就好啦——很显然，这味药中起效果的是 30 天，不是维生素 C 好吧！

（7）做些能给你正能量的玻璃罐。

很多女性会在失恋后陷入前所未有的自卑与消沉的困境，即使是明星也不例外。著名歌星蔡琴在结束了一段长达 8 年的婚姻后，也是如此——整日混沌，对自我产生极大的怀疑和否定，情绪面临崩溃的边缘。所幸，蔡琴有着一群聪明热心的好友。

一日，三个朋友去蔡琴家做客，其中一位朋友提议，让每位朋友都拿出笔和纸，在纸条上写上蔡琴的优点。一张纸条一个优点。然后，把所有纸条中重复的优点拿掉，剩下的纸条折成星星，装满了一个玻璃罐。朋友告诉蔡琴，以后，每天早晨起来，就打开其中的一个纸条，然后，这一天就只发挥这一个优点就够了。

蔡琴发现，虽然自己离婚了，但所有的自己身上的优点仍然忠实地伴随着自己，这些优点并没有因为老公的离去而减少一分一毫。女性的魅力从来都不是男性带给的，靠的是自己，也绝对不是男性可以带走的。就这样，通过一年的恢复期，蔡琴终于走出离婚的阴影，重新找回充满自信和光彩的自己。

其实，失恋的人大可以也做这样的一个装满星星的玻璃罐，每天打开一个星星，它会让你一整天充满了正能量。

（8）新衣服、鞋子也能让你感觉好起来。

（9）换一个新的手机号码。

（10）杜绝饮酒，过度睡眠其实也不解决问题。杜绝去失恋论坛——负能量聚集的地方，怨气十足。

（11）在情伤好了之前备战各种考试，是很自虐的一件事。因为人的大脑有选择性偏好，当你不得不在"回忆"和"学习"之间选择一项时，大脑会选择相对简单的"回忆"。这样，你会觉得根本学不进去什么，而且还越发痛苦。当然，如果你能化"失意"为"动力"，那另当别论。

（12）像男生学习，你能更快走出失恋。

如果男生遇见情绪低落的时候，如失恋时，他们会怎么做？

"他们会看看报纸，玩玩游戏。他的大脑不再牵挂着那些烦心事儿，心情也渐渐放松下来。要是压力特别大，问题特别严峻，他会特意做一些有难度、有挑战性的事，比方说参加球赛，或者户外爬山。在这些剧烈的运动中，他尽情地挥洒着汗水，压力也随之释放。他像重新充满电一样，精神焕发，斗志昂扬。男人心情不好时，他会守口如瓶，缄默不语，钻进他最私密的'洞穴'

里，静静思量。"①

而当女人们遇见情绪低落的时候，如失恋时，她们会怎么做呢？

"她们更倾向于找个知己好友，将满腹心事尽情吐露。她将各种忧虑不快向自己信任的人娓娓道来，心里就会好过得多。"②

可见，女人遇见失恋后，会不断重复关于失恋的话题，这加深了对以往恋情的记忆，使得摆脱痛苦变得更加困难。所以，请参照男生行动模式去行动吧，这样你会更快地走出失恋。

PS：总之，失恋时，人迷恋的是一种轻微的痛楚感，像吃辣椒。原来"辣"和苦、甜、咸不同，它并不是舌头可以感知的一种滋味，而是一种轻微的疼痛。其实这就像我们在失恋时，迷恋的爱情的味道，其实也很可能并不是一种滋味，而仅仅是一种求之而不得的疼痛。所以，快快努力走出失恋吧，因为很多人陷入失恋中根本就是自己不想好，想通过伤心与沉迷证明自己上一段恋情是真爱。其实与其花时间精力证明上一段恋情是真爱，不如花时间精力去证明下一段恋情是真爱来得实在。

再有，一件事情，如果在 72 小时内，你还没有去做的话，你做它的可能性就很低了。所以，马上挑选一项你觉得靠谱的建议，按照上面的要求行动起来吧。

第三章

失恋的傀儡

① ［美］约翰·格雷：《男人来自火星，女人来自金星》，黄钦、尧俊芳译，长春，吉林文史出版社，2010。
② ［美］约翰·格雷：《男人来自火星，女人来自金星》，黄钦、尧俊燕译，长春，吉林文史出版社，2010。

第四章

表 白

【上集提示】

　　陈燃、小七都已和男友和好如初，小艾也在 Alex 的帮助下，渐渐从失恋中好转了起来。

【本章概述】

　　可是，眼见 3 月 14 日白色情人节的临近，王晴开始不淡定了。

1. 表白是"大姨妈"吗?

　　时序转换，一转眼马上就是 3 月 14 日了。

　　2 月 14 日要表白! 3 月 14 日要表白! 4 月 1 日也要表白! 5 月 20 日还要表白! 表白是"大姨妈"吗! 每个月总有那么一天要表白!

　　临近 3 月 14 日，王晴开始变得经常心神不宁了起来，我私下和她闲聊，才知道这都是因为 W。

　　W 是王晴最近相中的一只"小白兔"。王晴上次参加校排球赛，在赛场上偶遇了 W。话说这 W 是体育系的一个风云人物，身后拥趸无数，大多都是花痴小 MM。王晴说，在球场上遇见他时，心里就不觉一动，似乎连心跳都快了许多倍。按理来说，遇见 W，不心动的女生恐怕不多，因为人帅嘛。不过敢像王晴这样，拿出十足的勇气想要表白的人却不多，因为大多数姑娘掂量着自己那几斤几两，也就明白根本没什么希望。但王晴不同呀，王晴可是女神呀，哪个男人能抵挡住女神的告白。

　　特别是，当王晴在公选课"心理学导论"上重遇 W 时，爱的小火苗就越烧越盛了。因为，她总是能看见 W 坐在阶梯教室的第一排。王晴当然喜欢爱学习的孩子了。于是，王晴每节课也跟着坐第一排，害得我也得跟着坐第一排。哎……

　　但话说回来，表白可是个技术活。听说王晴想和 W 表白，A112 的姑娘们，七嘴八舌地议论了一番，决定还是让我@一下 Alex，听听它的意见。

　　这不，Alex 给了我们一间咖啡屋的地址，要我们去那里买些新鲜的故事。

于是，趁着周四下午没有课，我们四个女人出发了。

*   *   *   *   *   *

这是一间 Sirens Coffee，十分雅致，看着房间布置，显然是为了迎合更多女性顾客的需求。地中海味道的装饰，特别的是，咖啡屋里还养着 8 只颜色各异的猫咪。

咖啡店的老板娘是一位年纪在 30 岁左右的妇人，眉峰高耸，身材颀长，穿着一身织锦的大褂，脚着绣花平底鞋，看起来如牡丹，优雅且有品位。听说我们是 Alex 介绍来的，她欣然表示欢迎。

"免费的哦，故事和咖啡都是免费的。"老板娘一边说，一边拿出了一个竹篮子。她娴熟地打开竹篮，放出了一些色彩斑斓的透明气泡，再用一个鸟嘴状的长针刺破，一个个故事就这样展开了它们多彩的羽翼。

"不，Alex 告诉我们，要新鲜的。"

"新鲜的，哈哈哈哈。"老板娘不觉大笑了起来。"好吧，那我只有把我的故事奉献出来了。还有夏小米，你的故事也拿出来吧。你的更新鲜。不过，你们也得拿你们的故事来换哦。"

说着，从柜台后面走出了另外一个女子，年纪看起来轻了不少，莞尔地笑着。这就是夏小米，老板娘的闺蜜。我定睛一看，只见她小小的团团脸，身着细密的丝质长裙，看起来甜腻如蜜，又轻盈似风。

"好吧，换就换。我们想知道一些关于表白的技巧。所以，能讲讲关于表白的故事吗？"我问道。

"哦，好吧。"夏小米看着老板娘点了点头，说道："那我就先和你们讲讲老板娘巧锦的故事吧。"

2. 咖啡店老板娘巧锦的故事

上大学时，巧锦曾经是大家公认的小才女，在同班同学还为每小时 20 块钱的家教奋斗时，她已经和出版社签下了合同，出书赚外快了；在大家为毕业分配忙得焦头烂额的时候，她已经顺利保送研究生了。

巧锦原本是有一个男朋友的，不过谈得一直不冷不热的，关系恶化的时候，她总会去找她的一个蓝颜知己倾诉，他的名字叫程函。程函是一个标准的美男，侧面的轮廓极像周渝民。巧锦读研的时候，程函刚刚从巧锦家乡的一所二类大学毕业，进了邮政系统工作。接到巧锦的倾诉电话时，程函会一直很温和地开导她。这样的倾诉电话一打就是两年整。我们呀，经常揶揄巧锦，问她为什么不甩了恐龙模样的男朋友，干脆和程函在一起算了。

直到巧锦研究生毕业，她正好赶上首届研究生扩招大潮，就业困难，她又正巧和男友分了手。那年冬天，临近春节，巧锦一个人在北京找工作，寂寞时

打通了程函的电话。程函在电话那头提议道："今年春节，你不如来我家过年，我妈说要给你煮饺子。"挂过了电话，巧锦一个人在大雪纷飞的北京哭成了泪人。

孤身一人在外的日子，巧锦一直记挂着程函。甚至因为这个原因，最终一家出版社向巧锦提出邀请时，巧锦考虑到程函也在这家出版社所在的城市，于是欣然同意了。但事情最终没有向大家预想的方向发展，程函对巧锦的到来并没有表现出太多的热情。情人节那天，巧锦终于鼓起勇气发了条语焉不详的短信给程函，却没有收到回复。

若干年后，巧锦已经嫁给了兄弟出版社的一位高层领导，辞掉了工作，开了一间属于自己的咖啡馆。听说程函则娶了一位娇小可爱的小护士，贷款买了房。

夏小米把巧锦的故事娓娓道来，新鲜的故事长成了一个气泡，被巧锦灵巧地捕捉到，装进了竹篮子里。

"是呀，回想前尘往事，不禁觉得恍若隔世呀。"巧锦跟着说道。

"所以，夏小米，你的意思是？你的意思是我们根本不应该表白？"王晴问道。

"你身边会有很多的朋友劝你，表白！表白！不然你会后悔一辈子。但是，我可以负责任地告诉你，在这些朋友中，不知道有多少是抱着看你笑话的心态说这句话的。"夏小米回答道，"这样的话，轻易不要相信。"

巧锦补充道："不过，虽然表白被拒，但我一直对那个温柔的'类'心存感激。后来，程函告诉我，他原本一直是对我很有好感的。但不知道为什么，等我一勇敢地冲锋过来，反倒让他恐惧地弹升八丈远。"

"因为男人体内的雄激素是女人的六倍，他们往往比女人的性欲求更强烈。这也就解释了为什么有美女从男人身边走过时，男人通常都会下意识地回头去看；也解释了为什么女小三比男小三多的原因。如果你倒追，男人潜意识里会觉得你和他是同类，会觉得你的雄激素也很高，这就触动了男人的'亲子不确定性'，让他迅速弹开。"夏小米说。

"羊天生就应该让狼追呀！其实道理挺简单。"巧锦说。

"那为什么不能是两头狼呢？"小七问。

"那你提高一下你体内的雄激素含量给我看下呗。"陈燃揶揄道。

"哈哈哈哈……"大家又笑成了一团。

"不过，"夏小米说道，"如今看来，当年他的选择还是对的。他自己少了娶个女强人的尴尬，巧锦也找到了一棵能让她依靠的大树，变回了小女人。"

"这样看来，原来不是所有的被拒绝都是坏事。"陈燃说道。

"特别是，当你的能力强过你想追求的男性时，他们往往会因自卑而却步。王晴，你得搞清楚呀。"我说道。

"另外，女孩，当你处于人生低谷时，也不要轻易降低择偶的标准。"巧锦说道，"总之，贸然表白很危险。暗恋并表白一定要在知己知彼的前提下做出。所谓表白，一定要在你确信他需要你、他爱你、他跑不出你的手掌心的前提下做出。否则，受伤概率在85%以上。当然，这条只对女生适用，对男生则另当别论。"

3. 夏小米与莲

"讲完了我的故事，下面该讲讲夏小米和莲了。"巧锦说。

夏小米是我的闺蜜，我们是从小玩到大的好友。初中那年，她也曾陷入过一场无法自拔的暗恋，暗恋对象是班上的捣乱分子浩。浩是校乐团的贝司手，在狂热地演奏摇滚时，夏小米觉得他酷极了。记得那年有部日本电影在热播，名字叫《NANA》。夏小米总是把浩想象成剧中的"莲"，期待可以收获NANA那样浪漫的爱情。

生性害羞的夏小米，高三那年，在朋友的怂恿下向浩告白了。于是，在一个下小雨的秋天，浩吻了夏小米。浩和夏小米约定，等夏小米考上大学，他们就开始约会，而此时的浩已经辍学在家很久了。但夏小米觉得，既然是真爱，就不应该嫌弃浩。

不出意料，优等生夏小米考上了一所不错的重点大学的法学院，她满怀热情地期待着和浩的第一场正式约会。但浩却一直躲着夏小米。浩是单亲家庭的孩子，妈妈又在国外，19岁的浩一个人留在国内。夏小米于是日夜在浩家门前等他，一有机会就帮他打扫房间，帮他洗衣做饭，即使浩一直沉默面对。大学开学后，夏小米还经常背着家人，连夜坐几个小时的火车，回家乡去看浩。但这一切都没有让浩对夏小米的态度有所改观，夏小米这才渐渐收了心。

升入大三，一次回老家，夏小米得知浩结了婚，如今正做着一份保安的工作，每月的工资在那个小城市也仅够温饱。去他家拜访时，夏小米看到了发福的浩和他粗壮的妻。

听巧锦说到这里，夏小米不禁感慨道："哎，当年自己还年轻，以为有了爱就可以战胜一切。后来让我彻底断了对浩的念头，是因为听闻他在初中好友间放言：'夏小米很贱的，主动贴上来。'他还绘声绘色地描述他和我交往的细节。不过，我倒也不恨他，至少他没有耽误我。"

"是呀，就算你聪明透顶，美成完人，主动出击也未见得一定旗开得胜。如果对方差你很多，反倒是一种巨大的压力。"巧锦说。

"所以，不要以为自己条件好，就勇猛地表白哦。"陈燃望着王晴，意味深长地说道。

"表白了，原本高高在上的你，反倒会轻易被人踩在脚底下，卑贱了起来。你不爱惜自己，又怎能奢求别人会爱惜你呢？一个女人为了所谓的'爱

情'，曲意迎合一个不够爱自己的男人，其实挺可悲的。"夏小米说道，"若不是亲身经历，怎知道在他心目中，我竟然是那样的不堪。"

"女人呀，总是感情用事，很少考虑合适不合适。而不少男人，在认真考虑过彼此不合适后，会毅然决然地拒绝你。当然，他们绝对不会承认是自己配不上你，有些人还会用沉默让你误认为是你自己不够好，配不上他。你越努力，越想证明自己配得上他，反倒让彼此之间的差距越来越大。如果遇见个别居心不良的小混混，迷迷糊糊地骗你上了床，到时候，女孩子受到的伤害就更大了。"巧锦说道："你要明白，真爱并非总是无敌，更何况是不堪一击的单相思。"

"说到这里，我想起刘若英的故事了。"听到这里，我忍不住八卦道。

她当年也无法自拔地爱上了陈升。2005年12月，刘若英和陈升同时应邀参加了侯佩岑主持的《桃色蛋白质》节目。虽然她已是影后，风头也远远盖过了陈升，但在陈升面前，她就像个不知事的小女孩，始终小心翼翼，怕做错说错什么。刘若英跪着把自己的最新专辑送给陈升，却惨遭陈升的拒绝。他批评刘若英说："CD是歌手用生命换来的，怎么能随便送人？"一句话说得刘若英开始啜泣。

这期节目其实是给刘若英的，陈升作为嘉宾参加，他们多年师徒，且很久没见。但实际上，主角从头到尾变成了陈升，因为刘若英从一开场就崩溃了。整个节目，她基本上没有办法好好说话，只是一直在哭，一直在哭。在陈升面前，她完全无法控制自己的情绪。只是有一瞬，她抬起泪眼一眨不眨地注视着陈升，百转千回。

"是呀，你冰雪聪明，你蕙质兰心，但终究逃不过一个情字。既然逃不过，不如选个靠谱点的再动真情。不然难道要学刘若英，旁人都看不下去了，自己还不肯放下；难道学张爱玲，胡兰成在外边和护士小周都好上了，她还要给他们寄去生活费。'情'万万要找个可托付的人再付出。这绝对不是冷酷，也不是自私。"巧锦一边说，一边收起了夏小米的故事。

"老板，故事换咖啡，是吗？"听见我们聊得火热，一直在角落里默默喝咖啡的一个女人走了过来，"不如，我也讲讲我的表白故事。"

4. 方小圆和陆家明

我抬头看了看这个女人，二十七八岁的样子，小圆脸，眉眼秀美，人白白的，且略显丰腴，一米六的身高很标准，人颇有神采。

我叫方小圆，最近也在为表白的事情而纠结。我很早就自己一个人从湖南来到广州闯天下，在一家大型房产公司工作，现在被派回到重庆，做地区房产营销总监。因为工作比较繁忙，所以对自己的终身大事没太着急。直到有天在一个朋友的聚会上遇见了陆家明。

陆家明的相貌平常，却斯文绅士，自己有一个小型的房产公司，事业正在起步阶段。因为是同行，彼此就多聊了几句，交换了电话号码。我觉得陆家明比较符合自己对老公的想象，在彼此通了几次电话后，就向他表白了。可不知道为什么，此后他的电话越来越冷漠，经常几句"嗯、啊"就草草断掉。情路不顺，我也只得继续寄情于工作了。

"是陆家明吗？我恰巧认得这个人。"巧锦惊叫了起来，转身拿出一张名片。

"世界好小，就是他。"方小圆回答道。

"最近他刚刚娶了妻子。"巧锦嘴快，不假思索地就说了出来。

"哦，这样哦。"方小圆看起来比想象中淡然很多，"原本身边还是有很多朋友跟我说，其实陆家明对我还是有好感的，只是有些迟疑，让我继续努力。看来，是我想得太多了。"

"有点小钱的陆家明，其实一直以为，你只是把他当做销售房屋的公关对象，两人之间有些无伤大雅的小暧昧，让他觉得很享受。不过，他却从来没想过要娶你。"巧锦心直口快，索性把底透了出来，"因为陆家明一直觉得，做房屋销售这个工作，即使做到了年薪 20 万元，也总避免不了和客户应酬，他不太能接受。他甚至觉得，一个 27 岁的女生居然能拿到年薪 20 万元，一定是靠了某个甚至是某些男人的帮助，也许还有潜规则，这让他很是介怀。此外，那个陆家明，虽然自己只有一米七二，可是偏偏要找个高个子的女生。这不，他最后娶了一位富家女，样貌相当普通，脾气也不太好，但是个子很高。"

"有时候真觉得，这些背后的事情，不知道还好。"方小圆不禁长长地叹了口气。

"表白被拒，显然并不是因为你不够好，而仅仅是因为不适合。"夏小米说道。

"来，送你的直火拿铁。"巧锦收了故事，顺手递上来一杯咖啡，"所以呀，表白前一定要弄清楚对方喜欢的是哪一种类型的女孩，有哪些绝对不能接受的硬性条件。说白了，就是在彼此熟悉了解前，不要因为一点好感就轻易表白。"巧锦说完，回头看了看我们："在对对方不甚清楚的前提下，贸然示爱，这爱的诚意遭到质疑，也实在是情理之中的事情。"

"其实，最让人难熬的并不是被人拒绝，而是暧昧，特别是对我这种人来讲。"方小圆说。

"暧昧是男人的保护色，套着暧昧的外套，他们可以肆无忌惮地享受却不用负责。事实上，面对暧昧的对象，女性真的不要妄图通过表白使不明朗的双方关系明朗化。"巧锦说。

"是呀，贸然表白，若那个拒绝接受你表白的男人，将你的痴情故事转述出去，你就更惨了。"夏小米说道。

"那面对暧昧对象我们又应该怎么办呢？"我问道。

"让他滚蛋也好，给他机会继续相处也好，总之，他不捅破，你也别讲明。自己该怎么活怎么活，该高兴高兴，该上班上班，该找男友找男友，该结婚结婚。暧昧对象当透明，有他没他一样活呗。他肯跟你暧昧，只能说明他或是爱不起，或是不够爱……好了，你们也别光听，你们的故事呢？"巧锦显然还想得到一些更新的故事。

"小七，你就讲讲你的表白故事吧。"寝室长陈燃拍了拍小七的肩膀。

5. 小七当年的故事

"好吧，这也是当年的一桩悬案，不如我讲出来，大家给我分析分析。"小七摇头晃脑，故作神秘。

"其实，当年我读高中的时候，暗恋班上的一个男生，大家都叫他大头文。虽然大头文长得很像哈利·波特，又戴着副大眼镜，但我就是喜欢，觉得他看起来特别踏实。当然，大头文也从来没谈过什么恋爱，能有我这样的小美女喜欢，他还是很得意的。可是七夕节那天，我叠了一罐子幸运星，送到了大头文的面前，最后他居然拒绝了。"小七一脸懊恼。

"哈哈，我和小七是同一所高中的，这桩公案我最清楚了。当年小七暗恋大头文是大家都知道的秘密。那年小七跟大头文表白，你们知道她是怎么说的吗？"陈燃开始爆料了。小七扑上去，正打算捂住她的嘴，被我们拉开了。

"小七是这样表白的……'我很希望你成为我的男朋友，这样你就可以给我买冰激凌，可以带我去游乐场，可以在坏人欺负我的时候保护我，可以帮我写作业，可以……'"陈燃捏着嗓子学小七的样子，可笑极了。

"哈哈哈哈。"大家忍不住笑成了一团。

"拜托，小姐，是你在追人家耶，怎么搞得人家一答应就成了你的男保姆啦！"陈燃不愧是大姐大，"就算你觉得大头文像哈利·波特，没人爱，没人和你争，可人家自己可不这么认为。要知道人家大头文的理想对象可是佐佐木希和 angelababy 呀。"

"其实，以获取对方关爱为目的的表白，说白了就和商家的免费促销一样。最终目的是为了让顾客消费，但却扮成了一副主动奉献的模样。表白前总要想清楚，你是打算主动奉献了呢？还是挂着奉献的旗子要求对方奉献呢？你自己想明白了，也就明白为什么有人不肯接受了。你想得明白，别人就想不明白吗？"巧锦的话总是那么直白且切中肯綮。

6. "王子"的表白

"哈哈，还说我呢，当年你可是主动追的丁小果，你那就不叫免费促销呀？"小七嘴上占不着便宜，索性反过来将了陈燃一军，"再说，那个丁小果，

个子不高，人又圆乎乎的，你怎么就那么喜欢他呀？"

"哈哈，可能是因为我超级爱大笨熊吧。我觉得丁小果超级像只大笨熊。"陈燃说道。我们都知道陈燃童心未泯，一直都爱各种各样的公仔熊。

"这是因为某些女性体内的黄体酮分泌比较旺盛，因而母爱泛滥，喜欢各种各样胖乎乎像婴儿一样的东西，比如公仔熊，再比如胖胖的男生。"巧锦显然是这方面的专家，收了小七的故事，只等陈燃的这个。

"难怪我第一眼见丁小果就觉得超级喜欢他。"陈燃说道。

"你还是快讲讲你是怎么将丁小果追到手的吧。"王晴显然不想放过任何一个成功的表白案例。

"你知道的，我当时从舍管员阿姨那里套来了他的电话，然后就打给他咯。"陈燃说道。

"然后呢？"小七追问。

"我问：'你是丁同学吗？你要做家教吗？'他说：'不要。'我说：'我要做家教。'"

"哈哈哈哈。"大家再次笑成一团。

"我说：'不是我要做家教啦，是我想让你做我的家教。'"陈燃说。

"然后呢？"小七追问。

"然后他也笑了。我说：'丁同学，你现在站起来，往你寝室窗子的方向走五步，然后往下望望。'"

"再然后呢？"大家追问。

"丁小果说，他永远会记得那一刻，我穿着一身红色的衣服，在微风中向他摇手，整齐的短发在风中飞舞。他说，那一刻，他只觉心中一动，决定一定要追到这个女孩子。"

"哇，好浪漫呀！"大家齐声附和。

"所以，丁小果一直以为是他先追的你？"我突然醒悟过来。

"是呀，是这样的。我说我期末考试高数可能会挂科，有朋友介绍他，说他数学超级棒，希望能请他帮我补习一下。这么一补习，二补习的，我们就好上啦。"陈燃得意地说道，"至于补习费嘛，我只要在补习结束前，被他追到手就解决啦。"

"看来，陈燃才是我们中的恋爱达人呀！"几乎没有恋爱经验的王晴不觉感慨道。

"有一些男生也比较享受被女人追。一种是不负责任的男人，身边的花花草草，也许哪个都没让他动心。遇到了真正喜欢的，还是要他主动去追。再有就是一些生性温柔、比较怕麻烦的男人。遇到了合适的，不太计较谁去追谁。这样的男人，脾气一般都比较好。"巧锦说道。

"的确如此，丁小果的脾气就超级好。陈燃，你运气真好，爱情的力量真

伟大，能指引我们顺利地找到 MR RIGHT（适合你的人）。"我不由得感慨道。

"MR RIGHT 可是我自己找到的好不好！"陈燃大声抗议道，"我有私下认真做过功课，了解过丁小果喜欢什么，还有他的家世背景，觉得彼此应该合适才果断出手的。王晴，你对那个 W 到底了解多少？"

是呀，王晴又对 W 到底了解多少呢？

* * * * * *

太多时候，我们寄希望于爱情的魔法帮我们解决掉很多棘手的问题，其实只是因为我们自己不够勤奋，想要偷懒，不是吗？

* * * * * *

不知不觉，夜色已然降临。我们离开了那间地中海风味的咖啡厅和老板娘家的 8 只宠物猫。

当我们回头望去的时候，那间店居然慢慢地消失在了暮色中。

"天呀，这店？"小七惊呼道。

"这应该是一家平行空间里的咖啡屋吧。有缘才能得见。"我缓缓答道。

"王晴，那你决定要不要表白了吗？"陈燃问道。

"巧锦告诉我，其实除了表白，我还是有别的办法可以用的。"王晴说。

"什么办法？"小七问道。

"哈哈哈，先不告诉你。"王晴狡黠地眨了眨眼睛。

7. 本章复习

（1）因为男人体内的雄激素是女人的六倍，他们往往比女人的性欲求更强烈，这也就解释了为什么有美女从男人身边走过时，男人通常都会下意识地回头去看；也解释了为什么女小三比男小三多的原因。如果你倒追，男人潜意识里会觉得你和他是同类，会觉得你的雄激素也很高，这就触动了男人的"亲子不确定性"开关，让他迅速弹开。女孩，当你处于人生低谷时，也不要轻易降低择偶的标准。

（2）贸然表白很危险。暗恋并表白一定要在知己知彼的前提下做出。所谓表白，一定要在你确信他需要你、他爱你、他跑不出你的手掌心的前提下做出。否则，受伤概率在85%以上。

（3）表白了，原本是高高在上的你，反倒会轻易被人踩在脚底，卑贱了起来。你不爱惜自己，又怎能奢求别人会爱惜你呢？一个女人为了所谓的'爱情'，曲意迎合一个不够爱自己的男人，其实挺可悲的。

（4）真爱并非总是无敌，更何况是不堪一击的单相思。

（5）表白前一定要弄清楚对方喜欢的是哪一类型的女孩，有哪些绝对不

能接受的硬性条件。说白了，就是在彼此熟悉了解前，不要因为一点好感就轻易表白。

（6）女性真的不要妄图通过表白使不明朗的双方关系明朗化。

（7）他肯跟你暧昧，只能说明他或是爱不起，或是不够爱。

8. 超级练习册

（1）表白的方法：绝不是说女人表白就必死无疑。如果运气好，也能遇见自己的真命天子。但总的原则不能忘记，就是即使是表白，也不要傻到直接说出"我爱你"。你可以表达自己想要继续了解对方的愿望，然后在考察对方各个方面都合适的前提下，再逐步投入感情。

（2）更高段数的表白：追溯人类的早期，在原始社会中，男性更善于追逐，而女性则更善于驯养。因此，追求表白大多应该是男人的事情。所以，更高段数的表白是"让对方向你表白"。

（3）大家都对《西厢记》里张生的那段表白耳熟能详。张生在相国寺初见了莺莺小姐，他为了引起小姐的注意，贸然开口道："小生姓张名珙，字君瑞，中州洛阳人氏，年方二十三岁，正月十七日子时建生。先父曾官拜礼部尚书，一生清廉，故此小生家境清寒，尚未娶妻。"这就是标准的表白文体了。即使是表白，也不要贸然说出"我爱你"或"我喜欢你"，只要把想继续彼此了解的意愿表达清楚就可以了。至于最后是谁爱谁，还说不定呢。

小贴士：
女生表白后可能出现的尴尬处境：
①女：好喜欢你哦。男：好呀，那你先借我点儿钱吧。囧
②女：好喜欢你哦。男：好呀，那你帮我把暑假作业写了吧。囧
③女：好喜欢你哦。男：好呀，那我们去开个房吧。囧
④女：好喜欢你哦。男：好呀，但我得和我老婆商量一下。囧

第五章

白色情人节

【上集提示】

在 Sirens Coffee 众姐妹的讨论中，大家悟得了女生不能贸然表白的道理，王晴也按捺下来向 W 表白的冲动。

【本章概述】

原本以为，这个情人节会如此平淡无奇地度过，没想到，意外还是发生了。

1. 齐大圣与谜男指南

3 月 14 日这天，王晴忍住了内心的冲动，没有向 W 表白。但你别以为白色情人节这天，会风平浪静、悄无声息。这不，出意外的是小七。

自从上次齐大圣接小七吃过午餐后，小七和齐大圣的感情就在急剧升温。最近，齐大圣的表现一直可圈可点。比如，连着帮小七订了快半个月的肯德基外送早餐，还附送每日温馨小字条，小字条上面的情话每天都不一样。"爱你，疼你，惦记你……"，小七看在早餐的份上，已经不太去计较苗小小的事情了。这不，白色情人节这天，晚 7 点，小七就打扮得花枝招展，坐着齐大圣的自行车出门约会去了。

等我们下了晚自习回寝室，发现寝室里到处丢的是啤酒瓶子，小七烂醉如泥地倒在了床上，眼角都是泪水。

我们知道出事了。

陈燃第一个冲了过去，摇醒了小七："怎么了？失恋了？还是失身了？"

"都没有。"小七含含糊糊地应答着。

"那就好。"大家长出了一口气。

接着就看小七哇的一声，吐在了床上……

2. 小七到底怎么了？

小七到底怎么了，我们也是第二天早晨才知道的。

早起，陈燃体贴地帮小七买了早餐。小七这丫头，一口馒头，一口豆浆，然后义愤填膺地跟我们控诉了起来。

那天，齐大圣来接小七，冒着蒙蒙细雨就出发了，两人约好了齐大圣的朋友在原始部落吃烧烤。

这天，小七特意为齐大圣准备了白色情人节礼物——她亲手做的巧克力。

"那你的礼物呢？"小七撒娇地问齐大圣。

齐大圣拿出了一个精巧的小玩意。

小七一打开，原来是一面镜子，镜子上面用记号笔写着："这里面的是我最爱的人。"

小七看到自己绯红的脸庞映照在镜子里。"大圣，你可真浪漫呀！"在座的好友集体起哄了起来。

"我们大圣呀，什么都好，就是太心软。一见别的女生对他好，就完全不知应该如何招架。那个苗小小，你放心啦……大圣只喜欢你一个啦。"大圣的一个兄弟说道。

"就是就是，正牌大嫂，就你一个。"大家异口同声道。

总之，这顿饭，大家吃得都很尽兴。

回头齐大圣说送小七回寝室，大圣骑车，小七坐在他身后，两人在路上连打带闹，还摔进了路边的花坛。

这时，大圣伸手去拉跌倒的小七，趁势就把她抱在了自己的怀里。

恰逢路边的情侣们，正在燃放各种各样美丽的烟花，灿烂璀璨的烟花绽放在天空中，小七觉得自己幸福极了。

环境、气氛都对。

接下来就要接吻了。

路边的行人都不禁回头侧目这对在马路中间拥吻的爱侣，也有情侣手拉手从他们的身边走过，并不禁感慨："看来，我们都老了。"

正在这时，齐大圣的手机响了。

"啊？她甩了你？还是在白色情人节甩的？……什么？你在哪儿？我马上到。"齐大圣接完电话，转身对小七说，"我一哥们儿，今天刚失恋。走，我们顺道先去他那儿，安慰安慰他，然后我再送你回学校。"

"不用了，我打的回去得了。"

"这么晚，我不放心呀。这样，你陪我去一趟，回头我就送你回去，保准赶在门禁前。"齐大圣打包票说道。

小七想了想，就同意了。

齐大圣就载着小七一起去了朋友家。朋友身边一堆啤酒瓶子，看起来很憔悴，伤心欲绝的样子。小七看齐大圣一直在开解他，自己坐在旁边，觉得挺无聊，就随手发起微博来。

朋友中途接了个电话，说是女友打来的，然后头也不回就走了。齐大圣急忙跟在后面，大喊："你家的钥匙。"

糟了，朋友走得匆忙，忘了带钥匙。钥匙就放在大家身前的茶几上。天，怎么办？他连手机都忘记带了。现在可好，小七和齐大圣被困在这里，走又走不了。

"不如，我们把他家钥匙放在他家门口吧。"

"别，万一坏人拿走了，我可没法交代。"齐大圣说道，"不如，我们先坐下来，慢慢等等他。如果半个小时之内他还不回来，我们再做打算吧。"

看来，也只能这样了。小七心里默默地想。此时，小七仿佛突然醒悟了过来。

现在，房间里就剩下自己和齐大圣了。

小七觉得气氛好像有点不对头。

齐大圣则看起来坦然得多，他拿来了自己的手机，对小七说："你看，这里有首歌特别好听。我放给你听听。"说着，伸手拿出了耳机，把一只插在小七的耳朵里，另外一只插在自己的耳朵里。两个人之间的距离就只有一副耳机那么远。彼此的心跳、呼吸都听得一清二楚。

小七完全没什么心情听歌。

她只觉得心跳越来越快，小脸绯红。正在此时，房间里的灯突然都熄灭了。小七的心里不觉一动，只见黑暗中，齐大圣的胸前闪闪发出了红光。

"那是什么？"小七惊叫道。

"那是我的心。"齐大圣边说边指了指胸前。小七定睛一看，闪亮的红色心形小灯，藏在齐大圣的衣服下面。原来是一枚心形的发亮胸针。

齐大圣从衣服下面把胸针拿出来，红色的灯光映照着上面的文字——"I LOVE YOU"。齐大圣温柔地在小七的耳边耳语道："你知道吗？你在我的心上。"

"你到底喜欢我什么？"小七好是感动，不由得问道。

"喜欢你嘴唇温柔的感觉。"齐大圣说完，再次吻了过来。

两人深情拥吻了一会儿，齐大圣扳倒了小七，就在这时，灯亮了。

齐大圣看了看小脸绯红的小七，顺手抓住了自己的衣角嗅了嗅。"嗯，刚才骑车骑得太猛，结果出了一身汗。看，你这几天吃肥了吧。你先看电视，我借朋友浴室洗个澡。洗完估计他就回来了。"说完，转身就进了浴室。

怎么办？怎么办？小七觉得好像有点不对头，又说不上是哪里。这时，齐大圣的手机接了条短信，齐大圣居然把手机设成了静音。小七忍不住拿起手机一看，居然是苗小小的。设置组群是"搞定"？！

小七把手机放在茶几上，定了定神，又重新拿起，找到自己的号码。设置组群是"进行中"。

小七不由得大口吐了吐气。胡乱翻动手机的时候，居然发现了一个名叫"谜男指南"的应用软件。点开，看到里面有这样的内容。

"逐步试探能否将女生带上床的步骤是：（1）眼神接触，点燃对方。（2）偶尔的肢体碰撞。（3）利用意外拥抱。（4）单独共处一室。（5）拉近彼此距离，如共带一副耳机。（6）营造浪漫氛围。（7）隔着衣服拥抱。（8）爱抚。……"

小七仔细想了想这天发生的一切，不由得羞愤难当。趁着齐大圣还在洗澡，破门而出……

* * * * * * *

你们牵手过马路，他把手温柔地放在你背上扶着你，甚至开玩笑一样抱着你翻过栏杆……可能你不知道，此刻你所有的反应，对男人来说，都属于性防卫级别的信息。[1]（他在判断，你的底线是牵手、接吻、拥抱，还是上床）

* * * * * * *

小七说，即便是遇见了坏人，自己也不会那么那么难过。难过的是，自己居然被自己最爱的人玩弄了。

"而且，你们知道吗？"小七越讲越伤心，越讲越难过，眼泪都快掉下来了，"我一个人回来的路上，还不小心踩到了一只树蛙。你们知道吗，我生平最讨厌的三种东西本来是树蛙、蟑螂和蛇不分先后的，现在的排列顺序变成了树蛙、树蛙和树蛙了！"

……

寝室里的姑娘们，听到这里，不由得汗如瀑布。

小七最讨厌的难道不应该是齐大圣吗？

不过，好在，小七总算认清了齐大圣的为人。总体来说，也算是一件好事。

"哎，王晴，你在做什么呢？"众人正在为小七的事情而感慨，我却发现坐在一边的王晴突然低头玩起手机来。

"我得上网去下那个什么'谜男指南'的看看，知己知彼，百战不殆！"

"好！"姐妹们齐声应道。

"哎，Alex 在线哦。它让我们去和它聊聊齐大圣的事情。"王晴正在下载APP，看到了微博推送信息，"它约我们去 Sirens Coffee 见面。"

"Alex 也去？"

"不清楚耶，去了就知道了。"王晴答道，"反正今天上午也没课。"

① 罗刚、兰心：《小心，男人就这样骗你》，昆明，云南美术出版社，2011。

3. 种马男

我们真的在 Sirens Coffee 见到了 Alex。听了小七的遭遇，它不由得摇了摇头，说道："当初劝你和他分手，你不听不是。这样说来，齐大圣可是十足的种马男呢。"

"原来如此，"我不禁问道，"但，什么又是种马男呢？"

"这群男人，外表如孔雀，行为似种马。欲望时信誓旦旦，得手时猴性十足，一旦满足，仿佛变成了另外一个人——齐大圣就是典型的种马男——这是我们急需提防的一群人。"巧锦说道，"种马男部队的数量，暂时还没有准确的估计。但已经足可以让我们感到威胁了。"

"根本就是我们寻找真爱途中的阻碍。"陈燃义愤填膺地说道。

"是呀，试想，如果 100 个男人中，有一个是种马男，但是一个种马男会泡 100 个女人，那么，女人遇见种马男的几率可就是 1/2 了呀。"王晴分析道。

"原本以为自己有可能误会齐大圣，听你们这么一说，我全明白了。"小七说道。

小贴士：

种马男自称"谜男"，这个名称来自"把妹达人"Mystery。他 1971 年生于加拿大多伦多，本名艾瑞克·冯·马可维克（Erik von Markovik），把妹界的知名大师之一。他崇尚意大利古典情圣卡萨诺瓦，宣扬通过系统训练能够提升男性的吸引力，以和更多女性发生性关系为荣。但这种多情的"情种"，被广大女性批判为种马式的滥交，因此称其为"种马男"。

种马男泡妞技巧大起底：

（1）建立神秘感、引发女性的好奇心、掌握恋爱主导权、给予女性安全感、搞暧昧、肢体接触、激发欲望等是他们擅长之道。

（2）通过与能力强的人在一起，提升个人价值，也称沾光作用。有时，种马男还会彼此配合，假扮能力强的伙伴。

（3）在恋爱关系并不稳定时，就喜欢和你谈未来。因为种马男们给不了你现在，所以只能写张空头支票，预支"未来"给你。

（4）过早的身体接触和快速表白。过早的身体接触会让女孩子以为已经确立了恋爱关系，实际上并非如此。种马男希望通过身体接触来激发你的欲求，体验到身体吸引的魅力，而过早陷入爱中，忽略了两个人是否合适。分手时就可以以"其实我们不合适"为由甩了你。

（5）种马男擅长各种笑话、测试、魔术。他们不会付出时间、精力来为你做具体的事，他们只是搞气氛的高手，却吝啬付出什么。像送礼物这样的事情，他们要么根本不会买给你，要么只会买一些廉价的小玩意送你。

（6）种马男会把丑话说在前头。比如："我虽然很喜欢你，但是我不能和

你在一起，因为我要出国了；因为我父母不希望我找一个异地的女朋友；因为我只把你当妹妹；因为我不想伤害你；因为我对前女友一直旧情难忘；因为我不敢妄想高攀你；是我配不上你……"说过了再来追求你，让你陷入感情中无法自拔，等他离开你时，他就会理直气壮，觉得"反正我已经讲清楚我不能和你在一起了"，毫无愧疚。①

（7）让女生先付出。根据"知行一致性"理论，当一个人做一件事情的时候，他的大脑会以为他怎样想。当一个女生做出很多为男生好的事情时，女生会觉得自己渐渐喜欢上了这个男生。比如，有种马男要求女生请他们吃饭，女生会觉得很奇怪，又不好意思拒绝，其实这是种马男在驯化女生。

（8）他们会在与你还并不太熟悉的情况下，就与你一起亲密地逛超市，买日用品和蔬菜食品，回家做饭。这种类似过家家的方法，能够让女孩子很快产生亲密感，并开始憧憬未来的婚姻生活。

（9）7小时原则。据说，人与人之间建立亲密的联系，需要持续不断的7小时的接触。于是，很多种马男在与你约会的时候，会故意将约会时间拉长，这样能迅速与你建立亲密的联系。

（10）种马男认为，泡妞的最高境界就是，你们把所有情侣之间该做的事情都做了，哪怕上了床，他都没有开口让你当他女朋友就算赢了，要让你来主动开口问他你们什么关系。所以，公开场合和你各种暧昧，私底下却扮酷、扮冷淡，甚少和你主动联系的，你就要小心了。

4. 本章复习

小贴士里的全部内容。

5. 超级练习册

（1）规避种马男的方法其实很简单：

让他们付出更多的金钱和时间。因为种马男泡妞讲求的是量多，在一个女人那里浪费太多的时间和金钱，会严重影响到他的泡妞进程。他们送你的礼物通常都很廉价，但"充满意义"，即便是认识时间不长，他们也会要求与你有进一步的身体关系。如果你拒绝，他们通常会咒骂，或者生气，或者装可怜和扮受伤。

送男友记得送他在意但便宜的礼物，如"平安符"，不要送昂贵的礼物。理由很简单，告诉他，你要为你们的将来攒钱了。如果他胆敢送你便宜的礼物，并告诉你他要为你们的将来攒钱了，记得回敬他："你确定你这样做，我

---

① 情感专家杨冰阳曾将这种把妹手法概括为"杀价"，男性试图逃避追求过程的艰辛，直接得到性，就是所指的"杀价"。常见的"杀价"方法有父母杀、前女友杀、屌丝杀、暧昧杀、自卑杀、红颜知己杀等，此外还有浪子回头杀、受过情伤杀、性功能障碍杀。

们还有将来?"

（2）避免失身的方法其实也很简单：

不论时间长短，坚决不和没有确认恋爱关系的男性共处一室，几分钟也不可以。在外饮酒、喝饮料也都应该注意和小心。如果男生邀请女生去他家坐坐，或者去他所在的城市，没谈过恋爱的女生可能不会想太多。但男人会觉得这是你的一种暗示，暗示他可以行动。特别是，在他自己的领地里，他会放肆得多。防止失身其实很简单，避免过早的身体接触，避免在密闭空间内单独相处，避免服用酒精饮料。

（3）富有恋爱经验的种马男，知道如何才能开启你身体的欲望开关。他们甚至能够通过简单的肢体接触，传递性欲。所以，请记住，即便是牵手这样简单的事情，也要用大脑决定应该还是不应该，而不应只听从身体的驱使。

推荐阅读：

杨冰阳：《别拿男人不当动物》，长春，时代文艺出版社，2011。

罗刚、兰心：《小心，男人就这样骗你》，昆明，云南美术出版社，2011。

斑马：《泡丁解妞》，道客巴巴，http：//www.doc88.com/p-61768315288.html。

恋爱学院网，http：//www.loveabc.net。

【Alex 爱情小课堂之"种马男，太原始!"】

有种男人，他们天生就喜欢被看做是一匹种马。

他们喜欢寻找不同的性伴侣，然后享受欢爱，然后再去猎寻下一个。他们甚至会在男性伙伴面前炫耀自己的战绩，公然在大小聚会中更换不同的伴侣，有些种马男甚至热衷在婚后携小三参加朋友聚会。我们女性面对这样的男性，脱口而出的便是："这种男人太不道德。"

哦，是不道德吗？

我们将时钟逆转方向，旋转五六千年，回到原始社会。你会发现，那里简直是另外的一番光景。各个部落都在寻求部落扩充的办法，而增加人口便是其中最重要的方法之一。于是，种马类男人在那个时代的待遇还真是不错，或者，我们应该称其为"英雄的父亲"，脖子上戴着一大串夏威夷兰花，受一大群跳草裙舞的妇女们的拥戴。嗯，这简直就是一种特殊的荣誉。

时光行驶至封建社会，汉、唐、宋、元都尚有纳妾制度的盛行，即便是推至清末，梳着大辫子的辜鸿铭也在高喊"纳妾制度合理"。因为从族群繁衍的角度，优秀的基因应该被继续保有，这就必须保证优秀的男性拥有更多的女性伴侣。好胜的男人们，谁不想证明自己是优秀的男性呀，于是拼命纳妾，好给自己脸上贴金。

所以，拥有更多性伴侣的男性是不道德吗？嗯，或许我们换一个词更贴切，那就是"太原始"。

那么，太原始意味着什么呢？

好吧，我们来看一下下面这几张图。

我们会发现，经过若干年的演进，人类的审美取向是在不断地进步着的。现代美女的侧脸标准就是除了鼻子外，额头、嘴巴和下巴基本上三点成一线，而原始人的侧脸则是额头和下巴成一条直线，嘴巴处是突出的。难怪，赵薇、董洁这些大明星都是三点一线的标准美脸，而凤姐的脸，则显然不是大众意义认为的漂亮的脸。

人类外表的进化历程，显而易见；但心智上的进化历程，则模糊而难辨。随着时代的进步，"种马男受欢迎"这种观念和原始审美一样，都已经是落后的东西了，可偏偏有些不开窍的男人仍在以此为荣——就像凤姐叫嚣自己是美女一样。种马男实在是应该为此去集体面壁。因为，在世界人口急剧增长和现代教育医疗水平不断进步的今天，种马男除了去从事某种特殊职业外，还真让人想不出有什么特殊价值了。

所以，如果你不幸遇见了一只种马男，你大可不必指责他的不道德，你只需优雅地送他一句："你呀，太原始了吧！"

图 5.1

图 5.2

小艾恋爱记

图 5.3

第六章

筹　码

【上集提示】

　　小七在白色情人节那天，认清了齐大圣种马男的本真面目，羞愤难当。Alex 提醒大家，要提防齐大圣这种把妹达人。

【本章概述】

　　在和大家交谈的过程中，Alex 发现，大部分女孩都对爱情的真相知之甚少，满脑袋纯真的幻想，于是，它为大家请来了一位新老师……

1. 真　相

　　"既然种马男如此猖獗，那么，我们是不是也得学习一下他们的恋爱兵法，以其人之道还治其人之身呢？"王晴问 Alex。

　　"种马男们所谓的'恋爱兵法'，你学了也是没有用的。"Alex 说道，"种马男口中的'爱情'不过是一种原始的情欲，这和真正的'爱'有着天壤之别。"

　　"是呀，情欲不是真正的爱情，"我说，"真正的爱应该是付出，而非索取……"

　　"真正的爱，是以对方的快乐为自己的快乐……"王晴说道。

　　"真正的爱，是包容也是谦让……"陈燃说道。

　　"真正的爱，它宇宙无敌！"小七补充。

　　"但是，姑娘们，难道你们是因为不明白付出与包容，才在爱情中受尽委屈的吗？难道你们是因为不明白真爱无敌，才把爱情搞砸的吗？"Alex 问道。

　　听到这里，几个女生都闭嘴了。

　　此刻，我感觉到一种深深的无力感从我的身体里渐渐升腾了起来。虽说我已经搞定了失恋，但这场恋爱在我的生命中，却几乎与"浩劫"画上了等号，它在我的心上留下了一片难以清扫的碎片，它总是在我生命的无数个时刻提醒我："爱情有毒，爱情有刺。"

　　小七也是如此。刚刚下定决心和齐大圣分手的她，脸色看起来也不太好看："但是，Alex，你明知道我们的错误在哪里，不是吗？你知道我们的一些想法、一些行为不对……但你为什么不阻止我们呢？如果你告诉我们怎样做，那么我们不就可以不受伤害了吗？"

"我有告诉你，和齐大圣分手呀。"Alex 回答道。

"但你明知道齐大圣是种马男，你就应该早点告诉我呀。或者你应该采取更激烈的手段来阻止我去和他约会呀。或者，我也能够早点告诉苗小小，让她远离齐大圣呀。但是，Alex，你什么也没做，不是吗？"

我们都听出小七语气里的火药味了。但还好，这丫头也有在用力地抑制着自己的负面情绪，局势尚在控制范围内。

"且不论齐大圣是不是种马男，在恋爱进程中，他劈腿了。不管是因你的设计而劈腿，还是因为他自己是种马男而劈腿，事实是，他劈腿了。这已经触及了你的底线——你必须有底线，你必须清晰地表达你的底线在哪里。踩到底线，坚决让他出局。你若容忍，以后的日子长着呢，他还会反复地踩过来。①"Alex 说道。

"可这些，你都明明知道，为什么不早告诉我？"小七问。

"哈哈，早说，你会听吗？恋爱秘籍中的一切，其实都只是技巧，而非原则。它们有效，但绝非不容侵犯。你们永远拥有自主选择的权利。"Alex 从容地答道，"有时，我们只是过分夸大了人生中单次选择的重要性，以为它会影响我们的一生，其实影响我们一生的，是我们的思维和行为模式。只有形成了正确的思维和行为模式，才能让你们拥有更加美好的人生；反之，即便是再多的劝说，你们也只会当成耳边风。"

"你的意思是说……"我问道。

"我是说，即便是我，也没有权利剥夺你们体味痛苦的权利，左右你们人生的权利。你们必须通过恋爱的历程去逐渐揣摩何为正确的思维和行为模式，这是一个逐渐内化的过程——就像一个孩子，如果从来没摔过跤，他便无法学会走路——换句话说，失败并不可怕，在恋爱历程中，任何时候的任何失败都不可怕。单身、失身、分手、被劈腿，甚至离婚都不可怕。可怕的是，你因这些接踵而来的打击，失去了自信与勇气，以及爱的能力。"看到我们沉思不语，Alex 补充道，"哈哈，如果真的有失身的可能，我还是会在第一时间发出超级警报的。"

"呜呜呜……是这样的吗？"陈燃学起警笛的声音怪叫了起来。我们都被逗乐了。

"既然，你们明白了我的用意和良苦用心，那么，我们下面就要进入爱情

小艾恋爱记

---

① 不过，如果是老公出轨，那又另当别论。我们会在以后的章节中讨论关于老公出轨的对策。

真相的学习了。"Alex 说。

"哦，恋爱的真相！"王晴忧郁地望着我们，"你们三个人中，都谈过恋爱了。只有我。我对爱情仍然充满着玫瑰色的幻想，你们现在就要把爱情真相揭露给我，……哦，我怕我脆弱的小心脏承受不起呐。"

"得了吧，"我们三个女生异口同声地回应道，"你那钢铁小心脏，说它脆弱，谁信哪？"

2. 布谷鸟叫了13声

就在这时，Sirens Coffee 墙壁上的布谷鸟时钟叫了 13 声。又是 13 声。Alex 望向了我："小艾，拜托了。关于爱情真相的学习，我为大家选定了一位老师，你们会前往 2 号空间进行学习。"

然后，它又望向了大家："平行空间仿佛平行的铁轨上，两辆并排行进的火车，因为彼此车速不一致，所以，在 2 号空间的 10 个小时，相当于我们所在的 8 号空间里的 1 个小时。每当布谷鸟叫第 13 声的时候，便是平行空间大门开启的时刻。"Alex 说完，引领着我们穿过了 Sirens Coffee 的长长走道，转了几个弯，我们才发现，一扇檀木雕花大门，这次 Alex 打开了这扇门。里面是一条长长的走道，走道两侧各有 2 扇大门，尽头还有 1 扇大门落着黄铜大锁。

因为每扇门都有 5 米多高，这种高带来的威严、肃穆与震慑感让大家都屏住了呼吸。

"这 5 扇都是通往平行空间的大门，唯有最后一扇，无论什么人也不可以打开。这是我们之间的约定。大家可以通过空间大门，进行空间旅行。在不同的平行空间里，你们会遇见各种各样的老师，她们和你一样都曾经历过各种各样感情的痛苦。我希望她们能够帮助大家尽快地领悟到爱情的秘密，早日收获属于自己的真爱。"Alex 说得十分坦诚，"在每个平行空间里，都有不同的任务等待着你们完成。完成任务后，你们会获得一个水晶球。"说完，Alex 打开了第一扇门，门后面是一片漆黑的空间，巨大的风迎面吹来。

"或者，我还没准备好！"几个女生略有犹豫。

"好，我第一个来。"还是陈燃的胆子最大。看着她跳进黑色空间，我们几个陆续携手跳了下去。

我并不清楚这扇门背后等待我的是什么。不过，既然那么多人为了寻找真爱，连死都不怕，我不如也勇敢一次吧！

3. 第一道雕花大门

几秒钟过后，我只觉双脚踏空，身体不断地向下坠落，一阵眩晕过后，似

乎碰触到了让人深感踏实的地面。我长吁了一口气，紧捂住自己双眼的双手也松开了。哦，还好。我们彼此对视了一会儿，然后好奇地到处张望。

这里虽说是平行空间，但和我们所在的城市完全一样。我甚至怀疑 Alex 是不是搞错了方位，把我们又推回了重庆。

"为了节约建造成本，神在创造平行空间时，会原方不动地建造同样的城市。神只是好奇，在同样的城市构造之下，不同的人会演绎出如何不同的故事。" Alex 的声音从遥远的天际飘来。

"该死，这只死狐狸，它不会是让我也出演一部供神欣赏的真人秀电影吧。"我在心底里暗自思忖道。

"骂我也别让我听到呀，哈哈哈！其实，你就是你的神，你的神就住在你的心里。外面什么也没有，不要害怕。" Alex 答道，"好了，丫头们，现在就要靠你自己的力量去探寻关于爱情的秘密了。回见！"

啊，Alex 现在倒是可以做甩手掌柜了，那我们又应该做些什么呢？面对着这熟悉又陌生的街道，大家有点不知所措。

正在这个当口，一阵刺耳的警笛声突然大作，我们所在的整条街道被警方封锁住，我们随着拥挤的人群不自主地向后撤退，刚退出几米远，"禁止入内"的封锁线就横在了大家的面前。离我们几米开外的路面上，一队消防队员匆忙赶来，然后吹起了一个巨大的充气气垫……

"请珍惜你的生命，别往下跳，别往下跳！"一个身穿制服的警察一边后退，一边拿着高音喇叭对着眼前一栋楼的楼顶高喊。我抬头一看，只见一个中年男子，正跨在楼顶的护栏上，远远地看，不甚清楚，但应该就是准备跳楼的人吧。

几分钟过后，一位穿正装、梳马尾的女士快步走上了楼顶，似乎在和那名男子谈判。我正看得出神，突然，有人拍拍我的肩膀，原来是身旁站着的一位警察。

"能不能上去帮个忙。"警察问道。

"去吧去吧。" Alex 的声音再次浮现在我的耳朵里。

"小艾，你去，我们在这里等你。"陈燃边说，边拍了一下我的肩膀。

"好吧。"我爽快地点点头。

于是，我随着警察乘电梯来到这栋大楼的顶层，又顺着防火梯爬上了楼顶。空旷的风从四周涌向这里，吹得我头发凌乱。马尾辫女人走向我，拍了拍我的肩膀，然后转向男子：

"您的姑娘应该也这么大。您确定您真的打算抛弃她，您真的确定您真的要让她承担失去父亲的痛苦……"

女人的话还没说完，中年男子不禁失声号啕大哭了起来，完全无法自已。在这个当口，警察冲了过去，一把拉下了男子。男子双腿一软，摊在了一位警

察的怀里，口中喃喃念道："是呀，钱亏没了，总还是可以再赚的，如果小薇没了父亲……"

这时，马尾辫女人终于长吁了一口气，转身面向我："放心，会有专门的心理专家负责帮他渡过难关，我的任务完成了。"随后，她露出了一个大大的微笑，将右手伸向了我："你好，我叫楚俞，这座城市里的谈判专家。你就是小艾吧，Alex 和我谈起过你会来。"

"真没想到，我来这里就是为了配合你完成解救任务。"我一边说一边打量着眼前这位女子。

"是的，他有一个女儿，今年和你一样大，样子也很像你。"女人说着递给我一张照片。看着照片中的女孩，我大吃了一惊，如她所言，我们长得一模一样。

"他的女儿现在正在美国留学，还不知道老爸的公司破产了。因为一时联系不上她，所以我只得向 Alex 发出求助信息。"楚俞说道。

"哦，原来是这样呀。"我这才恍然大悟，抬头仔细端详了一下我眼前的这位女人。她看起来大概有三十五六岁，马尾束在脑后，干净整齐，一丝不苟。

"刚才让你受惊了，你看，我下班的时间也到了，不如接上我的宝宝，我们找间餐厅，我请你和你的朋友们好好吃上一顿吧。"

"哈哈，还有吃的。"我们不禁雀跃了起来。

* * * * * *

"哦，对了，楚俞姐，你真厉害。几句话就能救下一个人。"此刻，几个丫头正挤在楚俞姐的汽车里，刚听完我讲述刚才的经历，大家七嘴八舌地说道。

"你会明白，当一个人有所牵挂的时候，他就不会死；而当一个人什么都不再需要的时候，连谈判专家也救不了他。"楚俞姐说。

"楚俞姐，你也有牵挂的人吧，就像我牵挂着我的 EX 一样。"说到这里，我垂下了眼帘，不禁想起了过往的种种。想到这里，我不禁抬头问道："姐姐也曾和我一样失恋过吧？也曾一直牵挂着某一个男生吗？"

"哈哈哈，小丫头，这个当然。其实关于爱情的真相并不像我们小时候想象的那么美好哦。你做好打算要一探究竟了吗？"

"是的，反正失恋已经让我意识到所谓的爱情并不是'公主与王子在一起了'那么简单。而且，楚俞姐，我已经 20 岁啦，不是小孩子啦。只是，我不知道为什么小时候会有人编那么多美好的爱情故事来骗我们呢？"

"编故事骗你们，哈哈哈，好吧，或许你们愿意听听我的故事。"楚俞姐熟练地转了转方向盘，缓缓驶进灯火通明的中央大街，"你知道吗，我从小就

第六章 筹码

很怕鸡。"

"哦？"虽然我们并不知道楚俞姐谈论这一话题的目的，但还是饶有兴趣地听了下去。

"是的，我不怕任何其他动物，包括蛇、蜥蜴、老鼠，但唯独怕鸡。我曾向心理专家咨询过原因，他告诉我，这一定和我童年的某段回忆有关。我仔细地回忆我的童年，发现了这样一件事。"

"什么事？"

"那是一次去姥姥家，她家养了很多鸡。姥姥家里还有一把铡刀，她用铡刀铡从河沟里抓来的青蛙。活的青蛙铡下去，半截身体还在扭动，鸡就冲过去把这些青蛙吃掉……"

"哇，好恶心！"

"是呀，虽然这些在成年人眼中看来都是再正常不过的事情，但却是我小时候没办法接受的。后来，我又不断地反思深省，知道了其实真正让我觉得恐怖的，是我偷偷发现的一个'真相'——这个世界里有着弱肉强食的法则，强者们（像姥姥和鸡）有着恃强凌弱（像青蛙）的特权。"

"楚俞姐，你想多了。哈哈哈。"小七笑着说道。

"也许吧。可你们知道吗？那时我才5岁，所以对鸡就一直产生了一种莫名的恐惧。而恐惧的本质并非来源于鸡，而是来源于我对'真相'过早的了解。"

"所以说？"

"所以说，哈哈哈，如果在你很小的时候就告诉你，相爱的人就是为了结婚，结婚后还要面对种种生活的考验，不是简简单单每天喝喝下午茶，有空去做环球旅行那么简单，那么……"

"那么，我的童年肯定也会因为过早知道了真相而缺乏乐趣。"陈燃答道。

"是的，所有的故事在于保护我们幼小的心灵，养成一种正面积极的心态，有了这些美好打底，我们在长大后才能更好地面对我们的生活，不是吗？"

"哦，原来韩剧、日剧、偶像剧也都是为了培养我们的正面积极的心态，让我们相信'即使生活的真相很残忍，但我们仍然可以美好地活下去'，对吗？"我说。

"对，就是这样的。"楚俞姐面向前方，使劲地点了点头。

"因为如今我们已经长大了，所以我们必须学会用坚强的心去接受现世的真相，我们没有办法只凭着这些从童话里学到的知识去面对长大以后的现实世界，更没有办法仅仅心怀公主与王子的童话去寻求属于自己的幸福生活。"我在心底里这样对自己说。

"好吧，加油。"

"我们都要加油！"

4. 你口袋里的筹码

穿过了几条街道，楚俞姐接到了她 5 岁的宝贝儿子齐琦，为了照顾小家伙的口味，我们选择了附近的一家必胜客餐厅。

楚俞姐说道："大家都是学会计的，所以在学校里，应该也学过关于商务谈判的内容吧。"楚俞姐一边说话，一边帮大家分比萨，而小家伙齐琦似乎对我们的话题并不感兴趣，只顾着埋头吃饭。

"学过是学过，但谈判理论和爱情又有什么关系呢？"王晴问道。

"所谓的理论都是从事实中抽象出来的，反过来又可以作为指导实际生活的工具。理论往往揭示的正是生活的本质。不管是用来指导谈判，还是用来指导恋爱，都是切实可行的。"

"哦，我似乎明白了一些。"我说道。

"Alex 让我介绍爱情真相给你们。其实，所谓爱情真相，很容易掌握。爱情真相说白了，是一种动态的平衡，它遵循的是等价关系。"

"难道爱情是用来在市场上交换的商品吗？"大家显然对这种说法很不以为然。

"当然，这只是一个便于大家理解爱情真相的比喻。或者，我们换一个更容易为人理解的说法——你是什么样的人，老天就会发一个什么样的人给你做伴侣。任何人都不要妄想在恋爱中占尽便宜，不劳而获。"

"嗯，好吧，这个说法，我们勉强能够接受。"陈燃说道。

"在不等价的恋爱关系中，优势一方会隐约开始颐指气使，仿佛感觉自己有资格定夺一切事物。比如无论对方想不想开口，自己都可以发起聊天；无论气氛是否合适，自己都可以沉默独处。优越的妻子会变得懒于开口表达柔情蜜意；优越的丈夫甚至会为婚外艳遇寻找合理借口，他可能会想，'我有资格得到更多'。在亲密关系中，可怜的劣势一方，注定要过着对爱情缺乏安全感的生活，或者无论对方何时决定利用恋情占便宜，他（或她）都要无奈地咽下苦楚。[①]"

"很显然，在爱情中，陈燃的恋爱关系是最稳定的。这是因为，她和丁小果处在这种等价平衡的状态下。而我和小七，在恋爱中，则极度缺乏安全感，这是因为……"我说道。

"难道是因为，我们不如男友太多？"小七大叫，"可，难道我们不如那两个臭男人吗？"

63

第六章 筹码

---

① ［美］莉尔·朗兹：《如何让你爱的人爱上你》，毛燕鸿译，北京，新世界出版社，2011。

"其实，决定恋爱双方是否等价，并不仅仅以道德品质来衡量呀！而且，你们有没有想过，自己身上的优势，有没有在对方那里得到认可呢？或者说，你自己是否清楚自己的优势，并努力地展现过呢？就算你是 5 克拉大钻石，若包在石头里，沉默地、被动地等着别人来发掘，购买者也只会付石头的价格呀。"

　　"这么复杂，楚俞姐，你能简单告诉我们，决定恋爱双方是否等价的因素到底是什么呢？"我问。

　　"筹码——基础是筹码的价值，起决定性的则是筹码的价格。首先，你必须手握足够多的筹码；其次，你必须得让你手中的筹码卖上个好价钱。总之，获得美好爱情的决定性因素在于，你手中拥有多少筹码，以及你如何运用这些筹码。这才是制胜的关键。"

　　"哦，筹码。"我点点头，"和商务谈判课中讲得一样。所谓的筹码，就是你的条件喽。"

　　"不对。筹码并非条件。比如，陈燃的个子高，这大概是我们认为的好条件了。但如果对方天生喜欢小个子的，那么'个子高'就只是条件，而非筹码。在恋爱关系中，筹码是被对方认可和接纳的条件。比如，嫁给查尔斯的卡米拉，那个长相普通、有过婚史的女人，却牢牢抓住了查尔斯的心。因为卡米拉身上的母性气质正是查尔斯最需要的东西，这种'母性气质'成为了使卡米拉绝对制胜的'筹码'。再比如，威廉王子爱上了平民凯特，就是因为凯特身上有威廉最中意的筹码——'强大的负面能量消解能力'——凯特总是能够如清风拂面般解决好生活中遇见的所有难题，这给威廉以极大的慰藉，这就是凯特制胜的筹码。"

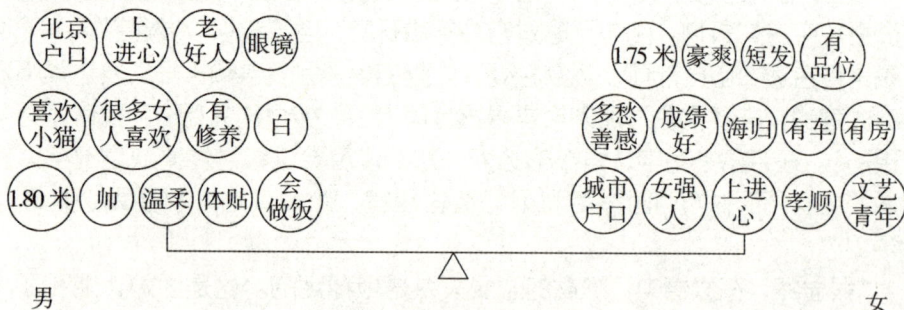

图 6.1

（被圈选的只是条件）

　　"比如，看起来，这个男人和这个女人的条件相当，应该能谈成恋爱。但我们看到的只是双方的条件，而非进入谈判进程的筹码。只有被对方认可的条件才是'筹码'。"楚俞说着，用绿色的记号笔在诸多条件上加了标注。

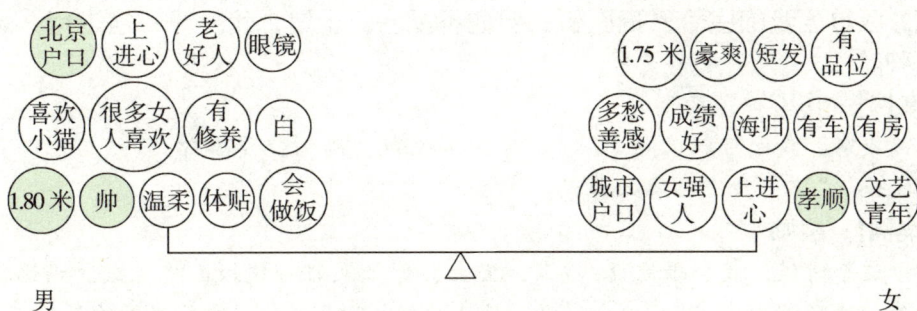

男   女

图6.2

（被标记成绿色的才是筹码。透过条件看筹码，我们会发现，这对男女之间的筹码对比是 3:1）

"每个人看重的东西不同，也许在旁人眼中登对的一对男女，彼此之间的认同却很少。比如，这张图里的男人，他性格温柔，也想找一个温柔的小鸟依人型的女友在家相夫教子；而女方，则希望找到一个粗犷的纯爷们儿。这样，双方的条件只有很少一部分转化成了筹码。"

"筹码是被对方认可和接纳的条件。"我似懂非懂地点了点头。

"筹码的理论源自于谈判理论，指的是在谈判中你可以使用的、可以作为谈判条件的本钱。有人也管筹码叫 Power。筹码大体上又可分为伤害、奖励和使得不到三种。

图6.3

"现在我们就来看看，手握筹码更多的一方是如何行使他的话语权的。比

如，我想让我的宝宝齐琦吃饭，但他不配合。于是，我打算和他进行一场谈判。"

【案例】：伤害

或者，我也可以跟他说："如果你不吃饭，妈妈就要揍你。"然后他也会去吃饭。"揍"便是伤害的筹码。

【案例】：奖励

这个时候，我会跟他说："来，宝宝，你如果好好吃饭，吃完饭，妈妈就给你一块巧克力。"然后他会很开心地去吃饭。"巧克力"便是奖励的筹码。

【案例】：使得不到

又或者，我也可以跟他说："如果你不好好吃饭，那么连明天早晨的早饭，你也吃不到了。"然后他也会去吃饭。这里，我运用的是"使得不到早饭"这个筹码。

"看，这就是筹码在谈判过程中运用的基本形式。理解了这三种形式的筹码运用方式，加上足够充分的筹码，女孩子们就能够在和男友的交往过程中，占据优势地位了。掌握筹码理论，能够让你们的男友更迁就你，更宠爱你，也更疼惜你。"

"哦，原来商务谈判课上学到的东西，也可以这样在现实生活中进行应用呀。"听到这里，大家都觉得豁然开朗了起来。

"你自身具备的+值筹码，是潜在的奖励筹码。对方想得到你，想牵你的手，想吻你，想和你上床，这时，你便具有了使得不到的筹码。当然，唯独伤害筹码，在恋爱中是不提倡应用的。比如，你的父母是高官，如果你的老公抛弃了你，你的父母会通过权力罢免他的职位等。"楚俞说道，"通常，在恋爱初期，男人相比女性会更理智一些的。如果他真打算与他选中的对象进行深入交往的话，他就会对他的准女朋友做相当细致的考察。这种考察也就是我们所谓的'谈对象'。'谈'是一个过程，也是男性判断女性手中筹码的过程。"

"难怪有男人总喜欢搞暧昧，其实他是在认真考核女人手中的筹码呢。对吧？"陈燃说道。

"我最讨厌男生搞什么暧昧了。爱就直说，不爱就拉倒，暧暧昧昧，最讨厌了。"小七心直口快。

"但在这一阶段是很难避免的呀。其实，如果你遭遇到了暧昧对象，而方寸大乱，只能说明一件事，你想谈恋爱了。OK，你必须明白你的心，它在努力到达一个叫'幸福婚姻'的地方，而非到达特定的某个他的心。所以，静下心，仔细观察，考虑他是不是那个能带你一起去目的地的人，同时也认真筛选其他的合适对象。这才是应有的态度。"楚俞说道。

"好吧。可能，我是到了想谈恋爱的年纪了。只是自己不想承认而已。"小七嘟着嘴说道。

"哈哈哈，思春小姑娘！"陈燃揶揄着小七，但大家心里都清楚，楚俞所言有理。看着大家心悦诚服地点头，楚俞又接着讲了下去。

"当男女双方手中的筹码分量大抵相一致时，恋爱就有了更多的未来发展的可能性。请注意，我再次强调一次，与女方'漂亮'相当的筹码不一定是男方'帅气'，而要看女方是否看重长相。所谓的，'你的筹码'，不是你觉得'是筹码'的东西，而是对方重视和在乎的东西。下面我们列出的只是一些常规的相当的筹码。"

女方（A 女）	男方（A 男）
漂亮、腿长、皮肤白、有魅力（+值筹码）	有男人魅力（+值筹码）
高学历（+值筹码）	更高的学历（+值筹码）
孝顺（+值筹码）	孝顺（+值筹码）
家世好，父母有钱或居高位（+值筹码）	家世好，父母有钱或居高位（+值筹码）
脾气好，和我脾气对路子（+值筹码）	脾气好，和我脾气对路子（+值筹码）
工作稳定，职位高，收入高（+值筹码）	工作稳定，职位高，收入高（+值筹码）
懂得教育孩子（+值筹码）	能够成为我的精神导师（+值筹码）
会做家务（+值筹码）	愿意分担家务（+值筹码）
年轻（+值筹码）	比我年龄稍长（+值筹码）
温柔（+值筹码）	能理解我（+值筹码）
勤奋（+值筹码）	勤奋、勇敢（+值筹码）
有克制能力（+值筹码）	能够控制情绪，不滥用权力或金钱（+值筹码）
爱清洁（+值筹码）	不到处乱丢袜子（+值筹码）
时尚（+值筹码）	不要有太糟糕的品位，别太邋遢（+值筹码）
和我兴趣相投，有共同爱好及共同话题（+值筹码）	和我兴趣相投，有共同爱好及共同话题（+值筹码）
有留学经历，了解中西方文化（+值筹码）	有留学经历，了解中西方文化（+值筹码）
对我好……（+值筹码）	对我好……（+值筹码）

我们会发现，如果双方手中的筹码不均等时，则"谈成"的可能性极低。

女方（A女）	男方（D男）
漂亮、腿长、皮肤白、有魅力（+值筹码）	丑陋，至少是看着不顺眼（−值筹码）
高学历（+值筹码）	低学历、低能力（−值筹码）
孝顺（+值筹码）	对父母冷漠，亲子关系存在问题（−值筹码）
家世好，父母有钱或居高位（+值筹码）	出身贫寒，无家底（−值筹码）
脾气好，和我脾气对路子（+值筹码）	脾气暴躁，至少是和我的脾气不对路子（−值筹码）
工作稳定，职位高，收入高（+值筹码）	无固定工作，居无定所（−值筹码）
懂得教育孩子（+值筹码）	总喜欢和我抱怨生活（−值筹码）
会做家务（+值筹码）	认为做家务是女人的事情（−值筹码）
年轻（+值筹码）	太过年轻（−值筹码）
温柔（+值筹码）	粗暴（−值筹码）
勤奋（+值筹码）	懒惰（−值筹码）
有克制能力（+值筹码）	总是无节制地发脾气，乱花钱；滥用职权，有暴力倾向，可能会有家暴倾向（−值筹码）
爱清洁（+值筹码）	邋遢，到处乱扔袜子（−值筹码）
时尚（+值筹码）	品味糟糕（−值筹码）
和我兴趣相投，有共同爱好及共同话题（+值筹码）	和我无共同兴趣（−值筹码）
有留学经历，了解中西方文化（+值筹码）	思维模式一成不变，固执（−值筹码）
对我好……（+值筹码）	对我不好……（−值筹码）

"但是，居然也有A女爱上D男之怪现状。其实也不难理解，女人总会为了爱情而盲目，不是吗？其实，只要将上表中的一项做一些小小的调整，A女爱上D男就不会让人觉得奇怪了。下表就是调整后的情况。"

女方（A 女）	男方（D 男）
对我好（+值筹码）	对我好，非常好，特别好！！！（+值筹码）
漂亮、腿长、皮肤白、有魅力（+值筹码）	长相普通（0 值筹码）
高学历（+值筹码）	低学历、低能力（−值筹码）
孝顺（+值筹码）	对父母冷漠，亲子关系存在问题（−值筹码）
家世好，父母有钱或居高位（+值筹码）	出身贫寒，无家底（−值筹码）
脾气好，和我脾气对路子（+值筹码）	脾气暴躁，至少是和我的脾气不对路子（−值筹码）
工作稳定，职位高，收入高（+值筹码）	无固定工作，居无定所（−值筹码）
懂得教育孩子（+值筹码）	总喜欢和我抱怨生活（−值筹码）
会做家务（+值筹码）	认为做家务是女人的事情（−值筹码）
年轻（+值筹码）	太过年轻（−值筹码）
温柔（+值筹码）	粗暴（−值筹码）
勤奋（+值筹码）	懒惰（−值筹码）
有克制能力（+值筹码）	总是无节制地发脾气，乱花钱；滥用职权，有暴力倾向，可能会有家暴倾向（−值筹码）
爱清洁（+值筹码）	邋遢，到处乱扔袜子（−值筹码）
时尚（+值筹码）	品味糟糕（−值筹码）
和我兴趣相投，有共同爱好及共同话题（+值筹码）	和我无共同兴趣（−值筹码）
有留学经历，了解中西方文化（+值筹码）	思维模式一成不变，固执（−值筹码）
⋮	⋮

第六章 筹码

　　"你会发现，当第二个表中的最后一项成为第一项，并且从"对我不好"变成"对我好，非常好，特别好"以后，一切就发生了变化。A 女遇见 D 男，如果第一次接触，只发现了对方的第一个筹码，而并没有发觉其他−值筹码时，也会有一种类似于一见钟情或坠入情网的感觉。"楚俞说道，"而且，越是 A 女，越是有一股不达目标誓不罢休的执著劲儿，很快就会投入到改造男友的工程中，结果却发现自己越陷越深。"

　　"种马男都知道讨好女生的技巧！他们超懂的。我仔细想了想，虽然，我算不上是 A 女吧，但齐大圣却是个实实在在的 D 男呀。他除了恋爱技巧过人外，筹码还真不怎么多。和上面的那张表上所列的 D 男差不多。"小七说道。

"是呀，女性往往相信一见钟情，会迅速投入极大的热情在其中，而对方越是逃离，这种欲擒故纵的姿态，越是让女方欲罢不能。等相处时间久了，发现了男方的其他-值筹码，但女方已经投入了大量感情，这时女方又往往会对男方心生怜悯之情，为他的种种不是寻找各种各样的借口。像什么学历低是因为他家庭条件不好；和父母关系不好，是因为他的父母不够关心他，他的父母不够关心他，那么我来关心他；和我无共同兴趣，没关系，爱情就是需要彼此包容，只要他爱我，我相信他会为我而改变……哎，让人不胜唏嘘的是，这世间有多少痴情女子，明明已经明确看见男方的所有-值筹码了，仍然执迷不悟，相信爱情能够战胜并改变一切。究其原因，大抵是因为这爱投入得太早了。但仔细掂量双方手中的筹码，我们知道，至少在概率上，两人能继续走下去的可能已经不大了。这份'爱情'能持续多久，完全取决于女方还能容忍和妥协多久，还能自己骗自己多久。"

听到这里，我没吭声，心里却在想，显然小雪的筹码远远多于自己，而萧健，他的长相斯文出众，在小雪眼中也是重要的筹码。他们才是真正相配的一对。

我微微叹了口气，没让大家觉察到我的情绪。

就在这时，一声巨大的玻璃破碎的声音在我耳边响起。

"乒乒乓乓……稀里哗啦……"不断地有破碎的玻璃从我所在的餐厅楼顶掉落。

就在此时，楚俞姐的手机也应时地响起。

"好的，我明白。好的，我马上出发。"

5. 启东与小晨的故事

图 6.4

楚俞姐一边嘱咐大家帮忙照顾齐琪，一边抓起手包，从餐厅冲了出去。我们也尾随着她走出餐厅，走到了街面上，抬起头想找找玻璃散落的地方。随后，一块砖头从天而降……

我们就餐的必胜客位于繁华街路临街的位置，是一栋老式楼的一楼改建的。这栋楼的群楼被改造成了商铺，而从二楼起便是普通的民居。

只见一个姑娘站在二楼处外挂的电缆线上，几乎半悬在空中。显然，二楼那家人的阳台玻璃就是被她砸坏的，砖头也是她扔下来的。现在，她手里还拿着一片玻璃碎片，正准备割腕。

哦，天呀，我们几个女孩都惊住了，不知应该如何应对。

"根据谈判信息员提供的信息，楼上的姑娘名叫小晨。她有一个小她两岁的男朋友，名叫启东。小晨刚刚为启东堕胎后又遭抛弃，现在想轻生。刚刚她用砖头砸坏了启东家的窗玻璃，就是想让启东出来见她，但启东的电话一直打不通。"楚俞姐跟我们介绍说，"所以，当务之急就是把启东找出来。"

怎么才能找到启东？大家都没办法。

"这是启东姐姐家的地址，小艾、小七，你们和警员一起去寻找启东，并说服他来现场。陈燃、王晴，你们留在现场，配合我的工作。"楚俞姐冷静而又迅速地安排着大家的工作。

起降机将楚俞姐升至和小晨大体一致的高度上。她最后望了一眼我们："成功找到启东，你们便可以获得一颗水晶球。"

* * * * * * *

一切都很顺利，我们在启东姐姐家找到了启东。启东原本不想见小晨，但想着家里的玻璃全部都被砸碎，也不得不起身随我们一起来到现场。

此刻，小晨正在和楚俞姐哭诉自己的遭遇，两个女人显然在很短的时间里，成为了彼此认同的知己。

"楚俞姐怎么搞定小晨的？"我好奇地问王晴。

"没什么，这时候小晨最需要的便是别人的倾听。"王晴说道。

也对。

不过启东来了，局势应该会有逆转了。我期盼着。

可没想到，启东来到现场，抬头看了一眼，然后对小晨只说了一句："你愿意怎样怎样！"然后扭头就走。

被激怒的小晨破口大骂启东负心汉。现场爆脾气的陈燃，气得一个简步冲上去抓住启东，就在这时，从高空中再次砸下一个异物，直击启东的后脑勺。

大家定睛一看，原来是楚俞姐的高跟鞋！

被打在地的启东，恼羞成怒地大叫："警员施暴！"

可所有现场的警员都扭过脸去，装作什么都没看到。

"凭什么打我男朋友！"

谁都没想到，这个关键时刻，小晨还是出面处处维护着启东，大家都深感无语了……

就在这时，解救人员从屋子内侧控制住小晨，把小晨解救了出来。

"是启东到达现场后在第一时间，根据谈判策略员的提示，交出了房屋钥匙，才有了这次成功的营救。"从升降梯上被放下的楚俞姐说道。

因为涉及财产纠纷，小晨涉嫌毁坏他人财物，因此民警需要大家前去派出所录笔录。这时，楚俞的老公赶来，接走了齐琦。

哇哦，楚俞姐的老公也是一表人才嘛，大家看着都很羡慕。

* * * * *

到了派出所，我们才知道了小晨和启东之间故事的来龙去脉。

启东是一个典型的食草男——和食肉的动物凶猛式的男人不同，启东性格内向、温顺，不愿争辩，凡事喜欢顺其自然。启东的父母在他很小的时候去了国外打工，留给他一栋老房子，剩下的一切全靠启东自己一个人打理。一直没有人约束，启东的日子过得混混沌沌，到了20多岁，还晃晃荡荡，没份稳定工作。26岁这年，启东好不容易从爸妈手里借了点钱，买了套摄影器材，开始做起了摄影，帮人拍婚庆现场，这也是启东第一次找到的一份像模像样的工作。工作的第一个星期，启东就遇见了小晨。

小晨是这家婚庆公司的策划人，启东刚认识她的时候，被她风风火火、做事干练的风格所吸引。小晨呢，也看上了长相俊俏的启东。

当然，启东对小晨也并不是那么满意。启东觉得小晨个子才一米五二，有点矮，年纪还比自己大两岁，另外又是农村户口，不比自己，在城里毕竟还有套房。所以，交往了一段时间，启东一直也没和家里人说起交了女朋友。不过，小晨就没那么多算计，只觉得自己要照顾好启东，和他踏踏实实一起过日子，两人有了一栋房，至少不用做房奴。

话说这小日子一来二去，也蛮有了滋味。启东一个月本职工作加上晚上炒更，收入2 500元，小晨一个月也有2 000元。在小城市里，出门不用车，吃喝都便宜，日子过得蛮舒服，再加上小晨对启东的照顾十分周到，启东也慢慢盘算起长相厮守了。

慢慢地，小晨开始觉得自己都28岁了，不太想继续做辛苦的婚礼策划，每天大清早5点多就要起床，一忙就要忙到晚上10点多。于是，她辞了婚庆的活儿，换了一份电台业务员的工作。再后来，电台的栏目黄掉了，小晨索性就住在了启东家，打算有一搭没一搭的找找工作，实在不行就干脆结婚生孩子。结果这时候，出了点意外，小晨意外怀孕了。

自小晨辞掉婚庆策划的工作起，启东心里就一肚子不满。小情侣的收入一下子从4 500元锐减到了2 500元。关键是启东前几年的积蓄几乎为0。平日里的开销一下子让启东感觉到了压力。撑了两个月，又赶上了小晨怀孕，没办法从父母那里拿钱结婚，启东就想让小晨把孩子给拿掉。

小晨心想着，现在把孩子生下来，确实有点太过草率，也就依着启东的意思把孩子打了。转眼间，小晨已经快到29岁了，没了工作，没了孩子，心中越发觉得惶恐了起来，于是就逼着启东娶自己。

启东陷入了前所未有的困境。

不是有句话这么讲吗？"如果一个男人，一直和一个女人约会而不娶她，他就是一个混球；如果他没有准备好，却要娶一个女人，他也是一个混球；甚至，他不打算和一个女人一直约会，因为看不到未来，所以打算甩了她，他也是一个混球……"这也就启东的困境。

一个逼着对方娶自己，一个百般推脱不乐意，于是，小情侣之间争吵不断。直到有一天，小晨情绪失控，把启东五万多元的摄影器材从二楼扔了下去——这基本上是启东全部的家当了。于是，启东忍无可忍，宣布分手。

小晨一直想不通的是，那爱情呢？爱情哪里去了？难道真爱不是可以打败一切的吗？为什么出现了变故，男人的心怎么就变得这么快呢？

启东和小晨被民警叫去问话，我们寝室的四个女生和楚俞姐就在派出所的休息室里聊开了。

"好吧，其实这件公案看起来似乎没有头绪，双方也各有各的道理，但说白了，用谈判筹码理论，还是可以很容易地解释清楚的。来，我们不妨先列出小晨辞职前和同一时期启东手中的筹码。[1]"

小晨（女）	启东（男）
能干，积极向上，肯工作，有工作（+值筹码）	有份还算过得去的工作（+值筹码）
懂事，会做家务（+值筹码）	有房子（+值筹码）
个子矮（-值筹码）	长相帅气（+值筹码）
农村户口（-值筹码）	城市户口（+值筹码）
年龄偏大（-值筹码）	

"计算结果是小晨-1分，启东+4分。显然，这是不匹配的筹码分布，但为什么启东当时会选择小晨呢？就是因为小晨用了5份'对你好'的筹码，弥补了她和启东之间的筹码差。因此，最初两人的关系是和谐稳定的。"

---

[1] 注意：筹码不是一成不变的，筹码是指在对方眼里你拥有的东西的分量，而不是在公众眼里。比如，城市户口这样的筹码，并不是每个人都看重的；筹码也不一定是有形的东西，比如内心中坚强美好的力量、强大的包容心、负能量消解能力等。只要是对方看重的、需要的，都可以成为+值筹码；懒惰、奸猾等对方讨厌的，则是-值筹码。

第六章 筹码

小晨（女）	启东（男）
能干，积极向上，肯工作，有工作（+值筹码）	有份还算过得去的工作（+值筹码）
懂事，会做家务（+值筹码）	有房子（+值筹码）
个子矮（−值筹码）对启东好（+值筹码）对启东好（+值筹码）	长相帅气（+值筹码）
农村户口（−值筹码）对启东好（+值筹码）	城市户口（+值筹码）
年龄偏大（−值筹码）对启东好（+值筹码）	

"但自打小晨辞掉工作以后，她反而要求启东为她付出更多。显然，5 份对启东的好，打了折扣不说，之前的一项+值筹码'能干，积极向上，肯工作，有工作'也消失了。于是，两人的筹码分布再次无法平衡，矛盾也就渐渐开始显现。再加上，小晨没了工作，启东就要一人负担两人的生活，这对启东来讲是难以承受的压力。

后来，小晨用暴力的方式摔碎了启东的摄影器材。于是，启东心中再次给小晨加上了一个'暴力倾向，不能理智解决问题'的−值筹码。双方的筹码出现了无法弥补的落差，分手自然是无法避免的了。"

"可是，爱情呢？爱情不是足够伟大、能够战胜一切的吗？爱情不是能够战胜年龄的差距、贫富的差距、身高的差距……吗？在爱中怎么能够这样计较呢？"小七问道。

"这也是小晨一直想不通的地方。爱情的确能够战胜年龄差距、贫富差距、身高差距……但爱情不能战胜'年龄差距+贫富差距+身高差距+……'的总和。又或者说，当一对情侣都无视年龄差距时，年龄便只是条件，而非进入计算的筹码。所以说，爱情并不能战胜一切。"

"双方都不在乎，或者在乎，但被其他要素冲抵时，差距便不是问题。"陈燃总结道，"不过，这样讲来，我们对爱情就越来越觉得迷茫无望了。到底什么是爱情呢？"

"这是一个好问题。所谓的爱情和恋情不同。所谓的恋情，指的是对某位异性抱有'喜欢、想见面'或'总想在一起'的感情，而且，这种感情得不到满足的话，会感到非常痛苦。但爱情则必须包含三个要素：第一，生理方面的彼此吸引；第二，能够彼此分享秘密式的亲密；第三，长相厮守的承诺。三个要素缺一不可。如果只有前两个要素，没有第三个要素，则是找情人、包二奶，或者叫耍流氓；如果只有第二、三个要素，则人们通常称之为'友情'。"

"所以说，我和齐大圣，只有第一个要素，没有第二个要素，另外，我想有第三个要素，但他显然没有。所以说，齐大圣是一个种马男！"小七最近的脑袋极其灵光。

"是的。但说到底，启东并不是一个种马男，但他仍带给了小晨伤害。这也是因为启东无法给出'长相厮守'的承诺。所以说，启东和小晨之间的感情，更多仍停留在'恋情'的层面上，而没有形成真正的'爱情'。而启东一直没有能够全情投入的原因，也正是在于，没有办法给予小晨'长相厮守'的承诺。启东要权衡利弊，要计算得失，因为他负担着更重的责任。这是男人的权谋，女人总是很难理解。启东收入不高，事业不稳定，又没有办法靠啃老来供养小晨。所以，当小晨可以和他共同承担建立家庭的责任的时候，他觉得似乎两人又看到了希望，但小晨则因为年龄原因，没办法继续奋斗下去，启东的希望也就破灭了。

当然，也许换一个人，启东是不会放弃的。那是什么样人呢？一言以蔽之，让启东没有退路的女人。当一个让启东觉得是'非她莫属，没她不行'的女人出现时，不论双方的筹码如何分布，启东也会在对垒中，被她纳入帐下。如果遇见这么一个女人，则启东必输无疑。"

"恋情、爱情，楚俞姐，你懂得真多。"我不由得感慨道。

"哎，还不是生活磨砺出来的。其实，当我们为爱情而苦恼、消瘦，甚至消沉的时候，那也许并不算是'爱'，只能算是'恋'而已。"

是呀，恋爱不过是让人成长的一个历程，失恋不是失爱，在我们找到三要素俱全的 MR RIGHT 前，我们甚至没有资格悲伤。

"是呀，知道自己不是失爱，而只是失恋，我的感觉好多了。"小七又高兴了起来，"不过，楚俞姐，但是，你不觉得启东做得太过分了吗？你看小晨那么爱他，甚至不惜为他去死。"

6. 倒吊者

"为他死，就是爱他吗？" Alex 说着，让小七抽出了一张塔罗牌。

"倒吊者。"小七对塔罗牌的了解不算少。

"这张牌象征着自我牺牲，牌面描绘的是一个被倒吊起来的勇士，他头上已经出现了隐约的天使光环。尽管旁人认为这无比痛苦，他却一脸的安详，因为他知道，自己是为别人而牺牲的，即使他的肉体毁灭了，但他的精神将永存。" Alex 解释说，"但小七抽到的是逆位，倒掉者的逆位代表处于劣势、任性、利己主义者。"

"你是说，宁愿为其做出的最大牺牲，也可能正代表着牺牲者处于劣势，她是任性的利己主义者，是这样吗？"王晴问。

"的确如此。我们可以冷静地思考一下，宁愿为他而死，就是爱吗？《纽约时报》畅销书作者、心理学家特伦斯·里尔在《婚姻新规则》（The New Rules of Marriage）中对家庭"虐待"进行了定义。它包括：

（1）呼来喝去，大吼大叫。

（2）恶意相向，如任何一句话这样开头的话："你这个……"

（3）羞辱和挖苦，如说别人是坏人或没用的人；嘲弄、讥笑、讽刺、敷衍或居高临下。

（4）对一个成年人指手画脚，告诉他/她该做什么、怎么想才是对的。

（5）信誓旦旦，但从不履行承诺。

（6）说谎或操控，即故意歪曲信息或惺惺作态，试图操控同伴。比如："别担心我，我淋着雨也没关系。你好好玩。"

你看，其中的最后一条，尤其需要我们注意。其实，不管是拿刀架在别人脖子上，还是拿刀架在自己脖子上，这没有本质的区别，都是试图操控同伴的做法。说白了，就是威胁，而不是爱。

没有任何的爱，是在威胁的基础上建立的。"楚俞姐幽然地说道，"更何况，只有当一个人不需要为别人负责时，他才可以随意舍弃自己。一个具有责任感的人，没有办法说死就死。比如我，因为齐琦，所以我根本就不能说死就死。别说死，我连生病、感冒都不敢呀。"

7. 致命伤

正说到这里，小晨也录好了笔录，走出来了。

她看见楚俞姐，马上冲过来，紧紧地抱住了她，泣不成声。

等她的情绪稳定下来，我们也纷纷表示安慰。

"楚俞姐，我终于明白，我和启东之间是不可能的了。启东告诉我，他爱上了别人。但是，你能告诉我，我到底错在哪里了吗？"小晨显然把楚俞当成了悲伤中的救命稻草。

"其实呀，你犯的错误很简单。你在这段感情中所犯下的致命伤便是'没给自己留下退路。'"楚俞姐悲戚地望着小晨，幽然地说道。

"退路？你的意思是，让大家自备备胎，随时准备另觅新欢？"小七不解地问道。

别说小七了，我们大家都被这个"退路"弄得迷迷糊糊。

"哈哈，当然不是这个意思。所谓的退路，也是谈判中非常重要的一个概念。简单来讲，谁没有退路，谁就输了。"

曾经有一个老太太，第二天一大早要去买一栋房子，房子标价200万元，和开发商最终谈的成交价是180万元。付款的头一天晚上，老太太找到谈判专家，想请教是否能将价格再压低一些。谈判专家问老太太："您可有退路？"老太太说："这已经是所有我看中的房子中，性价比最高的一栋了，我儿子要结婚，房子一定是要买的。我只能买这栋，别无退路。"谈判专家说："那请您带好180万元房款，明日去交付就可以了。"因为没有退路的谈判方，在谈判中必输无疑。

"引入'退路'理论，并不是……我只想说……哦，这个问题恐怕一时半会儿还真说不太清楚，不如我们还是先来看看案例吧。"

若夏是我的一个好朋友，现在在电视台做主播，这个故事是她的。话说，若夏还是当年我的一位精神导师呢。正是她让我认真地开始审视"爱情"，开始真正理解应该如何勇敢地去争取自己的"爱情"。

每个女孩子都希望自己是若夏这样的吧。个子高高，皮肤白白，眼睛明亮，说话声音柔软，学得还是播音主持专业，穿带蕾丝的淑女装，气质出众的不得了。只觉得这样的女孩子应该早早就嫁入豪门，却不知她也曾情路坎坷。

她第一个男朋友是她的大学同学。毕业后，若夏进了电视台做记者，她的男朋友则回家乡做了中学语文老师。大学时的种种恩爱暂且不提，只是毕业后，若夏发现这位男友的老妈容不下她。想想也知道，这个在省城做电视台记者的女孩和那个在家乡做中学教师的儿子是不般配的。于是，男友的老妈开始用尽各种方法，阻挠两人相恋。当年的若夏天真，并没有认真计较这背后的种种，只是对男友在他老妈面前的懦弱不争感到绝望。拖了一年多，两人渐行渐远，慢慢也就分开了。

我遇见若夏的时候，她刚刚和她的男朋友分手。我分明记得，那年我24岁，她23岁。她跟我说，一定要找一个有车子的男朋友，因为这样的男人才配得上她。知道吗？这在我们这群没见过世面的小女孩眼中，想找个有车子的男朋友，简直就是了不得的远大抱负了。这在当年可是有被误认为"拜金女"的可能哦。想想当年的姑娘，和现如今动则要求买玛莎拉蒂、保时捷，买宝马不能买三系，买奔驰不能买C系的女孩子们相比，真真不可同日而语。

说实话，这种先把条件摆在头上的择偶标准受到了同事们的诟病。直到今天，若夏嫁得风光，过得幸福，我们才实实在在承认了她的高水平。她的高明之处，不在于她对物质的追求，而在于她的那句"因为我值得拥有"。她真的值得拥有。

若夏的第二个男朋友是一位官二代。眼见着这群所谓的精英男们前赴后继地拜倒在若夏的石榴裙下，我们不得不承认，若夏其实是把条件开低了。若夏会在追求她的男孩子当中认认真真地挑选。选的这位男士，样貌憨厚诚恳，公务员职位，家境殷实，是结婚的好对象，让旁人艳羡不已。可交往了一段时间，若夏开始向我抱怨，这个男朋友什么都好，不过脾气有些古怪，但又只觉古怪，说不出所以然来。再过了段日子，某日早晨，在电视台后台寝室，我看见若夏红了眼睛，问起来才知道两人分手了。因为，若夏得知对方有着家族遗传性精神病史。

在那个以爱情为至高存在的年代，因对方有家族遗传病史而分手，并不是每一个女孩都能断然下决心做到的事情。同是以理智著称的摩羯座的我，尚且会因她的分手而感伤不已。没想到第二天，若夏就仿佛没事人一样，照常上

班了。

最大的打击并不在此。

过了段日子，若夏渐渐从情伤中走出，我们又在电视台门口见到了她的新任男友。一辆漂亮的奥迪Q7，敞篷。当然，这是来接若夏下班的。车主人如其车，年轻而儒雅，外加少许的张扬和气派。在随后的日子里，小姐妹们经常凑去若夏那里，听她讲新恋情。这段恋情美好无比，若夏和奥迪男经常开着小车去吃夜市烧烤，去公园看星星。若夏说，她最喜欢他拖着她的手，一起漫步在夜色里。

"就这些？"姐妹们七嘴八舌。

"就这些。"若夏说。

"这才是真真正正的好男人，这才是真真正正的美好恋情呀。"姐妹们不由感慨道。

可问题也正出在这"天天看星，夜夜看星，天天拖手，夜夜拖手"上。交往了一年之久，若夏在男友的衣袋里发现了一包白色的粉末。问起男友，男友并没有避讳。奥迪男是缉毒警察，在一次缉毒时受人陷害，染上了毒瘾。这也就是为什么他和若夏交往这么久，同居这么久，还只是每日一起看星星的原因了。他因吸毒变得完全没有了欲望。

记得池莉的小说里，讲过一个无性而爱的故事，但这样的故事里又有多少凄苦，若不是亲身经历，断断是不能明了的。若夏请了一天假，邀我一起去喝咖啡。我特意备上了两包抽纸。去了才知道，纸巾带少了。我从来没见若夏哭得这么凶。她只是哭，不让我插嘴劝说。她说，她哭哭就好了。

哭哭就好了。这如果是发生在我头上的事，我都蒙了。下一步怎么办呢？我们都知道这对小情人是多么的登对，多么的相爱。

若夏说，这便是"有缘无分"。她说一定得分。不知多少姑娘遇见这样的事情会手足无措，又不知道多少姑娘会宁死也要和情郎死在一起。若夏完全不用劝的，而且这明明不是我在劝她，是她在劝我。

就这样，若夏和奥迪男也分手了。再后来，她又交了新的男朋友。终于，守得云开见月明，这次的MR RIGHT是真真的真命天子，男方家中从商，家境殷实。

"若夏真的好厉害，有机会真想认识一下她呀。"王晴禁不住感慨道。

"是呀，若夏绝对是我见过的女孩子中，最懂得什么叫做'放下'的人。她之所以可以如此从容地面对一次又一次失恋的打击，除了她超级强悍的心灵外，再有就是她有'退路'。她清楚地知道，即使和眼前的这位有着绝对性缺憾的男友分手，转身后，分分钟有着成排成连的男士愿意前赴后继地来追求她。"楚俞说道。

"可是，楚俞姐，你想想，我不是若夏呀！我，身高一米五二，马上就要

29 岁了，无业。想想都知道，如果和启东分手，再找另外一个男生有多难？"

"真的没退路了吗？其实，很多时候，女生在爱情中，之所以死死咬住，不肯松手，甚至不惜鱼死网破，就是自己觉得自己没有退路，走进了死胡同，以为除了眼前这位'负心汉'，再无其他选择。你呀，'自觉没退路'，正是因为自己的不自信以及不努力。小晨，即使是 30 岁，即使是不够漂亮，即使是失恋了，但你还是你自己呀。你的价值并不会随失恋而减少一分一毫呀。总之，打起精神，最近的那条退路，就在你身边。

就像我，即使是如今，已经结了婚的我，也会时常考虑自己的'退路'问题。我时常在想，我可不可以放弃我现在的婚姻而独立存在。这并不是因为我的婚姻出现了问题，而是我在时刻提醒自己，没了婚姻，我是不是仍是一个可以自给自足的独立的个体，是否有能力负担自己同孩子的未来。唯有一个能够自给自足的独立的个体，才能给予婚姻更多，而不只是贪婪地向婚姻索取；才能在婚姻中保有自尊、自信，并让人觉得值得信赖。

'独立的，能够自给自足的，甚至可以带给他人快乐的你'，这才是你真正需要寻找的退路。你要做这样的你，放弃任何一段感情，转身，你都会看见满眼的机会向你敞开大门。说到底，还是先做好自己。"说完这些，楚俞姐转向大家，"即便是日后，大家嫁了多么有钱的老公，多么疼你的老公，也千万不要放松了对自己的要求。严格的自我要求，就无异于给自己留了条'退路'。小晨，再退一万步，如果你真的觉得自己手中根本就毫无筹码，根本就完全被对方拿得牢牢的，对方想抛弃你，你却毫无招式应付。那么，请记住，你至少还应保留'尊严'以及'能够放下的豁达'和'勇敢转身的勇气'。这是谁也夺不走的、专属于你的、闪亮的底牌。"

"独立的、能够自给自足的，甚至可以带给他人快乐的我自己。"我在自己心里默念，这样的我，到底在哪里？

8. 本章复习

（1）你必须有底线，你必须清晰地表达你的底线在哪里。踩到底线，坚决让他出局。你若容忍，以后的日子长着呢，他还会反复地踩过来。

（2）本书涉及的内容，其实不过是关于恋爱的技巧，而非原则。它们有效，但绝非不容侵犯。你们永远拥有自主选择的权利。

（3）有时，我们只是过分夸大了人生中单次选择的重要性，以为它会影响我们的一生，其实影响我们一生的，是我们的思维和行为模式。

（4）你们必须通过恋爱的历程去逐渐揣摩何为正确的思维和行为模式，这是一个逐渐内化的过程——就像一个孩子，如果从来没摔过跤，他便无法学会走路——换句话说，失败并不可怕，在恋爱历程中，任何时候的任何失败都不可怕。单身、失身、分手、被劈腿，甚至离婚都不可怕。可怕的是，你因这

些接踵而来的打击，失去了自信与勇气，以及爱的能力。

（5）你就是你的神，你的神就住在你的心里。外面什么也没有，不要害怕。

（6）爱情的真相说白了，是一种动态的平衡，它遵循的是等价关系。

（7）你是什么样的人，老天就会发一个什么样的人给你做伴侣。任何人都不要妄想在恋爱中占尽便宜，不劳而获。

（8）在不等价的恋爱关系中，优势一方会隐约开始颐指气使，仿佛感觉自己有资格定夺一切事物。比如无论对方想不想开口，自己都可以发起聊天；无论气氛是否合适，自己都可以沉默独处。优越的妻子会变得懒于开口表达柔情蜜意；优越的丈夫甚至会为婚外艳遇寻找合理借口，他可能会想，"我有资格得到更多"。在亲密关系中，可怜的劣势一方，注定要过着对爱情缺乏安全感的生活，或者无论对方何时决定利用恋情占便宜，他（或她）都要无奈地"咽下苦楚"。

（9）筹码是被对方认可和接纳的条件。筹码的理论源自于谈判理论。大体上又可分为奖励、伤害和使得不到三种。

（10）爱情必须包含三个要素：第一，生理方面的彼此吸引；第二，能够彼此分享秘密式的亲密；第三，长相厮守的承诺。三个要素缺一不可。

（11）不管是拿刀架在别人脖子上，还是拿到架在自己脖子上，这没有本质的区别，这都是试图操控同伴的做法。说白了，就是威胁，而不是爱。

（12）如果你真的觉得自己手中根本就毫无筹码，根本就完全被对方拿得牢牢的，对方想抛弃你，你却毫无招式应付。那么，请记住，你至少还应保留"尊严"以及"能够放下的豁达"和"勇敢转身的勇气"。这是谁也夺不走的、专属于你的、闪亮的底牌。

9. 超级练习册

小贴士：

（1）一般来讲，在中产、豪门二代或者成功男士的择偶标准里，以下几条可称得上是"正值筹码"：

①家世清白，即使不是大富大贵，至少也是小康之家，书香门第也颇受欢迎。

②情史简单，年纪较轻，涉世不深，但心智成熟。

③愿意为夫家传承香火。

④有体面的工作。当然，结婚后可以选择在家做少奶奶。女学生也颇受欢迎。无业或待业女青年一般不受欢迎。

⑤外形出众。个子高，皮肤白，身材苗条，鼻子挺，眼睛大……

（2）帅哥的理想结婚对象：

把我当帅哥捧着的奉献型女生。

（3）同龄小男生的理想类型：

找个年长的、有恋爱经验的大姐姐类型的女生谈恋爱，但不是和她们结婚。使用时髦的电子商品的女人往往更容易吸引这类小男生的目光。

（4）离异男的理想结婚对象：

愿意接纳自己孩子的年轻未婚女士。

（5）未来不明朗的、奋斗中的男士的理想结婚对象：

学历不高的打工妹，或者等奋斗有结果了选一个漂亮、优质的女性做老婆。

引申阅读

【引申阅读1】

他，少年得志，一时风光无限，怎料人到中年，却每况愈下：相爱多年的女友另嫁他人，娶到的媳妇另有外遇，甩了他。他只觉得女人在外不易，遂将所有家产分至女方名下，从此一切从零开始。所有的人都会觉得他没了"退路"，定会消沉到底，最后沦为内地歌厅、酒吧的串场演员。但他用事实说了"不"。

是的，他就是《步步惊心》里的四阿哥，他就是《刑名师爷》中的段平。

今年他41岁。他，就是吴奇隆。他的退路便是一颗"好心"。

【引申阅读2】

32岁，单亲妈妈，失业，穷困潦倒，几次欲自杀。因为心理问题严重，想要求助于心理医生，又碰上心理医生度假，临时医生咨询时爽约。……还好看在女儿的份上，她没有放弃继续生活的勇气。

作为一个单身母亲，她的生活极其艰辛。在开始写作哈利·波特系列童话的第一部《哈利·波特与魔法石》时，她因为自家的屋子又小又冷，时常到住家附近的一家咖啡馆里把哈利·波特的故事写在小纸片上。不过，她的努力很快得到了回报。童话一出版便备受瞩目，好评如潮，其中包括英国国家图书奖儿童小说奖，以及斯马蒂图书金奖章奖。随后，她又分别于1998年与1999年创作了《哈利·波特与密室》和《哈利·波特与阿兹卡班的囚徒》，进一步轰动了世界。2000年7月，随着第四部《哈利·波特与火焰杯》的问世，世界范围的"哈利·波特"热持续升温，创造了出版史上的神话。2003年6月，她推出了第五部《哈利·波特与凤凰社》；2005年7月，她推出了第六部《哈利·波特与"混血王子"》。销售势头一次高过一次，形成了一次比一次猛烈的"哈利·波特"飓风，以《哈利·波特与死亡圣器》为例，此书在首发当日，就创下了每分钟卖掉5万册的纪录，按照34.99美元的定价、10%的版税计算，作者罗琳这一天的收入就达2 449万美元，折合人民币约1.85亿元。换言之，她一天赚的钱，中国的首富作家要写至少160多年才能赶上。而她创

造的"哈利·波特现象",也成为众多专家学者热烈讨论的话题。

没错,她就是 J. K. 罗琳,哈利波特之母。

她的退路,是她的才华。

【引申阅读3】

她曾是昔日首届港姐冠军,后嫁入豪门,婚后不足两月便梦熊有兆,一索得男,此后又连生三子。不想,人生遭遇突变,年近50岁,与巨贾低调离婚。按理来说,应该孤灯苦影,了却残生,世人哪知她离婚的原因竟是"要过自己的生活"。

前夫多次示爱,表示希望复婚,这原来不是有钱人甩掉糟糠之妻的老桥段,而是一个独立、睿智的女性在追求属于自己的幸福。是的,她便是最美港姐朱玲玲。

香港女人出了名的难嫁,而朱玲玲50岁还能风光再嫁。原来,豪门霍家的女人没有想象中的阔绰,面子是虚的,可能是因为男人怕"女人有钱就身痕"。在社交场合可以虚荣地戴名贵的珠宝首饰,但那是向家里借的,借前要登记,用完即刻归还。

1999年,朱玲玲一反霍家家规,以个人名义花了2 400万元买入寿山村道恒安阁的复式单位,此举是得到公公霍英东明确撑腰的。这一步,现在来看,是给自己的自由安排好了退路。

再后来,朱玲玲传出与罗康瑞拍拖,两人十字紧扣,电影院欣赏《色戒》,更浪漫雨中共撑一把雨伞。而这位最终与朱玲玲修成正果的罗康瑞,也是香港巨贾。他是香港鹰君集团后人,人称"上海姑爷",1971年从澳洲留学回港创立瑞安集团,兴建上海新天地令他声名大噪。2000年,他与育有一子一女的太太何晶洁离婚,个人身家达270亿港元。

她的退路是她的头脑。

案例分析

巧锦有本书去找出版社谈版税。假设世界上只有三家出版公司,两家明确表示,巧锦的书出不了。巧锦找到第三家出版公司,怎么谈才能获得较高的版税呢?

参考答案:

巧锦:"这本书我想拿2%的版税。"

出版社:"这个有点贵。"

巧锦:"好吧,那我找其他出版社出。"

出版社:"好吧,2%就2%。"

看见没,谈成了。

但如果巧锦这么说呢?

巧锦:"这本书我想拿2%的版税,其他两家出版社不打算给我出版。"

出版社："2%太高了，1%吧。"

巧锦："好吧。"

所以，秘诀就是，即使你真的没有退路，也不能让对方看出你没有退路呀。

推荐阅读：

亦舒：《我的前半生》，海口，南海出版社，2012。

书评：《试着放下所有你害怕失去的》。

第六章　筹码

第七章

命运之轮

【上集提示】

　　Alex 引荐我们在 2 号平行空间找到了谈判专家楚俞姐。她向我们揭示了关于"爱情的真相"。在此过程中，我们参与到了解救轻生女小晨的行动中。通过了解小晨的故事，我们明白了"筹码"和"退路"在爱情中的重要性。这让我开始反思，我自己的退路究竟在何处。

【本章概述】

　　本章楚俞姐会跟我们聊聊关于她自己的故事，聊聊我们所不知道的命运之轮的转动规律。

1. 食草男启东的唯一

　　就在我出神的当口，启东录完笔录回来了。楚俞姐拉了他，悄悄地躲在一旁去说话。只见楚俞姐抿了抿嘴，点了点头，说了句"我明白了"，然后就放启东回去了。

　　"楚俞姐，你刚才问了启东什么？"小晨没勇气走上去和启东说话，看见楚俞姐回来，心急地问道。

　　"他说，他爱上了别人。我问他，他爱上了一个什么样的人？"

　　"他怎么说？"

　　"他说，她很平凡，但是，不知道为什么就是喜欢她。可能是因为，她身上有一股淡淡的奶香，让他觉得很安心。"

　　"这算什么烂借口。"小七说道。说老实话，我们这群人里，就小七没心没肺，说话不经大脑，这和小晨还真有点相似。难怪这么快，小七便和小晨站到同一条战线上了。

　　"这就是所说的，让启东没有退路的那个女人呀。"楚俞说，"启东说，他的所有朋友都闻不到她身上的淡淡奶香，但唯有他能够。于是，他认定了她是他的唯一。"

　　"好吧，我被奶香味给击败了。我认了。"显然是因为朱玲玲的故事，给了小晨很大的冲击，现在她显得坚强了很多。

"小晨，你和小七一样，是一个痛痛快快、敢爱敢恨的姑娘。平日里，有着爪牙外露的小凶猛，可一到关键时刻，偏偏就又软了下来。"楚俞说，"不过，启东却不同，他是一个典型的食草男。虽然看起来柔柔弱弱，没有攻击性，可是这种男人一旦默默下定了决心，便是千头牛也拉不回来的。"

"是呀，既然如此，我还是早点放手吧。"小晨突然间想开了很多。

"楚俞姐，看来，小晨的状态好很多了。不如我们换个地方，你给我们讲讲你的故事？"

"好呀，那就选 Sirens Coffee 吧。"楚俞姐说道，"Sirens Coffee 是 Alex 设计的，是几个平行空间的链接站。"

也好。我喜欢那里的氛围。

2. 杜拉拉和虞姬

"在讲我的故事前，我会先出一道题目。你们先用心想想答案，带着问题，我们来听故事，怎么样？"楚俞坐在桌子最靠里面的座位上，幽幽地抿了一口蓝山咖啡。

我们望了望彼此，不约而同地点了点头。

关于这道题目，相信不同的人有不同的答案。题目场景来自于畅销小说《杜拉拉升职记》。

场景：王伟因为公司结构调整，被上级在内部会议上"弹劾"。负责公司人事的玫瑰得知后，根据公司流程，把王伟的工作变动告诉了杜拉拉，让杜拉拉负责此事，并强调，暂时不要告诉王伟。

玫瑰的做法：当天晚上，和王伟曾是恋人关系的玫瑰就把此事告诉了王伟，让王伟早做打算。

杜拉拉的做法：杜拉拉得知后，陷入了纠结——于公，应该对王伟隐瞒；于私，王伟是自己的恋人，应该告诉他他现在的职场处境。但最终，在王伟的几次暗示下，杜拉拉都选择三缄其口，对王伟隐瞒。

补充条件：

（1）此时杜拉拉28岁，为世界500强公司新入职的职员，月薪8 000元，但马上有晋升的机会，同时背负着为老妈月供房贷的责任。杜拉拉的恋人王伟为公司营销总监，月薪50 000元。

（2）如果杜拉拉将公司解聘王伟的消息告诉王伟，王伟会有较为充裕的时间准备跳槽去另一家公司；如不告诉，则王伟在找新工作时会遇到麻烦。

（3）如果杜拉拉将公司解聘王伟的消息提前告诉给王伟，则杜拉拉的死对头玫瑰一定会抓住这个机会大肆报复杜拉拉，杜拉拉也会失去晋升的机会。

现在，请思考，如果你是杜拉拉，你会选择告诉王伟还是向王伟隐瞒？

"隐瞒。"楚俞的话音刚落，咖啡店老板娘巧锦便急忙抢答道。

"不，我绝对会告诉王伟的。"我说。

"我也是，会告诉。"小七、小晨说。

至于陈燃、王晴，她们两个都认为，这事儿很难办，不知道应该如何处理。

"如果时光倒转七八年，我也会选择告诉王伟的。"巧锦今天穿着一件松石绿颜色的绣花褂子，一如往常的丽江文艺老板娘范儿。

"不过，光凭着一腔热血和好心，想把恋爱谈明白，可没那么容易。"

"巧锦说得对，在回答这道题前，我们先来听这个故事。"楚俞姐在我们这群人中，年龄最大，声音也很能安抚人心。她一开口，大家便都安静了下来。

3. 贬 值

一个年轻漂亮的美国女孩在美国一家大型网上论坛金融版上发表了这样一个问题帖：我怎样才能嫁给有钱人？

我下面要说的都是心里话。本人 25 岁，非常漂亮，是那种让人惊艳的漂亮，谈吐文雅，有品位，想嫁给年薪 50 万美元的人。你也许会说我贪心，但在纽约年薪 100 万才算是中产，本人的要求其实不高。

这个版上有没有年薪超过 50 万美元的人？你们都结婚了吗？我想请教各位一个问题——怎样才能嫁给你们这样的有钱人？在我约会过的人中，最有钱的年薪 25 万美元，这似乎是我的上限。要住进纽约中心公园以西的高档住宅区，年薪 25 万美元远远不够。我是来诚心诚意请教的。

有几个具体的问题：

一是有钱的单身汉一般都在哪里消磨时光？（请列出酒吧、饭店、健身房的名字和详细地址）

二是我应该把目标定在哪个年龄段？

三是为什么有些富豪的妻子看起来相貌平平？我见过有些女孩，长相如同白开水，毫无吸引人的地方，但她们却能嫁入豪门；而单身酒吧里那些迷死人的美女却运气不佳。

四是你们怎么决定谁能做妻子，谁只能做女朋友？

我现在的目标是结婚。——波尔斯女士

下面是一个华尔街金融家的回帖：

亲爱的波尔斯：我怀着极大的兴趣看完了贵帖，相信不少女士也有跟你类似的疑问。让我以一个投资专家的身份，对你的处境作一分析。我年薪超过50 万美元，符合你的择偶标准，所以请相信我并不是在浪费大家的时间。

从生意人的角度来看，跟你结婚是个糟糕的经营决策，道理再明白不过，

请听我解释。抛开细枝末节，你所说的其实是一笔简单的财貌交易：甲方提供迷人的外表，乙方出钱，公平交易，童叟无欺。但是，这里有一个致命的问题，你的美貌会消逝，但我的钱却不会无故减少。事实上，我的收入很可能会逐年递增，而你不可能一年比一年漂亮。

因此，从经济学的角度讲，我是增值资产，你是贬值资产，不但贬值，而且是加速贬值！你现在 25 岁，在未来的五年里，你仍可以保持窈窕的身段、俏丽的容貌，虽然每年略有退步。但美貌消逝的速度会越来越快，如果它是你仅有的资产，十年以后你的价值堪忧。

用华尔街术语说，每笔交易都有一个仓位，跟你交往属于交易仓位（trading position），一旦价值下跌，就要立即抛售，而不宜长期持有——也就是你想要的婚姻。听起来很残忍，但对一件会加速贬值的物资，明智的选择是租赁，而不是购入。年薪能超过 50 万美元的人，当然都不是傻瓜，因此我们只会跟你交往，但不会跟你结婚。所以，我劝你不要苦苦寻找嫁给有钱人的秘方。顺便说一句，你倒可以想办法把自己变成年薪 50 万美元的人，这比碰到一个有钱的傻瓜的胜算要大。

希望我的回帖能对你有帮助。如果你对租赁感兴趣，请跟我联系。——罗波·坎贝尔（J. P. 摩根银行多种产业投资顾问）

"天呀，这样赤裸裸哦。"听到这里，姑娘们都不禁惊呼了起来。

"用不着吃惊。"Alex 说着抽出一张塔罗牌，"第十张，命运之轮。"

"要抓住'命运'，就要先理解什么是'变化'，相信没有绝对的事情就可以了。命运之轮随时光的运行而运转，美女的价值在逐年贬值，而男人的财富却在逐年增值，这个案例说明的不外乎便是这样的道理。但，我想说的不仅仅是这些。

事实上，每个女孩子在选择配偶时，都会认真考虑对方身上的筹码是会继续增加还是会减少。女孩们，别跟我说你从来没这么想过。女孩们身上天然的母性会促使她们将男朋友逐渐培养成优秀的人才。但又有多少女人在男人事业有成抛弃自己后哭诉：'当初是谁在他还是穷小子的时候就跟了他？'拜托，请扪心自问，你当初看上他是因为他是穷小子，还是从心里期望着他有朝一日能够成为成功男士。如果你看上他是因为他是穷小子，那么，请在婚后用尽一切方法，让他保持他的穷。很显然，男人会在婚姻中逐渐增值，而女人则会在婚姻中逐渐贬值。本来平等的双方，就这样逐渐拉开了距离。你知道，如果双方手中的筹码不匹配，最终的结果会是什么——那便是分手！"

"楚俞姐，我们说的爱情是纯粹的，是不掺杂任何其他成分的单纯的爱呀！并不是每个女人都想嫁有钱人呀！如果抛开这些因素，那你的理论还说得通吗？"

"好吧，真正的爱。我们来看看霸王别姬里面的霸王和虞姬，好吗？"

"虞姬，我最喜欢了。"王晴说道。

"刘亦菲版的那个虞姬，老美了。"小七说道。

"拜托，大家不要跑题好不好？"陈燃不屑地说。

"记得小时候很喜欢的一部短篇小说，就是张爱玲写虞姬的。张爱玲自己的恋爱谈得一塌糊涂，但她的爱情小说写得却很是精彩。那部短篇小说名叫《霸王别姬》，里面写道：'十余年来，虞姬以项羽的壮志为她的壮志，以项羽的胜利为她的胜利，以项羽的痛苦为她的痛苦。但如果霸王胜利了呢？虞姬获得的不过是长时期被禁闭在深宫之中，直至死去。而在未死之前，由于年老色衰，项羽的爱情也会转移到年轻的嫔妃身上去。'于是，当霸王被围城时，虞姬为了不拖累霸王厮杀，选择了自杀。张爱玲说，'虞姬比较喜欢这样的收梢'，因为在她死的那一刻，霸王是深爱着她的。张爱玲笔下的虞姬清醒无比，虞姬明白，自己的牺牲成就的是项羽筹码的增加；若项羽功成名就，那么虞姬和项羽之间的筹码差必定会进一步扩大，虞姬被遗弃是必然的命运。虞姬、项羽如此相爱的千古传奇，最终的结局尚且如此，你还指望你能够无视筹码变化，仅凭感情就能彼此关心一生吗？"

听到这里，姑娘们都噤声了。

"所谓的爱情，它其实是很脆弱的，要努力呵护它，而不是期望'爱'帮你解决所有难题。'爱'像皮筋儿，若双方筹码差不大，它能在一定范围内，维系住两人的关系；但若筹码差过大，那它会在一瞬间，啪！断掉。"巧锦说道。

4. 谈判专家楚俞姐的故事

"是呀，年轻的时候，即便是懂，也不愿意去相信。直到自己在这件事情上栽了跟头，才真的知道痛，真的不得不信。"楚俞边说边抿了口咖啡，谈起了自己的故事。

原来，我和老公都曾经是一家大型外资企业的谈判专员。关于筹码这点小知识，我怎么可能不懂。只是觉得，生意场上的东西归生意，感情上不应该用这些理论。

当年，我们是同一个大区负责人手下的两名干将，也正是因为彼此惺惺相惜，才走到一起的。那时，我们还只是男女朋友关系，我们联手为公司谈下了大笔合同，从未失手，所以也被部门称为"雌雄双煞"。

不久，我们的大区负责人退休，想保举我们之中的一个接替他的位置。但这样，我和老公就会从原来的同事关系，变成上下级关系。大区负责人提出，作为交换条件，我们两个人只能留一个。办公室恋情本就不被允许，再加上，我们两个若同在一个部门，不管谁是领导，谁是下属，其他部门的员工也都会觉得不公平。

我想都没想，拍拍胸脯就把"退出公司"的担子担下来了。老公十分感动，当天就买了一克拉的钻戒带到了我的无名指上——那天，他向我求婚了。

婚后的小日子过得蛮滋润的，为了照顾老公，我索性也没找什么工作。反正，老公的位置升上去以后，经济方面已经完全没有问题。再后来，我怀孕了，妊娠反应比一般人都大，可老公的工作实在太忙，经常要晚上十一二点才能回家，根本没时间照顾我。整天待在空荡荡的房子里，经常想哭。再后来，孩子出生了，关于老公的风言风语也越传越盛，说他爱上了别人……也别怪我多疑，可你想想，我整天带着孩子，每天十点多就睡下了。他经常十一二点才回家，很多时候，我们好几天，连一面都看不见，你说我能不紧张吗？再加上，生育后，我的身材也渐渐走形，每天对着奶粉、尿布，自信心跌到了谷底。空闲下来的时间，我便疯狂地去查看他的MSN、邮件、手机。再后来是不断地争吵。猜忌让我们两人越走越远，最终以离婚告终。

图 7.1

离婚后，我终于认识到在一个家庭中，任何一方的盲目扩张，都会严重压缩另外一方的利益。这和失衡的阴阳鱼一样。

离婚后，我从原有的积蓄中拿出一部分，为孩子请了一个专职保姆，再加上孩子已经2岁，白天就送去幼儿园，我终于有了一点点空闲的时间。我所在的社区活动站招聘义工，我在那里参与了一些心理失衡人员的心理辅导工作，同时负责说服一些想要轻生的人。

要知道，自渡最好的方法就是渡人。

当你有能力帮助别人渡过难关时，其实你已经战胜了自己的难关。

再后来，我的运气变得越来越好，在宝宝4岁那年，警方第一次公开招聘聘任制谈判专员。我丰富的专业知识和社区服务经验，让我顺利入围。我开始减肥、塑身，重新在废墟上一点点重建我的人生。再后来，我遇见了我现在的老公……

"从此过上了幸福的生活！哈哈。"小七接话说道，"哎，不过，你的那个前夫呀，可真不怎么样。你看，你都为他做出那么大牺牲了，他居然还不领情。和那个什么启东一个德行。男人，没一个是好东西！"小七愤愤不平地说道。

第七章 命运之轮

"其实，我们第一次恋爱时，会不顾一切地付出与投入——任谁都是如此。但我们并不清楚，其实很多时候，我们是打着付出的旗子，要求对方付出。一旦自己付出了，而对方没有做出相应的回报，我们就会心理失衡。这实际上是一种变相的要挟。"巧锦说道。

"是呀，连我们自己都不知道，这是一种变相的要挟。连我们自己都不知道，当对方的付出没有我们的付出多时，我们会不自觉地感到失落、难过……这连我们自己都控制不了。所以，不管怎样，记得，只有保持夫妻双方的筹码均等，才是呵护彼此爱情的最好方式。"楚俞姐说道。

可是，女人呀，总是为爱放弃太多。什么东西都可以以爱的名义舍弃。老公需要有人操持家务，好，因为我爱他，所以自己辞职在家做全职太太；孩子需要人来照顾，好，不能烦到老公，自己业余时间拿出来辅导孩子……因为生活压力大，渐渐放弃了去健身中心，身材走样；因为没有时间护理皮肤，厨房里的烟熏火绕让你成为黄脸婆……总之，有太多理由让你放弃你手中的筹码了。

渐渐地，你失去了你的工作、继续升值的空间、你的朋友圈、可以卖弄的才学，以及谈论的资本。你渐渐在贬值而不自知。突然有天，你的老公惊醒之余，他会大叫："天呀！！！货不对板！"什么叫"货不对板"，就是当年他娶回的人和眼前的这个人不再是一个人。也许是数千年的传统使然，中国女性总是习惯性地自我牺牲，总是会主动对自己的权利进行自我抛弃，拿走我们自己身上的筹码放到男友或老公的口袋里，从而使得两人之间的筹码差越来越大。

当两者之间的筹码差扩大时，没良心的老公就会在遇见更好的女性后选择对你"平仓"；那么，有良心的老公就会让你好过些了吗？不，你就像一支蜡烛，燃烧了自己，照亮了儿子、老公，在故事的结局里，你变成了一堆灰烬。放眼世界，到处都是新鲜的红色蜡烛，还有手电筒，还有电灯泡，还有霓虹灯、日光灯、节能灯。天呀，居然还有最新型的LED！！！这种新光源，老化速度慢、节能、省电，你说你怎么拼得过呀！你想想，这个时候，你身为一堆灰烬，你是多么沮丧和自卑呀！然后，你开始不自信，开始猜疑，开始焦躁不安，顺带着开始了你的更年期。

女人，是谁让你贬值的？是你自己呀！！！

听楚俞姐讲完她的经历，我没忘去思考她留给我们的思考题："但是，楚俞姐，道理我们都明白，但即便我是杜拉拉，我也实在是没办法牺牲王伟的利益，成全自己的利益。牺牲别人，特别是牺牲爱人，来成全自己，这样的事情，我做不到。"

"你宁可牺牲自己，也没办法牺牲他的利益。但你牺牲的不仅仅是你自己的利益，而是'两个相爱之人白头到老的可能性！！'。因为，自打你和你的爱人走到一起后，你们就已经是一个整体。是你选择的自我牺牲，是你选择的扩

大两者的筹码差。也就是说，是你破坏了你们作为一个整体的共同利益。爱他，就要守护他，也要努力地守护住你们之间最珍贵的爱情。所以，就为这，也请紧握你自己手中的筹码。因为，爱并没有人们想象的那么坚固，爱之所以能够持久，正在于聪慧的人会一直掌控着爱人之间那种微妙且难以细说的动态平衡。"在 Sirens Coffee 幽暗的灯光下，楚俞姐的脸看起来白白的、柔和的，淡然且平和。她一直是这个样子，看似温柔，却又有着骨子里的倔强，说话的声音不大，语速也不快，甚至每句话之间的间隔都让人觉得比平常人久些，仿佛字字都酝酿着，但每一个字都能说到人的心坎里。

"是呀，很多女孩子牺牲自己继续读书的机会，去工作赚钱供养男友读上了研究生，最终两人还是分道扬镳，这样的例子还少吗？你真的以为天下男人都是负心汉吗？是这些主动牺牲了的女人心中先生出了种种不平衡感，再加上双方的筹码差距过大，才导致了最终悲剧的发生。'好'不应该是罕有难觅的，而应该是稀疏平常的，它就像米，容易获得却又须臾不可离。就如自爱并推己及人地爱他人，这便是'好'，而不一定非要牺牲自己去爱别人。这不是说我们鄙视自我牺牲，只是很多时候的自我牺牲是在危难关头的特殊选择，这种特殊性时刻的处事原则，不应该时刻贯穿于我们的日常生活中。要知道，过度的善良，毁掉的是它本身。"

"OK，我听明白了。但是，楚俞姐，很多家庭主妇会算这样的一笔账。比如，请一个全职保姆，现在要 3 000 元左右，而自己出去工作，也不过才赚3 000多元。那不如我自己来做家务，找保姆那么麻烦。"王晴的妈妈也是家庭主妇，显然这些道理，都是她从妈妈那里学来的。

"好吧，我来算一笔账，从短期看，自己做家务和请保姆没有太大差别，但是别忘记了，除此之外，你还获得了：（1）可以晋升的机会；（2）未来能够获得更多薪金的可能；（3）作为一个职业女性的独立精神；（4）特别是在家庭经济出现危机时，你的工作可能会帮助你的家庭渡过难关，无形中也减轻了老公的压力。两相比较，高下立现，聪明的你，一定懂的。"巧锦姐说道。

"所以，关于杜拉拉那道题目，我的个人意见是——当然，这也只是一个参考意见——相信90％的女孩子都会从感情出发，选择告诉王伟；但如果杜拉拉想和王伟处下去，那么就应该凡事从'王杜'的整体利益出发思考问题。

如果杜拉拉告诉王伟，则杜拉拉很可能在 28 岁这年失去这份有着较好前程的工作，而王伟并不会因为杜拉拉的牺牲而获得更大的收益，不过是在应聘的时候便利了一些。这样，'王杜'组合的集体经济利益就会大受损失；同时，杜拉拉还要面临母亲房贷断供的风险。这样的风险难道要让王伟一同承担？更要命的是，即使杜拉拉此时再寻一份新的工作，因为职业操守上有污点，恐怕也很难再进 DB 这样的大型企业。如果杜拉拉没有办法让自己的工资继续增加，那么她和王伟之间的差距会越来越大。'王杜'组合随时面临分崩

离析的危险。处世不深的小姑娘往往会选择不顾一切地告诉爱人真相，是因为她们从来不曾面临过如此两面甚至三面受难的处境，肩膀上也从来不曾担负如此重的责任。工作上的同事关系、亲人间的亲情、朋友间的友情等，当你以爱的名义断掉了自己身后所有的关系链条时，你已不再是你，你就好像一棵断掉根系的植物，只会渐渐枯萎、凋零。

人总是对自己拥有的财富不够珍惜。年轻时，我们以为所有手中的筹码理所应当为自己所拥有，年轻、美貌、独立的精神、体面的工作……我们不知道自己之所以被爱，是因为拥有这些闪亮的筹码，以为天底下的爱都应该属于自己。我们会对爱人胡闹，乱发脾气，我们觉得因为他爱我，所以一切都不是问题。但最大的问题就在于，拿别人对你的爱做筹码，是最愚蠢的事情。是的，女孩子总是可以胡闹那么几年，等这爱消散了，你会发现，你已连同你最美好的岁月和你最爱的人一同消失了。

在杜拉拉的故事中，杜拉拉最终选择没有告诉王伟。虽然因为这件事情，让王伟大受打击，但最终杜拉拉如愿获得了自己理想的职位，而王伟则无法忘怀与杜拉拉之间的美好爱情，最终选择和杜拉拉再次走到了一起。

所以，还是那句老话，在盲目的自我牺牲前，多从双方共同利益的角度考虑，同时尽可能不去扩大双方的筹码差，凡事多考虑两步，不要走一步看一步。"楚俞姐说道。

"那如果是女人进步速度太快，而男人却跟在后面不肯努力追赶怎么办？"王晴突然想起了什么，问道。

"其实女人若是早点发现自己的速度过快，跟在后面的那个又不肯努力追赶，不如学学琼瑶、梁凤仪和李娜，她们不约而同地选择了捆绑式成长。"

"捆绑式成长？"我们异口同声道。

"是呀，你看，琼瑶的老公平鑫涛是台湾一流的出版商，他对琼瑶的帮助不可估量，而琼瑶的横空出世也让他博得大名，成为最大的受益方。这样配置的夫妻，真是要风得风，要雨得雨，互相助力强大，一辈子不能分割。还有香港才女梁凤仪，更是她老公事业上的军师，她说：'不管我有多忙，只要他有事情，我永远会站在他的身边支持他。'网坛名将李娜的老公就是她自己的经纪人。这种焦不离孟、孟不离焦的捆绑成长方式，会让彼此更加没有办法离开彼此。"

听到这里，王晴望了望窗外，若有所思道："看来，还是得找个肯和我共同进步的男朋友呀。"

5. 本章复习

（1）美女的价值是在逐渐贬值的，而男人的财富却在逐渐增值。

（2）要知道，自渡最好的方法就是渡人。当你有能力帮助别人渡过难关

时，其实你已经战胜了自己的难关。

（3）我们第一次恋爱时，会不顾一切地付出与投入——任谁都是如此。但我们并不清楚，其实很多时候，我们是打着付出的旗子，要求对方付出。一旦自己付出了，而对方没有做出相应的回报，我们就会心理失衡。这实际上是一种变相的要挟。

（4）爱之所以能够持久，正在于聪慧的人会一直掌控着爱人之间那种微妙且难以细说的动态平衡。

（5）"好"不应该是罕有难觅的，而应该是稀疏平常的，它就像米，容易获得却又须臾不可离。就如自爱并推己及人地爱他人，这便是"好"，而不一定非要牺牲自己去爱别人。这不是说我们鄙视自我牺牲，只是很多时候的自我牺牲是在危难关头的特殊选择，这种特殊性时刻的处事原则，不应该时刻贯穿于我们的日常生活中。要知道，过度的善良，毁掉的是它本身。

（6）工作上的同事关系、亲人间的亲情、朋友间的友情等，当你以爱的名义断掉了自己身后所有的关系链条时，你已不再是你，你就好像一棵断掉根系的植物，只会渐渐枯萎、凋零。

（7）人总是对自己拥有的财富不够珍惜。年轻时，我们以为所有手中的筹码理所应当为自己所拥有，年轻、美貌、独立的精神、体面的工作……我们不知道自己之所以被爱，是因为拥有这些闪亮的筹码，以为天底下的爱都应该属于自己。我们会对爱人胡闹，乱发脾气，我们觉得因为他爱我，所以一切都不是问题。但最大的问题就在于，拿别人对你的爱做筹码，是最愚蠢的事情。是的，女孩子总是可以胡闹那么几年，等这爱消散了，你就会发现，你已连同你最美好的岁月和你最爱的人一同消失了。

6. 超级练习册

分析题
很多姑娘学完筹码理论后，会变得越来越计较。请试着分析，以下这些行为，会让你的筹码减少吗？

（1）为老公学习厨艺；

（2）吵架时做适当的让步；

（3）承担的家务比老公略多。

参考答案：

当然不会。虽然牺牲了自己的时间，貌似也牺牲了少许自尊，但这些都会成为你的优势筹码，所以，在生活中，你就坦然承担吧。

问答题
试着回答如何平衡"自我"、"工作"、"家庭"之间的关系？

参考答案：

"自我"、"工作"、"家庭"各占 1/3。其中，"自我"是指你自己的休闲娱乐、自己的充电学习、自己交际需求的满足、自己筹码的增值等。"工作"包括晋升、加班等一系列与职场相关的活动。"家庭"包括关照你的老公、孩子以及双方父母等。

婚姻中最难平衡的就是这三者之间的比重。只要设定好这样的比例，你就不会觉得是你在为家庭牺牲，也不会凭空生出很多闷气。你只要坚守住这各 1/3 的比重，心态就会平和很多。

有人说，在婚姻中，将"自我"设定为 1/3，会不会太多了？不多。因为所有的自我增值都是为了更好地为家庭服务。

又有人说，将"工作"设定为 1/3，会不会太多了？也不多。因为既然工作了，就要为在工作中涉及的对象负责。工作不仅仅是谋生的手段，更应坚守住你的职业操守。

至于"家庭"，在孩子小的时候，请老公理解，你的精力可能会相对来说更多倾向于照顾宝宝；但从孩子上小学起，一定记得将精力逐步转移到老公身上。因为，如果过多关注宝宝，不仅不利于宝宝未来组建自己的家庭，也会不利于你的家庭。与你终身相伴的人是你的老公。

请在这每个 1/3 的范围里，尽最大的努力做好你应该做的事情，你会获得充实无比的人生。

小贴士：

（1）如果有可能，选择一个可以兼顾家庭的工作。在 20 世纪 70 年代毕业的哈佛工商管理硕士中，有 25% 为女性，这些女性在 90 年代全部离职。这便是作为母亲的代价。[1] 真正成为一个母亲后，你才会意识到，生宝宝对女性个人人生规划产生的影响是多么巨大，特别是当你有了家庭后，你会明白，"可以兼顾家庭的工作"意味着你在组建家庭后，才有了"兼顾工作"的可能。不然，在必须"工作"与"家庭"二选一的时候，很多女人不得不放弃自己的工作。

（2）不仅要不断升值，而且要老公看到"升值预期"。试想谁会抛掉手中有"升值预期"的股票呢？

（3）盘活共有筹码，这也是一个女人在爱情中应尽的责任。看看在刘嘉玲的打理之下，2009 年，梁朝伟、刘嘉玲在苏州购买的豪宅已经升价几何？你说，一个男人会轻易放弃一个如此会盘活家庭共有筹码的老婆吗？

（4）另外记住，在爱情中，是你的筹码才是你的筹码，比如美丽、善解

小艾恋爱记

---

① ［美］安妮·克里腾顿：《母亲的代价》，转引自 ［美］伊丽莎白·福特、丹妮娜·德雷克：《聪明女孩要嫁有钱人》，余洁译，北京，中国轻工业出版社，2009。

人意、聪慧……但如果这筹码原来不属于你，或者是你和男友、老公共有的东西，比如共有的资产、房产证……这些就算你抢夺来了，也不是你的筹码。创造总比抢夺重要，不劳而获也是愚蠢的代名词。

（5）提高你的市场价值，永不停止学习，永不放弃性格塑造与社交技巧，努力培养内在品质，并且持之以恒。它们像黄金子弹一样，能够射中意中人的芳心。①

① ［美］莉尔·郎兹：《如何让你爱的人爱上你》，毛燕鸿译，北京，新世界出版社，2011。

第八章

复习课

【上集提示】

Alex 介绍 A112 寝室的姑娘们去 2 号空间见谈判专家楚俞，在学习了关于谈判的基础知识后，大家再次来到了 Sirens Coffee，并和咖啡店老板娘巧锦一同，分享了楚俞姐的故事，了解了关于爱情筹码转化的相关知识。

【本章概述】

这一章，我们将会一起复习一下学到的关于筹码的知识，别急着看答案，多给自己几分钟思考一下。好啦，现在就开始吧。

1. 皇 后

"楚俞姐，你看你，和巧锦姐聊得这么高兴，什么婚姻呀、家庭呀、尿布呀……还总拿你们的幸福生活来刺激我们一众失恋单身的群众。"小七边说边用下巴指了指小晨坐着的方向。

原来，此刻小晨正落寞地坐在角落里，幽幽地叹息道："哎，我只是感慨，为什么男人把女人追到手了，就都不知道珍惜呢？"显然，她还沉浸在悲伤的情绪中，根本没心情细细体会我们刚才的谈话。

"啊呀，这是什么呀？"小晨突然大叫了起来。

"是我呀，你们来 Sirens Coffee 也不叫上我。"

原来是突然冒出来的 Alex 吓了小晨一大跳。听完我们的介绍，小晨好奇地揉了揉 Alex 的毛，惹得那家伙打了一个大大的喷嚏。

"既然 Alex 来了，不如就让它讲讲为什么男人把女人追到手了，就不珍惜了吧。"楚俞姐显然和 Alex 也是老朋友了。

"这题我不答。小艾，你们几个姑娘好好想想。"Alex 一抱肩膀，撇了撇嘴，"不过，我可以抽出一张塔罗牌，给你们点提示。"

说着，Alex 抽出了一张塔罗牌。大家一看，原来是皇后。美丽的皇后坐在优雅舒适的椅子上，四周是一片茂密的森林，令人有种无忧无虑、游闲自在的感觉，椅子旁还放着一颗心。

下面，也请大家给自己两分钟，仔细运用已学的筹码理论想想，为什么男人把女人追到手了，就不珍惜了？

"我记得楚俞姐说过，女生被男生追的时候，不管什么样的女生都天生握有四个'使得不到'筹码。"我一边试着回答，一边不自信地望了望王晴。

"没错。"王晴接过了话题，"拥有四个筹码的女生，便如悠然自得的皇后；丢掉了四个筹码，皇后便会变成女仆。这四个筹码便是：（1）使得不到牵手；（2）使得不到拥抱；（3）使得不到亲吻；（4）使得不到身体。这四个'使得不到'筹码可不能随便浪费哦。比如：

男孩：我想牵你的小手。

女孩：想牵我的小手吗，要去给我买好吃的哦，不然没有的牵哦。

显然，这里女孩在没有给男孩牵手之前，她拥有四个'使得不到'筹码。而男方为了弥补双方之间的筹码差，必须用几份'对你好'来保持筹码均衡，才能使得恋爱关系继续存续下去。再比如：

男孩：能亲你一下吗？

女孩：想亲我呀，那好，每天要给我买早餐呀。

于是，男孩每天早晨风雨不误，买了一个月的早餐。显然，当女孩主动将手中的一个一个'使得不到'筹码用掉后，自己与男方之间的筹码差也在逐渐发生变化。用掉的筹码越多，女孩手中的筹码越少。

显然，女生应该在用掉这些筹码前，先计算好此筹码可以交换什么筹码，这样才不至于'吃亏'。总之，男人追你的时候，你就得像个骄傲的皇后，不要轻易地将椅子旁边的那颗心交付出去。"

2. 节 制

"可是，女生总是要被追到的呀，追到以后怎么办呀？"小七歪着脑袋问道。

（此处，再给自己两分钟，想想应该怎么办？）

（两分钟还没到，你居然就提前翻答案，再想两分钟。）

"那还不简单。他追你的时候，记得让他连续买一个月的早餐。"Alex 说话了。

"为什么呢？"小七问道。

"因为 21 天形成一个习惯，让他的'对你好'成为一种改不掉的习惯呀。"Alex 说道。

"哈哈哈哈，原来是这样呀。"大家笑道，"坑爹的 Alex 呀！小心，种马男们会袭击你啦！"

"有的女生，天生谨慎，会努力控制住恋爱的进度；但另外一些女生则不

第八章 复习课

同，她们很容易就交付了诸如'牵手'、'拥抱'、'亲吻'、'过夜'等筹码，而她们还没有来得及展示自己的正值筹码，又或者自己的优点在对方那里无法转化为正值筹码，这时，她们就会从原来的'强者'变成缺少筹码的'弱者'，在双方势力对比中变为弱势，丧失话语权及主动权。于是，她们觉得，男人对她们没有原来上心了。"Alex 说。

"那这种情况又应该如何规避呢？"我问。

"好吧，看看塔罗牌能不能再给我们一个好的答案。"Alex 说着，让小七抽出了一张塔罗牌。

"哦，是节制。"小七说道。

"是的。它告诫我们，在面对各种各样的诱惑时，控制住自己的欲望是最重要的。"Alex 说。

"控制住自己的欲望？"小七迷惑了。

"过早的身体接触及性欲，便是恋爱过程中，我们最应该规避的诱惑。不然，它会毁掉爱情。"Alex 说道，"有节制地步步为营，才是收获爱情的秘诀。"

"哎，不然就会像我，我就很容易被齐大圣追到，还献出了初吻。"小七看起来有点沮丧。

3. 恶 魔

"不过，虽然道理大家都懂，但是，一旦男生有明确的交往意图，出于对你的好感，想要牵你的手，你是很难拒绝的。"小七说道。

"还有，有时你明明知道，对方不是你的 MR RIGHT，你也明明知道不应该和他继续纠缠，但你受不了他的眼泪，没办法做一个不够好的人。到底应该怎么办？"我问。

"我们再看看塔罗牌能告诉我们什么。"说着，Alex 让我抽出了一张塔罗牌。

"是恶魔。"我说。

"对，恶魔。它代表着被束缚、屈服、欲望的俘虏、不可抗拒的诱惑、颓废的生活、私密的恋情。也就是说，如果面对一段不够好的爱情，你不懂拒绝，那么你终将成为欲望的俘虏。"

"欲望的俘虏？"我问。

"对。女性天性中的母性冲动、保护欲、圣女欲。这些看似纯良无害的欲望，却会在你本应拒绝 MR WRONG（不适合你的人）时统统冒出来，干扰你的行动。"Alex 解释说，"这些，都是你需要学习克服的欲望。"

"你总是不忍心伤害他，对吧。男生就是抓住了女生的这一软肋，狠狠把你吃定。男人的一声叹息，能让女人着魔半晌。可见，只要你控制好本性，走

出魔障，拒绝别人其实不难。况且，学会拒绝才是在爱情中逐渐成长的标志。"楚俞说道，"不然，如果你学不会拒绝，那结婚后又遇见追求你的登徒子，你又该如何自处呢？"

"你们小姑娘家家当然不知道，其实，在恋爱关系中，彼此试探、彼此观察、彼此了解的过程才是最最美好的阶段。慌不迭地就奔着最终目的地驶去，会让人不由感慨少了很多恋爱的乐趣。有些男人甚至还会因为没有充分享受到恋爱的乐趣，而继续寻找下一次艳遇。"Alex 可谓讲出了恋爱中男人的心声。

"可是，很多男生不知道，有些女孩子容易得手，并不是因为她们不够矜持，也不是因为她们很随便，其实是因为她们实在是太过善良及缺少恋爱经验了。"我不由得低低叹了口气。

就在这时，小七的电话突然大响。只见她转过身去，接起了电话……

4. 本章复习

（1）因为 21 天形成一个习惯，让他的'对你好'成为一种改不掉的习惯呀。

（2）其实，学会拒绝是在爱情中逐渐成长的标志。不然，如果你在结婚后又遇见追求你的登徒子，你又该如何自处呢？

（3）在恋爱关系中，彼此试探、彼此观察、彼此了解的过程才是最最美好的阶段。慌不迭地就奔着最终目的地驶去，会让人不由感慨少了很多恋爱的乐趣。有些男人甚至还会因为没有充分享受到恋爱的乐趣，而继续寻找下一次艳遇。

小贴士：

女孩们要注意的是：

（1）男孩在追你的时候对你更好一些，这是很正常的。在日后，这种好是会打折扣的，在心底把这种好打上个五折就差不多了。

（2）很多女生会抱怨和男生上床后，男生的态度发生了转变。其实，正是因为上床意味着你用掉了恋爱关系确立前最后一张"使得不到"的筹码，所以从强势转为弱势。当然，如果你在这个过程中，让他看到你的其他正值筹码，则恋爱关系可进入一个新的阶段。

（3）这个世界上的男人并非各个是以结婚为目的谈恋爱的。有些男人会从始至终就抱着玩玩的态度来寻找艳遇。因此，也自然会有男人在得到你的人后迅速闪人，或者寄希望于维持一种非婚而性的关系。

（4）女生要学会控制恋爱节奏，讲究恋爱进度十分重要。我们的建议是，亲吻要以确立恋爱关系为前提，上床要以结婚为前提。这样，才能帮助女生，不让那些揩油男士占尽便宜。

（5）不得不承认，没有恋爱经验或没有性经验，在大部分男人眼中是女

生的一个正值筹码。

（6）"使得不到"筹码运用的概念也可以帮助我们了解，"为什么我们很难和自己特别喜欢的男生在一起"。正是因为我们的太过喜欢，所以会使得恋爱节奏进展过快，筹码让渡过快，最终使得自己很快陷入劣势。其实，会恋爱的女人完全是可以抓住自己最爱的人的。你只要装得没那么、那么、那么爱就好了。这样，恋爱中才有了进进退退的节奏，才更多了些恋爱的乐趣。

女孩，请记住，即使你很爱、很爱、很爱他，也请轻描淡写地爱，直到他开始炙热地回应你，给你承诺，守护你。

推荐阅读：

罗刚、兰心：《小心，男人就这样骗你》，昆明，云南美术出版社，2011。

第九章

小七妈斗"小三"

【上集提示】

通过学习，大家基本上已经了解了何为恋爱中的"筹码"，以及筹码的转化。小晨明白了退路的重要性，大家也弄懂了如何运用手中的"使得不到"筹码。Sirens Coffee 的小聚会仍在继续，小七的电话铃声突然响起……

【本章概述】

想试试你的筹码运用能力有多强？现在需要你出马了。小七的妈妈也来到了 Sirens Coffee，她最近正在为"小三"的问题而苦恼。看看你有没有办法能够帮得到她。

1. 雨夜突然造访的王芝芝

正当我们几个齐聚 Sirens Coffee 时，小七的电话突然大响。来电话的不是别人，正是小七的妈妈。

"妈，我跟你也讲不清楚。总之你不要那么冲动……"

"妈，不然你干脆来 Sirens Coffee 算了……"

小七说完，回头看了看 Alex，算是征求意见。

Alex 耸了耸肩膀，无奈地说："反正你已经告诉她地址了，不是吗？"

5 分钟后，Sirens Coffee 的门口出现了一个落魄的妇人，穿着件泛黄的雨衣，摘了帽子，甩了甩头上的雨水。

"重庆这个季节，怎么会有这么多的雨水呀。"

大家定睛一看，说这话的妇人眉眼上的神情与小七十分相似，只是，明显地割了欧式双眼皮，纹了眼线和眉毛。

"小七说，这里用故事换咖啡。"说着，她一屁股坐到了吧台旁边靠近小七的位置上，"我想我也只有来这里了。"

"这是我妈。"小七说完，亲昵地在妈妈脸上啄了一下，"我和我妈，向来没大没小，大家把她当朋友就好。"

小七的妈妈保养得还算不错，只是腰上略有赘肉，藏在黑色的丝质衬衣下面，让她扭动起腰肢来没那么容易。

"我今天实在是忍不住了，那女人找到了我家，当时只有我一个人在家，你猜怎么了？她径直就冲了进来，然后一屁股就坐门口了。"

"那我爸呢？"

"那个没担当的死鬼，电话都不接一下。你还能指望他？"

"那后来呢？"

"那女人说她服了毒药，要是陈长水不回来见她，她就死在我家门口。"

"后来呢？"

"我还能怎么办？我打电话报了警，还拨打了电视台的新闻热线……"

"妈，你真行！"

"反正我是不能让她死我家门口……后来，电视台来了一个女记者，劝了劝她，外加警方一施压，她可能也是怕了，就和记者去做采访了。她说她得让记者好好曝光曝光陈长水的恶劣行径……"小七妈妈嘴里的陈长水就是她的老公、小七她爸。

"折腾了整整一下午，等晚上，所有人都散了，我自己一个人守着那空屋子，我就……我就……"小七妈妈抹了一下眼角，"我就实在忍不住了，痛哭了一大场，哭完才给你打的电话……"

话说当年，小七妈妈王芝芝在读大学时，可是班里的班花。当年她的男友也是一表人才，这对金童玉女不知道曾让多少人羡慕不已。

怎想着这男友毕业后去了新西兰留学，后来接管了家族的跨国木材生意，和芝芝也就和平分手了。再后来，介绍给芝芝认识的男友，芝芝一个也看不上。也难怪，年少时莫名其妙的好运降临到自己头上，也许未见得是件好事。在前男友辉煌的光辉笼罩下，什么男人都是浮云。怎奈这样一拖二拖，芝芝的年龄也渐大，30 岁这年，嫁了一个普通踏实男——陈长水。陈长水老实诚恳，实在是过日子的最佳人选。没有房，芝芝和他一同奋斗，受了不少苦。为了让老公发奋图强，芝芝日日耳提面命，以身边所有闺蜜的男友为榜样，让老公学习。时光让当年的小淑女变成了如今的唠叨刻薄妇。当然，不负芝芝厚望，10 年后，陈长水的公司渐渐步入了正轨；又过了 10 年，陈长水的事业也越做越好。

怎料，正当这风头一时无两之时，老公突然向她摊牌，要求离婚。

"你们说，我能不迷糊吗？难道自己真的遇到了传说中的'陈世美'？！我到底做错了什么？"

"好吧，小七妈妈的这道题，我来答。"Alex 坐到了小七妈妈对面的吧椅上，"你的老公陈长水，是你亲手改造、一手打造的，对吗？"

"可以这么说吧。"

"我们得从女人为什么要改造男人谈起。从筹码分布的角度讲，有些女人往往自视甚高，觉得自己应该找到一个完美的人。但因为个人条件不足，最终找到的那个与自己相伴的人却并不令她满意。其实，她找到的人并不如意，正意味着，她同样也缺点多多，但这些女人们往往认识不到这一点。"

"你的意思是?"

"您别生气，我的意思是，如果当年你找得到比陈长水更优秀的男人，你就不会选择他。你选择了他，其实证明，你的筹码和当年的他不相上下。"Alex 语气和缓，但不容置疑。

"好吧，但说这些又有什么用呢? 我现在连这个陈长水都留不住，我是一年不如一年了。或者，我应该去做个抽脂……"小七妈妈沉浸在巨大的悲痛中，甚至没有力气和 Alex 斗嘴，思绪不自觉地转到了别处。

"造化弄人，当年的你，一直以为自己遇见了一个并不如意的人。怎么办呢? 唯一的办法就是大刀阔斧地对其进行改造。"Alex 说道。

"是呀，我身边的怨妇，很多也是这副模样。"巧锦说道，"老公没有六块腹肌，好，让他天天泡健身中心。老公没有金钱，好，让他努力自修，提高学历，然后再多做几份兼职养家糊口。老公修养不好，好，让他每天远离电脑游戏，潜心学习财经、管理。老公没有车、没有房，好，天天耳提面命人家别人老公多么有钱，多么能干，能给老婆买六套房，并期望自己的男朋友也能突然发奋，赶超别人家老公。女人喜欢唠叨，其实就是希望通过唠叨把男友改造成'超人'。而且这些唠叨通常打着爱的名义：'如果你爱我，你就要努力。如果你不努力，那谁替我和我们将来的孩子负责。'"巧锦说道。

"但是，也并不是所有男人都讨厌被女友改造的。毕竟女友改造自己也是为自己好呀。比如，陈燃的男友丁小果就很乖。如果你唠叨他，他也会乖乖听话的。不是吗? 陈燃?"小七回身问陈燃。

"是呀，我的男友可是乖乖牌!"陈燃一脸骄傲地说道。

"陈燃，最该小心的就是你啦。女人总是试图去改造男人，这些改造行为在刚开始的时候，还能得到男友的响应，时间久了，男友也会考虑：'为什么我作为一个独立的人，我的人生要受他人的左右呢?'再进而会觉得：'为什么我要找个看不起我、事事觉得我没有用的女朋友呢?'于是，分手! 随便找个什么样的理由，分手!! 总之，男人告诉你和你分开的理由，在很大程度上，并不是真相。"Alex 说道。

"而且哦，如果是因为他受不了你的改造而分手，你甚至没办法知道分手的真实原因。"巧锦说道。

"嗯，改造男友，这个错误我也有犯过。"坐在角落里久久不说话的小晨

也参与到了讨论中，"难道是因为你改造了他，他就要离开你吗？是这样吗？那他就明说嘛。"

"男人为什么不告诉你分手的真相，因为他知道，一旦他这样讲，你的反应会是这样。我们模拟一下小情侣的对话。"说着，Alex 和巧锦模拟起了一对情侣。

Alex："因为你总想改造我，所以我不想和你相处了。"

巧锦："但我改造你是为了你好呀。再说，如果你爱我，你就会为我做所有事情的，不是吗？你不肯改，就是因为你不爱我。你不爱我，你不爱我，你不爱我……（咆哮）……你这个负心汉！！！！"

Alex：（满头黑线……）

"所以，你觉得，男友会告诉你分手的真相吗？原本他想证明是你的错，结果反倒成了他的错。男人不愿为分手承担责任，所以索性不说。"

"当然，有些男友觉悟得比较晚，比如陈长水，他们会在老婆的'监督'下忍辱负重，逐步战胜一个又一个障碍，最终取得辉煌的成就。

这时，老婆就应该高兴了吗？

不，恰恰相反。当男友获得了成就后，与女友之间的差距也就越来越大，再想想其女友当年对并未得志的自己，有着种种的'看不起'，不觉愤然。哈，老子总算等到报仇的那一天了。于是，分手！随便找个什么理由，分手！！"巧锦说道。

"所以，爱他就别去改造他，只要用自己的行动去影响他就好。你的他就好比是你自己的倒影，你是什么样的人，必定也会遇见什么样的人。如果你遇见的他和你并不匹配，那么分开也是很正常的事情。"楚俞说道，"事实上，分手的情侣，不是你配不上我，就是我配不上你。至于到底是谁配不上谁，分手后，你会有大把时间来证明。只是到最后，太多人没了一较长短的少年意气。"

"哦，对了，楚俞姐，你应该不比我妈妈小多少吧。"小七突然插话道。

听见小七这么问，楚俞大方地拿出了自己在 2 号空间的身份证。

"哇，你只比我小五岁而已。你看，我被这段不幸的婚姻折磨得……"对过了身份证，小七妈妈不由得感慨道。

"哈哈，但是你看你的乖女儿，已经这么大了。这就是你的成就呀。"

"是呀，小七，你也得灵光点，别学老妈的样子。"

"其实，小七妈妈，你也别太难过，你和我讲讲那个小三和你老公之间的故事吧，也许还有挽回的余地呢。"巧锦最近收了很多关于爱情的故事，看来 Sirens Coffee 要改行专门搜集爱情故事了。

"那女的，原来是陈长水公司的文员，经常和我老公一起出差，一来二去就搭上了。小三家是农村的，除了年轻我十岁，也没什么大本事……"

"哎，这样的故事，我们听得耳朵都快起茧子了。"王晴接腔说道，"故事里讲的大抵都是混在大城市的小姑娘，或是爱上了自己的男上司，或是爱上了某个成熟、稳重、有魅力的大叔。已婚男人们几乎无一例外地强调着这样三个事实：（1）我爱你，最纯粹的爱；（2）我不爱我的老婆；（3）我和我老婆马上就要离婚了。要不就是'如果不是因为我的孩子，我和我老婆早就离婚了。'

而做小三的女孩子呢，大抵分两类：（1）什么都不图的。她们什么都不图，也不需要男人和他老婆离婚，她只是爱他，爱到无法自拔。（2）图钱的。她们什么都没有，如果男人能跟她们结婚，那当然最好；如果不能，至少她能捞到点钱。对不？"

"是呀，她刚开始也说，自己什么也不图。可现在还不是逼着陈长水离婚娶她。"小七妈妈说道。

3. 弱势"小三"与"女战士"

"哈哈，王晴，你也快成半个情感专家啦。"Alex 微笑地说道，"小七妈妈，不过你放心，大部分小三都很难转正的。让我们抛开纷繁复杂的表现，仔细分析双方的筹码，就会明白这个道理了。"

顶级已婚男	小三女
多金+1	貌美+1
成熟+1	温柔+1
稳重+1	没有钱-1
体贴+1	没有事业心-1
形象不错+1	没有背景-1
有能力+1	小任性-1
聪明+1	
纵容女人的小任性+1	
有房有车无贷款+1	
有品位+1	
有事业心+1	
会做饭+1	
身材好+1	
总计+13	总计-2

筹码计分表一目了然。顶级已婚男 13 分，女小三-2 分，可为什么分数相

差悬殊的一对男女搭在一起，又那么和谐呢？

因为相对弱势的小三女用至少 16 分的一个重要筹码弥补了双方的筹码差。这个重量级的筹码就是"free"。

"free"既可以翻译成"免费"，也可以翻译成"自由"。

所谓的"免费"是指，和女小三相处的男人不用付出很多本应在婚姻中应该付出的东西。比如，在婚姻中，男人享受了妻子的青春，还得承受妻子的更年期；男人享受了妻子的温柔体贴，还得承受妻子的唠叨；男人享受了妻子儿女带来的家庭氛围，还得承受家庭带来的各种压力……而在小三那里，男人却可以只享受，不承受，这就叫做"免费"。俗话说：BE FREE，BE HAPPY——免费就开心。

"free"还可以翻译成"自由"，指的是享受婚外情的男人，随时都可全身而退。或是回家继续扮演好老公，或是重新找一个新小三，这对于顶级多金男来讲并不是难事。婚外情与婚姻相比，缺少了一纸婚书的约束，所以，婚外情中的男人是"自由"的。俗话说：BE FREE，BE HAPPY——自由就开心。

而女小三恐怕就没那么自由了。分手了，女小三也已经耽误了若干岁月，昔日美貌不再，手中本来不多的筹码变得更少了。

这也就是为什么，在这样的婚外恋关系中，很多女小三都会从最初的什么都不要，到最后什么都要了。因为，当手中的筹码逐渐流失时，女人最本能的做法就是马上再掠夺来一些筹码，以期继续维持恋爱双方的筹码平衡。于是，要婚姻的，要分手费的，要爱的（说白了，要爱不过是以爱的名义，什么都要）……这时，顶级多金男就开始更加疯狂地叛逃……

其实，爱情的悲剧往往来自于我们对恋爱过高的期许。我们太希望能够通过爱情获得我们所欠缺的一切。而事实上，爱情真没有这么伟大，你是什么样的你，上天就会找来一个什么样的他来搭配，有所欠缺的你，也只能配一个有所欠缺的他。

所以，在上述关系中，一旦女小三放弃了价值 16 分的"free"筹码，顶级多金男才不会浪费精力和她继续恋爱关系。

"也对。不过，Alex，在这个世界上，还是有很多小三顺利转正呀。"我问道。

"什么样的小三，会如此神通广大呢？"

"转正了的小三，都是女战士呀。"Alex 说道，"转正的女小三根本就不是筹码欠缺的女人呀！！！"

"她们是筹码多到不得了，而且自信自强到不得了的女人呀！！！

这样的女人出现，所有男人都乖乖缴械呀！！！

正室拦路，开战！

拼厨艺，拼美貌，拼德行，拼智慧，拼耐力，拼胸襟，拼财力，拼教育能

力——还得负责教育男人和正室生的宝宝，给这宝宝一个更美好无阴影的未来……统统胜出。

顶级多金男的父母、亲友拦路，开战！

举止文雅，行为乖巧，比正室还孝顺，而且还是真心孝顺，不是装的孝顺——老人家看得出真心还是假意啊！最后把顶级多金男的父母都搞到自己阵营里！不到半个月和顶级多金男的朋友都打成一片，众口称颂新嫂子 V5……再次胜出。

转正的女小三就像超级玛丽，顶着巨大的压力，勇于追求自己的幸福，筹码多到远远大于那个什么所谓的+16 分。

说白了，这样的女小三之所以能胜利，真的和她是不是小三没有关系，基本上把她放哪儿都能胜利。顶级已婚男看见她会迫不及待地离婚，迫不及待根本就不用等呀！

可问题是，很多-3 分的女小三们，总是把自己想象成女战士。如果你真的是顶级女战士，那么，即使不在这段婚外关系中受尽苦难，只要你一转身，到处都是春光明媚，帅哥成群。"

"哈哈哈哈！"看着 Alex 的激情演讲，大家都被逗笑了。

4. 星巴克与第三空间

"Alex 说得不错，其实说到底，很少有小三具有足够和顶级多金男相匹敌的筹码。而且，Alex，小三的免费与自由，说到底也正是基于她的'第三属性'。"巧锦补充说道，"这就像星巴克咖啡的广告理念——'创造第三空间'一样。其中，这所谓的'第三空间'指的是除了工作空间和生活空间以外的第三个空间。现实的压力让男人很累，每天上班有业绩压力，回家一堆尿布、奶粉，只有来到星巴克咖啡厅，才能够暂时地从繁杂生活中抽离出来，享受咖啡，享受超脱的快乐。"

"其实'第三者'不正如这个'第三空间'吗？她对男人来说最重要的意义，并不在于激情、感情、新鲜感，这些都并不重要，她最重要的价值在于她的'第三属性'——可以让人超脱于日常琐碎生活的那种属性。与她相处时，男人便获得了一种身处'第三空间'的幻觉。不过，这所谓的'第三属性'，也使得小三们想要转正时，变得困难重重，因为男人需要的'第三属性'会随着小三的转正灰飞烟灭。男人们可不想这样，对么？"

5. 亲爱的，外面没有别人

"老板娘，你说的话听起来是不错，不过，还有哎……哎什么的……"小七妈妈问。

"Alex。"小七补充道。

"你们的意思是？陈长水养的那个狐狸精，她根本就很难转正！那陈长水他提什么离婚呀！"小七妈妈一脸困惑地问道。

"他急着离婚，一定是你给了他太多的负能量啦。"Alex 说道。

"负能量？"

"出现小三后，你有没有唠叨，有没有指责，有没有不断地倾诉、哭泣，甚至以死相逼？你有没有惴惴不安，有没有诚惶诚恐，又有没有自我怀疑、自我否定，甚至自我贬低？这些看似因外在因素导致的心理活动，其实也携带着巨大的负能量……"

"嗯，我们叫乌云压顶，印堂发黑……"小七生怕老妈听不懂。

"大概就是这个意思。哈哈哈。当你携带着巨大负能量云团的时候，会进一步导致夫妻关系的恶化。想要治本，你必须先处理掉你的负面情绪，恢复乐观、自信、独立、自尊的自我。"Alex 说道。

只见小七妈妈貌似神游了一阵，突然抬起了头，语气颇为坚定地说道："这个没问题。我做得来。"

"亲爱的，外面没有别人，所有的糟糕的事情，不过是你糟糕心情的映射。想改变一切，先从改变自己的心境做起吧。"Alex 说道。

"说到斗小三，既然我收了你一个故事，那我可得再贡献一个故事送你了。"巧锦收了王芝芝的故事，随手点开了一个故事泡泡。

6. 腹黑小 T 反击劈腿男

我一个闺蜜，我们就叫她小 T 吧。小 T 的老公是个牙医，颇有积蓄，但生性懦弱，我们都没想到这样一个男人也会劈腿。这事让小 T 发现了。于是，这丫头不动声色开始了她的反击。

原本家里有一栋闲置出租的房子，是老公的婚前个人财产。原本小 T 也没在这房子上动什么心思，可如今不同了，特别是新婚姻法解释的出台，外加老公外遇，小 T 开始觉得自己的形势不容乐观，于是软磨硬泡，让老公在这栋房子上给自己加了名。也许是因为老公在外偷吃，有些心虚，于是小 T 很顺利地达成了这一目标。

加过名后，小 T 便成了这栋不动产的所有人之一，她私下找了家中介，将这栋房子出售了。因为房产证上有自己的名，所以小 T 一个人就去签了合同，并承诺单方违约付赔偿费 20 万元。收款账户写的是自己的名字。

回头小 T 兴高采烈地跟老公说，遇见了一个冤大头，愿意出比市价高 30 万元的价钱买这栋楼，自己一冲动就签了合同。——当然，这多出市价的 30 万元是小 T 自己补齐的。

老公一看，价钱合理，而且如果自己不签合同，就要赔偿对方 20 万元，于是跟着就把合同也给签了。小 T 成功卖房获利，售房款 220 万元如数打进了

自己的账户。

当然，我们知道，下一步的变现应该如何去做。220 万元，全部拿来买包包，因为包包保值，又可在判离婚时被判定为个人生活用品；又或者购买私人保险，私人保险在离婚时，也是没有办法进行分割的，归购买人。

其实，女人的智慧真的是无穷的。收服女人，必须得收服她的心。若男人将背叛之手伸向了婚姻，就不能再怪女人无情。

不过，小 T 这姑娘，收到卖房款后，没买保险，也没买包包，而是付了50 万元定金定下了一栋 700 万元左右的别墅——当然，别墅的售价也被小 T 说成了一个低到不能再低的超低价。因为家庭被限购，小 T 说，如果想买别墅，办贷款就得假离婚；如果不买，50 万元定金就要不回来了。明白了？

老公想着 50 万元定金的损失，再想想，这房子买得划算，也就勉强同意了。小 T 马上着手卖掉了自己现在和老公住的房子，钱打进自己的账户，揣好家里几乎全部积蓄和卖房款，高高兴兴地和老公去办"假离婚"去了。

听到这里，姑娘们个个惊得说不出话来。

世间还有这等腹黑的女子呀。

"嗯，"巧锦说，"她是抓住了她老公不肯放弃沉没成本的劣根性，一再得逞的。话说，这小 T 是夏小米法学院的同学，本科专业是刑侦，研究生专业是法医。也就是说，如果她想，她可以找出 1 000 种方法让她的老公死得悄无声息、无影无踪。"

"这样呀，"楚俞语重心长地说道，"我现在似乎理解她老公为什么会出轨了。"

听到这里，小七妈妈似乎看起来若有所思。我的心不知道为什么变得很沉重了起来。爱情偏偏是不能精准计算的一件事情，机关算尽又如何，若无法从根本上触动他那颗柔软的心，到头来，终究还是会丢了他的人，也失了他的心。

就在这时，布谷鸟再次探出了头，叫了 13 声。我知道，今天的课程又要结束了。

虽然小七妈妈和小七仍怀揣着诸多的未解疑问，但今天是充实的一天，不是吗？我认识了楚俞姐，还有小晨、启东，明白了筹码分布在恋爱中的重要作用。我甚至还知道，婚姻中若是遭遇了小三，我应该怎样做。这让我对婚姻、爱情增添了几分信心。

回头望向 Sirens Coffee 消失在夜色中时，我突然想到今天小晨在 Sirens Coffee 好少说话。也许是因为同病相怜吧，我特别希望她也能早点好起来。

7. 负能量自我消解功能

离开 Sirens Coffee 也有段日子了。

日子就这样一天天过去了。

那一日，我和小七坐在学校宿舍楼顶层的天台上，一人抱着一大瓶饮料。落日余晖散散漫漫地渲染着温柔的氛围。

"小艾，我最近看了本书挺不错的。来，我读给你听。"

如果你不断重复做某件事，从生理学上来说，我们的某些神经细胞之间就会建立起长期且固定的关系。比方说，如果你每天都生气、感到挫折，每天都很悲惨痛苦……那么，你就是每天都在重复地为那张神经网络接线和整合。这就变成了你的一个情绪模式。

……

如果遇见不如意的事情就生气，那条神经线就会很粗。

如果遇事就退缩，那么，相应的神经网络也会特别发达。

如果遇见痛苦的事情就一直沉浸在悲伤中，那么悲伤的神经线也会很发达。

……更糟糕的是，当我们的身体层面或大脑层面产生某种情绪感受时，我们的下丘脑会马上组装出一种化学物质，叫做"胜肽"，胜肽随着血液跑到我们身体的每一个细胞……被细胞周围的上千个感受器所接受。久而久之，感受器对某种胜肽就有了特定的胃口，会产生饥饿感。所以，如果你很久不生气的话，你的细胞会让你有生理的需求想要去发脾气……①

"小七，谢谢你。"

"哦？谢什么呀？"

"你一定是觉得自从我和萧健分手后，情绪一直都好转不起来，才特意念这段书给我听吧。"

小七轻轻地低下了头，问道："小艾，你还记得萧健第一次给你打电话的情形吗？"

好久没有提到萧健了，心底的伤也渐渐愈合，只是没想到小七会突然提起他。

"嗯，记得。"我慢慢地抿了一口雪碧，晃了晃并在一起的膝盖，"他打电话说，丫头，你电话号码最后两位是什么，你说得太快，我没记下来……然后，我被逗得咯咯直笑……"说到这里，我的嘴角不觉露出了笑意。

"所以，你还记得，一切都还没有忘记？"

"那你呢？齐大圣当年给你打的第一个电话，说了些什么？"

"哈哈，我忘记了。"

"坏丫头，骗我说出来，你自己又不说。"

小七没理我，从书包里拿出一大打打印文稿。

---

① 张德芬：《遇见未知的自己》，北京，华夏出版社，2008。

"这是什么？"

"Alex 爱情小课堂笔记。"小七冲我吐了吐舌头，"我和你、王晴、陈燃不同。你呢，早早就开始了社会实践；王晴是个美人胚子，功课又好；陈燃是学生会干部。可我呢，我什么都没有，所以只能在寻找爱情方面多多用心……我呀，一心想着早早嫁人。所以，Alex 爱情小课堂上的内容，我学得最认真。你忘记了，遗忘的秘诀就是拒绝重复……"

说着，小七望向了远方："不遗忘 MR WRONG，又怎么能遇见 Mr RIGHT 呢？"

一直都以为她是我们寝室最小的丫头，可夕阳照耀下的她的侧脸，却让我突然间对她有了全新的认识。

是的。

神经大条的她，吃惯了"开心"的"胜肽"，似乎天生就具有负能量自我消解功能，总能轻易地从失恋中走出，难怪大家都觉得她没心没肺。是的，她的这一点，让我望尘莫及。

"小七，你就是我的榜样！

我也要像你一样充满正能量。看，我已经能够面带微笑地去回忆和萧健之间的过往了，我是不是已经有了很大的进步！

哦，对了。你妈妈和小三斗得怎么样了？"

"哈哈，我老妈简直是超级无敌啦。"小七不无得意地说道，"最近，她和我老爸的关系在逐渐好转。小三一哭二闹三上吊，还服毒、洗胃、割脉、用剪刀剪自己的头发……她早把我老爸搞疲惫了。老爸被搞得身心憔悴，整日夹在小三和公司中间，这回我老妈那儿倒成了他的'第三空间'了。回家有我陪不说，还能喝到我老妈煲的汤。你说，要是你是男人，你选谁？"

"不是吧，这么容易就搞定了。"

"是呀，陈长水跟我妈表示，坚决要和小三分手，他再也不在外面乱搞了。不过，问题还没那么容易解决。"

"怎么了？"

"这回，轮到我妈不平衡了。"

"是呀，原本是因为你老爸觉得你妈开始贬值，自己不平衡才找的小三；这回，你爸找了小三，轮到你老妈觉得不平衡了。"

"是呀，她觉得她的婚姻遭到了攻击，她的爱情遭到了玷污，她甚至觉得我爸很脏……很脏，你懂吧。这样的爱情，就好比一块打碎了的镜子，很难还原，不是吗？"

我难过地低下了头。

我怎么知道。

我的爱情，已经粉身碎骨，原本以为能够从小七妈妈那里获得一些爱的勇

气和信心。看来，一切并没有想象中那么容易。

"你妈妈不是要放弃吧？难道要离婚吗？"

"不，我妈妈说，我们再去找一次 Alex。"

"去恋爱门诊吗？"

"对。"

"你确定 Alex 有办法？"

"总是要试试看。"

……

8. 反击大计

"太多女人遇见小三后，茫然不知所措了。

自杀的，离婚的，原谅老公但发现日子越来越过不下去的……

不过，好在，通过你妈妈的努力，现在看起来，她的位置还是稳固的。

她现在过不去的，只是她自己的那一关。对吗？小七？" Alex 似乎早就预感到了我和小七会回来找他，也知道我们此行的目的。

"我们讲，爱情中最重要的原理之一就是等价原则。夫妻双方大抵'价格相当'，这样的婚姻才是最稳固的。而面对出轨的老公，女人们会从心底里觉得不公平——既然我没出轨，你出轨，这就是不公平，出轨一方就必须付出代价。那又怎么解决这种不平衡感呢？OK。适当的一次性惩罚！所以，我给出的参考方案是这样的：

若男方出轨（前提是必须拥有足够的证据），还指望继续维持婚姻，那好，将家庭所有不动产转移到女方名下，同时女方同男方签署协议：（1）若女方日后提出离婚，则家庭总资产按照 1：1 的比率平分。（2）若男方日后提出离婚，则男方净身出户。这样，至少从心理上弥补了因小三出现给女方带来的伤害，女方也会在日后的家庭生活中觉得，自己和老公扯平了。而且，倘若日后再出现小三，小三也会因这样的协议而对男方失去兴趣。你想，一个中年男若没有点积蓄资产，小三会跟着他？仅凭爱情吗？再者，没了资产的老公，会产生不安全感，会拼命赚钱重新购置属于自己的资产，而一个每天忙着工作的男人，哪还有时间找小三？"

"嗯。"小七歪着脑袋想了想，"听起来，还蛮有道理的。"

"总有女人在遭遇小三后，选择离婚，不过……不是让男人净身出户！而是她们自己！！！

哎，女人，总是喜欢在吵架的时候，在口头上一较长短，而遇见争夺筹码时，却全无战斗力。要知道，嘴上的便宜是空的，而相对平衡的筹码，才是婚姻稳固的关键。" Alex 接着说道。

"可是，如果男方宁可净身出户，也要离婚，怎么办？？？"我紧接着问道。

"不排除有这种可能。很抱歉，如果这样，那么男方这次遇见的可能不是小三，他遇见的是真爱。我们只能真心祝福：'真爱好运'。"

"哎，小艾，你也不想想，就算男人同意净身出户，小三也很少会愿意嫁给一个身无分文的中年男人的，不是吗？"小七回答道。

9. 小三是坏人吗？

"也对。哦，对了，我还有一个困扰了自己很久的问题。小三是坏人吗？"我突然又想到了一个问题。

"哈哈，小三中当然有好人，也有坏人。"Alex 答道。

"哦，不是，我是说，那小三好吗？"我赶紧补充道。

"有人说，小三当然不好。可也不尽然。我们还是要区别讨论。简单来讲，婚前小三好，婚后小三坏。为什么呢？因为婚姻关系的稳定，放在小处讲，影响了这个世界里的一对男女的幸福体验；往大了讲，作为一个社会最基础的组成单元，家庭关系的稳定，很大程度上影响了社会的稳定——想想离异夫妇给孩子带来的创伤就明白了。而家庭关系是否能够稳定，则在很大程度上取决于夫妻双方是否匹配。

婚前小三的出现，让男女双方都有了重新选择更匹配对象的可能。更多的选择，更多的考验，出现在婚前，就好比一块试金石，不被小三诱惑，抗过去了，日后的婚姻更稳定；抗不过去，被小三诱惑了，双方可以尽快结束不匹配的恋爱关系。也就是说，婚前小三有助于更加稳定的婚姻关系的达成，利于社会的稳定。

而婚后小三的出现，则从本质上侵蚀了婚姻。家庭是社会最小的组成要素，往大了讲，就是在破坏社会关系之稳定。

所以，自己的男朋友是否很容易被撬，倒是这些女孩子们应该认真考虑的一个问题了。"Alex 回答道。

"小七，哎，你做什么呢？"我突然发现小七正坐在那里发呆。

"哦，哈哈，我在思考，应该如何帮老妈制定一套完整的行动指南，彻底斗垮小三呢。"小七回答道。

"嗯，小七，祝你和妈妈好运。"

10. 本章复习

（1）斗小三三招：

斗小三第一招：结交一个学民法的律师闺蜜。

斗小三第二招：防止老公转移家庭公共资产。

斗小三第三招：然后，就可以跷着二郎腿，悠然地说上一句："没关系，你俩继续。"心中腹黑："你俩要是敢继续，老娘不愁没机会收集到切实的

证据。"

（2）年少时莫名其妙的好运降临到自己头上，也许未见得是件好事。

（3）女人总是试图去改造男人，这些改造行为在刚开始的时候，还能得到男友的响应，时间久了，男友也会考虑："为什么我作为一个独立的人，我的人生要受他人的左右呢？"

（4）为什么我要找个看不起我、事事觉得我没有用的女朋友呢？

（5）爱他就别去改造他，只要用自己的行动去影响他就好。你的他就好比是你自己的倒影，你是什么样的人，必定也会遇见什么样的人。如果你遇见的他和你并不匹配，那么分开也是很正常的事情。

（6）事实上，分手的情侣，不是你配不上我，就是我配不上你。至于到底是谁配不上谁，分手后，你会有大把时间来证明。只是到最后，太多人没了一较长短的少年意气。

（7）爱情的悲剧往往来自于我们对恋爱过高的期许。我们太希望能够通过爱情获得我们所欠缺的一切。而事实上，爱情真没有这么伟大，你是什么样的你，上天就会找来一个什么样的他来搭配，有所欠缺的你，也只能配一个有所欠缺的他。

（8）第三者对于男人最重要的意义，并不在于激情、感情、新鲜感，这些都不重要，她最重要的价值在于她的'第三属性'——可以让人超脱于日常琐碎生活的那种属性。

（9）出现小三后，你有没有唠叨，有没有指责，有没有不断地倾诉、哭泣，甚至以死相逼？你有没有惴惴不安，有没有诚惶诚恐，又有没有自我怀疑、自我否定，甚至自我贬低？这些看似因外在因素导致的心理活动，其实也携带着巨大的负能量。

（10）爱情偏偏是不能精准计算的一件事情，机关算尽又如何，若无法从根本上触动他那颗柔软的心，到头来，终究还是会丢了他的人，也失了他的心。

11. 超级练习册

思考题

为什么很多陪着老公创业的老婆，在老公事业成功后，会惨遭抛弃？
这些夫妻为什么可以共患难，不能共富贵？
难道男人不念旧情吗？
难道男人不记得当初自己还是穷小子时，女友的陪伴吗？

参考答案：

老公成功后，如果老婆的筹码没有增值，则过大的筹码差会导致感情破裂。

男人的逻辑相当简单。我们演示一遍男人判断女人价值的推导公式。

因为：老婆原来的价值＝穷的时候自己的价值

又因为：自己现在的价值＞穷的时候自己的价值

老婆现在的价值＜老婆原来的价值

所以：老婆现在的价值＜老婆原来的价值＝穷的时候自己的价值＜自己现在的价值

所以：老婆现在的价值＜自己现在的价值

结论：现在的老婆远远配不上现在的自己。

阅读分析题

刘备与夫人孙尚香的故事：

刘备的第三个老婆孙夫人，也就是孙尚香，是东吴孙权的妹妹，自幼不爱红装爱武装，武功非凡，志胜男儿。

当年，孙尚香嫁给刘备是孙权一手操办的。

当时刘备滞留东吴，孙权将妹妹许配给刘备，显然是为了将刘备困在东吴，让他没有机会回荆州。

孙尚香刚刚嫁给刘备时，还是幸福的。成婚当日，刘备进帐，只见孙尚香的手下侍女皆带刀具，不由惶惶然心生恐惧，孙夫人见状命侍女解刀解剑服侍，体贴顺从，于是便有了三国演义中"当夜玄德与孙夫人成亲，两情欢洽"这样的记录。

正当刘备沉迷于东吴温柔乡之时，赵云拿出了诸葛亮的锦囊妙计，内写要刘备回荆州。毕竟老婆是东吴人，回荆州，那这房新婚老婆怎么办呢？如果刘备对孙夫人当真没有感情，恐怕会撇下她自己回去了。不过，或许是因为刘备多少对孙夫人还存着些真情，又或许是留这么一个敌军人质在手也没有什么不妥，于是，刘备到底还是选择了带孙夫人一起离开。

怎么走呢？看过三国演义的同学们自然知道，刘备最大的本事恐怕就是哭了。背着老婆流了几滴眼泪，装作不经意地让老婆瞧见了。孙夫人也算深明大义，道："我知道你是在担心荆州的事情，想回去了。等我和我母亲（吴夫人）商量商量，她一定会让我和你一起回去的。"刘备知道，以吴夫人的智商、经验，断断不会放孙尚香和自己回荆州。于是，劝了劝孙尚香："还是不要去问她老人家了，我们马上就起程吧，告诉她我们可就走不成了。"刘备就这样糊弄着孙夫人一起潜逃了。

（1）问：如果孙夫人在做出人生重大决定之前征求一下母亲吴夫人的意见，吴夫人会说些什么？孙夫人又应该如何去做呢？（此题不配参考答案，依照大家想法，能够自圆其说即可）

孙权知道刘备拐了自己的妹子一起奔着荆州方向跑了，于是连忙派出徐盛、丁奉、陈武、潘璋四人前去追赶。此时，孙夫人正和刘备私奔得欢，远远

听到马蹄声，撩起马车的帐子，遥望四人。孙夫人不愧是名门出身，这样的场面，掌控起来，那还不是轻而易举。只见她朱唇轻启："各位将军，你们也知道疏不间亲的道理，你们现在捉了我回去，如果真发生点什么意外，我哥哥也是饶不得你们的；就算我没出什么意外，等我回去和吴夫人禀明，你们也是没有什么好果子吃的。我哥哥只是一时正在气头上才派你们来。其实，有什么好追的呢？我们本就是一家人，你们还真以为我哥哥要杀了我和我夫君呀？你们快点想想清楚，收了兵马，回去吧。"

凭着孙夫人的三言两语，四人立刻收兵了。就这样，刘备在孙夫人的掩护下顺利回到了荆州。

（2）问：孙夫人用智谋成功地让四将放了她回荆州，这对她来说，是福还是祸？（此题不配参考答案，依照大家想法，能够自圆其说即可）

孙夫人就这样为了自己的夫君，放弃了江东郡主的身份，放弃了父母兄长之情，背叛了国家。Alex 知道，讲到这里，总会有姑娘跳出来说："这才是真正的爱情呀！爱情是无敌的，我愿意像孙夫人一样为爱放弃一切，乃至生命！"既然如此，孙夫人总该收获她自己的幸福了吧。可结果呢？

孙夫人随刘备回到了荆州，此时，孙、刘之争正愈演愈烈，刘备身旁的亲信对这位来自东吴的郡主一直心存戒心：她，是敌方主将孙权的妹妹；她，就连洞房花烛都不忘让侍卫身佩刀剑；她，劝退徐盛四将时是多么沉着冷静；她，必暗藏更大的智慧；她，必定是东吴安插在刘备身边的一个间谍。这样的逻辑推导实在是太顺畅了。

于是，我们看到的是《资治通鉴》里记述她在荆州"以权妹骄豪，纵横不法"这样的记载。刘备甚至让赵云主持内事，就是恐"孙夫人生变"。在这样的政治高压下，孙夫人在荆州肯定住得不愉快。原来在东吴郎情妾意的小日子，一去不复返了。日子久了，孙夫人开始想念东吴，忽又传来母亲吴夫人病重的消息。于是，孙夫人急切地想回东吴看看。只是，这时刘备对她的感情也慢慢淡了，她自己回了娘家，刘备会不会来东吴接自己回荆州呢？孙夫人没了把握。于是，她决定带着刘备和前妻的儿子阿斗一起走。刘备不要老婆，自然不能连儿子都不要吧。只可惜，杀出了赵云这员猛将，抢了阿斗，孙夫人只能只身返乡。

回到东吴，孙夫人日盼夜盼刘备能够前来接她回家。可一等就是好几年，后来又听说刘备娶了别的女人为妻，立了别的女人为后。再后来，刘备兵败，抑郁而死，孙夫人知道再无希望等到情郎，于是投江自尽了。

（3）问：总是有人感慨，为什么好女人总是遇人不淑。孙夫人作为妻子，算是个好女人，但为什么命运却对她如此不公呢？

参考答案：姑娘们，如果你们还在这里感慨命运无常和男人的背信弃义，那恐怕就需要把前面的几课重新温习一下了。如果，你已经看明白了孙夫人错

116

小艾恋爱记

在哪里，那么恭喜你，这道题你可以拿到一个不错的分数了。

为什么孙夫人的命运会如此凄凉？孙夫人到底错在哪里？孙夫人错就错在她的几个"去"：

一去"甲胄"，让侍女解去刀剑——去的是个性，变得可替代。无个性，人人可替代。孙夫人最动人的其实就是巾帼不让须眉的飒爽个性，可她就这样轻易地放弃了自我，在刘备面前依着他的要求把自己装扮成温婉贤淑的淑女，这和让张飞涂上白粉扮小白脸一样，扮得让人难受，旁人也不会舒服。女孩，在爱情中，不能轻易放弃自我，假装的那个你，终归不是你自己。你隐藏了你自己，你让你的爱人去爱谁呢？

二去"父母、兄长"——去的是后盾，变得好欺负，于是人人欺负。什么诸葛亮、赵云、张飞，没一个人不欺负她，就算她被别人误解了，被人排挤了，可又有谁能够替她说上几句好话呢？想当年，三言两语退去追兵，你以为真的是孙夫人自己的能力在发挥作用吗？她所凭借的不过是"江东郡主"这样浩大的身世背景。可如今呢？在荆州，谁又会高看她一眼呢？是她自己放弃了最重要的自身筹码，也难怪会在荆州住得不舒服。

三去"去国怀乡"——去的是故土，误被人当做间谍。与邻人相爱不难，难的是与敌人相爱。要想在乱世中保存自己的爱情，除非孙夫人当年就清醒到能够终止孙、刘两家的争端。解决的思路其实也不难，要么让孙吞刘，要么让刘吞孙，而孙夫人的纠结之处就在于，这两条路她似乎都不想选。于是，她的爱情真的没有强大到可以撼动三国之局势。在动荡征战的年代，她的爱情被两国的利益撕扯得支离破碎。

（4）问：如果你是孙夫人，你如何选择自己的人生呢？

参考答案：如果可以选择，那么选择不嫁刘备。刘备非枭雄，也不爱什么女英雄。这样的搭配，原本就不合适。

如果没得选，嫁了刘备，那好，孙夫人也还有得救，只需把刘备留在东吴。东吴温柔乡，加上自己的柔情蜜意，加上吴夫人对女婿的体贴关照，加上兄长时不时和刘备话话家常。假以时日，刘备姓了孙，才能真正成了一家人。什么江山，什么社稷，这些对女人来讲，又算得上什么？难道真想让刘备称王后纳几房妃子和自己争宠吗？"家世"、"个性"、"本土作战"，这些筹码一个都不能放弃，然后再苦练厨艺，生儿育女，和张飞结个亲家，和诸葛亮搞个联姻，反正统统和平演变一下，搞成一个利益集团，这就叫"利益捆绑"。想离婚？刘备老兄，没这个必要了吧。想必老哥此刻正在自家兄弟对"嫂夫人"的齐声称颂中陶醉不已呢，哪还有工夫闹离婚？再说，一旦闹离婚，自己这江东驸马的身份还保得住吗？

如果没得选，嫁了刘备，还跟着去了东吴。哎，女人总是这样不听劝。不过也还有得救。这得学学赵敏赵姑娘，先想法子弄"三个承诺"护

身呀。

好吧，我们终于谈到了"赵敏"。金庸小说里我最喜欢的人物。

无数男人会把赵敏当做自己的理想型。为什么？因为堂堂郡主能够放下自己的身份，抛弃自己的父母兄长，这种大无畏的牺牲精神总是让男人们津津乐道，并总是希望以此为标准来要求自己的女友，要求女人们像赵敏一样无私奉献。

哼，想得美。

赵敏姑娘的故事之所以能有一个美满的结局，这和她的高智商是分不开的。如此精心的布局，让男人们都只当她是一个无私奉献的好姑娘。可拜托，仔细想想吧，赵敏是什么人物呀？人家是"司职国家安全局，主要职能是剿灭江湖反动人士，比如明教恐怖组织头目张无忌"。所以，当她决定要为张无忌放弃自己的几乎全部筹码之前，其实早就为自己的天秤一端放上了三个新筹码，这便是张无忌对赵敏姑娘的三个承诺。也就是，张无忌答应赵敏姑娘的三件事。别小看这三件事，赵敏大战周芷若之所以能反败为胜，多亏了这三个筹码。不然，众叛亲离的赵敏想要获胜，几乎就是不可能的。

第一件，让张无忌借来倚天剑——这让赵敏和张无忌有了相处的机会；第二件，让张无忌在结婚当天不与周芷若成亲——这帮赵敏顺利灭掉了"小三"；第三件，让张无忌为自己画一辈子眉——这让张无忌形成了爱赵敏的惯性。有时男人真的不懂得如何表达对女人的爱，所以还得我们女人手把手地教。哎……

所以，姑娘们，当你们决定为一个男人放弃自己手中筹码的时候，记得要附带着加上另外的一些筹码。这样的"放弃"和"获得"如果不能同步进行，记得学习西方的契约精神，立下凭证。

说白了，婚姻关系中的一纸婚书便是"契约"，它让女性在放弃自身筹码前，获得了另外一些保证。由此而言，婚前同居对女性而言是十分吃亏的。

转到开篇，我们来看孙夫人。如果她当真决定跟着刘备去了荆州，大可以学习赵敏姑娘，也要这刘备先答应她三件事：

第一件，赐上方宝剑一把，上可斩昏君，下可斩佞臣。以后谁在刘备耳根说自己的坏话，一律拿出宝剑吓他一吓。

第二件，赐免死金牌一面。日后若有人诬陷自己通敌叛国，可保自己和子女无恙。

第三件，咱也日日画眉吧。

古时候不讲究立字据，那咱就先叫上你的几位哥们，在兄弟面前把这事说明白了，也上三炷香，对天起誓，顺便确立一下咱这黑道大嫂的至尊地位。

哎，这也是下下策。其实我们知道，当男女双方手中的筹码相当时，即

使不用一纸婚约也能很好地维持彼此之间的关系；而当男女双方手中的筹码出现偏差和错位时，契约能够起到一定的纠偏作用，但毕竟作用有限。如果孙夫人铁定要跟着刘备回荆州，那么立下契约恐怕也是最后或者唯一的选择了。

第九章 小七妈斗『小三』

第十章

断其退路

【上集提示】

　　小七在 Alex 的指点下，决定帮老妈制定一套完整的行动指南，彻底斗垮小三。

【本章概述】

　　小七在帮老妈想办法，王芝芝也没闲着，她也在替自己的姑娘操心着。

1. 小七相亲遇周先生

　　自从小七和齐大圣分手后，她的妈妈王芝芝就开始替她张罗起相亲来。

　　这不，小七最近可算交到了好运。自从在齐大圣那里受挫后，她开始觉得不能再贸然地和不知底细的男生约会了。想想，既然老妈帮着自己安排了相亲，那就见见呗。既然是相亲，小七觉得，不如还是找有些钱的好。

　　当然，我和陈燃对小七的这种择偶标准，都很不以为然。但这一切都没有能够阻挡住小七找有钱男友的脚步。

　　这不，小七最近认识了一位公司老总——周先生，40 多岁吧，是做五金生意的，生意做得非常大，每次请小七吃饭，动辄二三万元。

　　结果，每次小七都不敢自己去，都会叫上我们陪着她。据说周先生，他的身家约有 5 亿元。

　　不过，话说每次和周先生吃饭，大家都会觉得特尴尬，不知道该说些什么，觉得自己像个傻瓜。这不，这天我们几个刚和周先生吃过了午饭，一起结伴回寝室。

　　"天呀，这个周先生也太有钱了吧。小七，你不是学过筹码理论吗？你确定你能配得上他？"王晴问道。

　　"你知道什么呀？他 40 多了，我才 20 岁。你知道他看上我什么？就是年轻呀。我比他小 20 岁，这'青春'就是我最大的筹码！青春是什么？青春就是一小段生命呀。我实在想不出还有什么比这更珍贵的筹码。"小七最近似乎灵光了很多。

"不过，我总觉得，嫁给有钱人……"我沉默了，"好吧，我还是不表态了。哦，对了，你妈妈斗小三，结局如何了？"

"哈哈，我今天约了 Alex 去 Sirens Coffee 汇报战况呢。大家一起去？"

"好呀好呀。我也去。"王晴也跟着搭腔道。

"对了，你和你的那个 W 怎么样了呀？"

"嘿嘿，秘密。"王晴说着，脸上飞起了一朵云霞。估计，两人已经小有进展了。但 Alex 不是不让王晴去表白吗？这丫头是怎么搞定 W 的？

2. 小七妈的绝地大反击

我们到达 Sirens Coffee 时，Alex 和巧锦、夏小米都在。大家再次热热闹闹地围坐在了一起。

"来来来，小七，快讲讲你妈妈的最新战况。"大家都很期待。

"完胜！"小七先是做了一个胜利的手势，然后很得意地开始了她的故事。

"原本我老妈遭遇的小三道行就不高，逼我老爸娶她不成就一顿闹，闹得我爸特心烦。Alex 不是说过吗，两女争一男，更有安全感的胜。小三那边慌了手脚，显然是开始变得没有安全感了。我爸，后来就想着回头和我老妈好好过日子。我妈也想着按照 Alex 的意见，提出让老爸更名房产，但又觉得有点心虚，怕老爸不答应。于是，她先安排公司财务理清账目，严防我爸转移夫妻共有资产，算是备足了退路，然后静观其变。结果巧不巧，就在这关键点上，老爸去市医院检查身体，查出了胆管肿瘤，后来的切片证明是恶性的，这就住进了医院……这下可好了，原本口口声声只图我爸人的小三，开始露出了马脚，回头管我爸要什么青春损失费，吵到了医院病床上。这回老爸才算彻底死心，面对生死，也生出了无限感慨，觉得虽然老妈唠叨，但不管怎么说，少年夫妻老来伴，这份生死相守的情谊是最难得的。"

"天，你爸得了肿瘤，我们怎么都不知道？"我不禁感慨道。

"没，事态平息下来后，我妈跟我爸坦白了，我妈原本学的就是医，她和市医院的很多医生都认识，那个恶性肿瘤的诊断单根本就不是我爸的……"小七。

"这可是一步险棋啊。"王晴不由得惊叹道。

"但我爸经过这事儿，终于想明白了，他老婆拼死捍卫的是他们共有的婚姻，他们共同拥有的人生，她不是在为一己私利而绞尽脑汁，这就是老婆和小三之间最大的区别。后来，我老妈再扮扮娇憨状，撒个娇，我爸的气就消了。我在旁边一顿添油加醋地宣扬新婚姻法解释，老爸一时冲动，就跑去房产局，把我家房产全部更名到我老妈名下了。"

不管怎么说，小七妈妈有了一个美好的结局。但显然，这并不是我们期待的最好的结局。最好的结局应该是小夫妻俩一辈子举案齐眉，白头偕老，不给

小三任何机会！

我在心中默默地想。

"那你呢？王晴，你那边也大胜利吗？"陈燃作为寝室长，有着一种莫名其妙的寝室荣誉感，她希望每个姑娘，包括姑娘的亲属、闺蜜，统统能在爱情大战中获得胜利。

3. 王晴俘获白兔型男

"还好啦。上次巧锦告诉我，其实女生除了表白，还有一个秘密的武器，那就是——吸引。"

"所以，你是怎么吸引的呢？"小七问。

"那天我在学校二食堂正好碰见了W，他自己坐一桌。于是，我就点了一套和他一样的套餐，买了瓶美年达，然后走了过去。我问，这儿没人坐吧。他说，没人。然后我就开心地坐了下来。"王晴说道。

"然后呢？然后呢？"小七又问。

"然后，我就开我的美年达。其实我能开开，不过，我就装作打不开的样子。对面的W看到后，温柔地问我需不需要帮忙？我说好呀！然后，他把美年达的瓶盖帮我打开了。我接着说，你是篮球社的吧。他说，你怎么知道？我说，看你个子那么高——我可不想让他知道我偷偷关注他那么久——顺便小拍一下他的马屁。他哈哈大笑，然后笑着问，怎么我们的套餐一模一样，我说，我也想问他这个问题。再然后……总之，我们聊得很开心。回头，他居然问我是哪个系的，电话多少？"王晴说道。

"最高级别的表白果然是让他先向你表白呀！"小七不由得感慨道。

"那你给他电话了？"我问。

"没。哪那么快。我跟他讲呀，有缘自会相见。哈哈哈。"

"你可真沉得住气呀。"陈燃说道。

"嗯，不能人为加速恋爱进度。'在恋爱关系中，彼此试探、彼此观察、彼此了解的过程才是最最美好的阶段。慌不迭地就奔着最终目的地驶去，会让人不由感慨少了很多恋爱的乐趣。'Alex，这可是你教给我们的呀。"王晴道。

"姑娘，你做得很好。"Alex说着竖起了大拇指，"看来，W这个白兔型男，马上就要被你收服啦。王晴的问题解决了，下面就是小七的问题了。小七，最近听说你在频繁相亲？"

"是呀，我现在的问题就是，要不要嫁个有钱人。"小七问道。

"这个问题，最近也很困扰我呀。"巧锦的闺蜜夏小米今天也是来询问这件事的。

"是呀，要不要嫁个有钱人呢？最近，我也遇见了一个半老精英男，他刚刚和前妻离婚，分了一半家产给前妻，现在提起来，仍然心有余悸。朋友跟我

说，他表态了，对我很是倾心，却不敢和我结婚，因为怕我日后再分了他一半家产。半老精英说，我这么年轻漂亮，一不图他的钱财，二又聪明过人，他有诸多顾虑：如果是图他的金银，LV、爱马仕并排买过来，一清二白，明码交易，彼此都好安心；可是，如此聪明过人的一个年轻女子，看起来无所图，比脑残美女开口就要名牌包还让人心里不踏实。这让我心焦如焚，不知该进还是该退呀。Alex，为什么和有钱人谈恋爱这么难，或者我们都应该选一个穷小子，不是吗？至少他会一心对你好。"

4. 小七和夏小米的苦恼

"这个当然，如果你找了一个筹码远远小于你的男生，他自然会为了补齐筹码差，拼命对你好，但两人能否长久相处的关键可是彼此的匹配度呀。记住，除去'对你好'筹码，单纯地去思考两者是否匹配。"Alex 说道。

"有点难哦。Alex，你能不能讲得更简单明了一些呀？"小七问道。

"好吧，让我们先放下这个问题，思考一下，这样一道选择题。"

A 男：英俊、孝顺、对你痴情、与你有相似的人生观和价值观、智慧、可靠、28 岁……有钱

B 男：英俊、孝顺、对你痴情、与你有相似的人生观和价值观、智慧、可靠、28 岁……没钱

如果同等条件的两个男人站在你面前，他们同样爱你，同样对你好，同样帅气……总之所有条件一致，只是一个有钱，一个没有钱。你选哪个？

当然是有钱的。记住，姑娘们，请记住这个结论。

为什么在同等条件下，姑娘们要选有钱的那一个呢？

因为在生物进化的过程中，人的大脑发育得比其他动物更加迅猛，脑容量不断增大。过大的头颅会给母亲的分娩带来麻烦，于是，人在大脑和身体机能还没有发育完全时就需要与母体分离——这和几乎所有其他的哺乳动物是不同的。其他的哺乳动物在一出生后，就能够在几小时之内独立行走，如马、羊、大象等等，但刚刚出生的人类则无法自己照顾自己。

孩子出生后至少三年时间，才能离开母亲的怀抱，独立生存。这时，母亲为了更好地照料子女，很难单独出去狩猎觅食，因此无法单独抚养子女，于是需要有孩子的父亲与她共同分担抚养责任。男人无法提供乳汁，只能提供物质。进化论使得男女之间承担了不同的社会分工。女人负责生育子女，男人负责提供物质。

所以，演化到现代社会，家庭的更多经济责任落到了男人的肩上，这是合理的。为未来家庭选择一个较强的物质保障，这是身为女人的责任。这时会有男人跳出来说：那女人也可以赚钱呀，不能只靠男人养活。是的，除非女人不生孩子。不然，日后女人至少要拿出 1/3 的精力照料孩子。拿另外 2/3 的精力

第十章 断其退路

同社会上拿百分之百的精力出来竞争的男人相比，女人必输无疑。从家庭共有资产——劳动力资源合理配置的角度来看，推选男人外出赚钱，更加合理也更加有效。

5. 害人的经验主义

既然如此，那为什么世人大多教育我们不要选择有钱男呢？因为从正态分布的规律来讲，这个世界上能与有钱男匹配的女性并不算多。从大部分无法与有钱男匹配的女性的经验出发，她们与有钱男相处的过程并不愉快；而很大一部分没钱男也在反复鼓吹"不要嫁给有钱男"的言论，这也就是"为什么不要嫁有钱男"喧嚣尘上的重要原因。其实，当我们去问姑娘们，要不要嫁有钱人时，很多姑娘会告诉你，不要嫁。但如果我们换一个问题，问问姑娘们要不要嫁给王子时，她们都会告诉你，当然嫁。但王子不是有钱人吗？

其实，很多时候，不加筛选地受经验主义的影响，是我们常犯的毛病。我们会不自觉地受到经验主义的引导而不自知。

是的，会有不少人告诉你，有钱男不可靠，有钱男很花心，现在，让我们重新看一遍思考题：

A 男：英俊、孝顺、对你痴情、与你有相似的人生观和价值观、智慧、可靠、28 岁……有钱

B 男：英俊、孝顺、对你痴情、与你有相似的人生观和价值观、智慧、可靠、28 岁……没钱

很多时候，我们在现实生活中常常用有钱来推导 A 男的前几项条件必定不如 B 男，这样的推断其实并没有依据。虽然几项条件很可能会彼此影响，但并不绝对。"有钱"推导不出"不可靠"。这些条件，与其不断地用自己的脑去推导，不如用自己的眼睛去辨别。

另外一方面，我们讲过，人不喜欢和自己不一样的人。很多时候，有钱人和没钱人之间最大的差异，恰恰在于他们不同的行为模式和思维模式，而有钱没钱只是这些行为模式和思维模式长期运行导致的最终结果。这些行为模式和思维模式的不同，恰恰催生了没钱人对有钱人天生的敌意与否定。

总而言之，即使你选择了 A 男（有钱），而没有选择 B 男（没钱），也不应被人在道德层面上指责。前提是，你面前有这样 A、B 两个选项。

其实，在这个世界上，有太多男人在做着类似的选择题。

A 女：漂亮、孝顺、对你痴情、与你有相似的人生观和价值观、智慧、20岁……漂亮

B 女：漂亮、孝顺、对你痴情、与你有相似的人生观和价值观、智慧、20岁……不漂亮

从来没有人会谴责男人选择 A 女（漂亮），这就是男人们的逻辑。他们可

以允许自己选择漂亮女生而不被指责，却在心仪的女生选择了有钱男后而痛骂她们的拜金与势利。

男人和女人的责任原本不同。从原始社会讲起，男人在选择配偶时，为了下一代的优秀，会更倾向于选择"美"的女性。当然，那时候的"美"多指健美且富有较强的生育能力。这种传统一直延续至今，并成为了一种为人所默认的规则。这是男人的责任。

而女人在择偶的时候，也负有对未来家庭的责任。因为从现实的角度来讲，女性在婚后，特别是在生育后，如果不选择啃老——让自己或者男方的家长免费带孩子，就只能牺牲个人的经济利益，一心扑在教育子女上。这样，未来家庭的经济稳定就在很大程度上依赖于男性。因此，选择经济实力相对强一些的男士，也就是对未来的家庭负责任。如果社会没有办法提供给女性与男性同等的经济自主权的话，女性实在是有权利选择更有钱一点的男士。

其实，所谓的漂亮是指女性能为未来的子女提供更好的基因；而所谓的有钱，同样是为了给未来的子女提供更好的成长环境。这从本质上是一致的，都不应该受到指责。

男人就应该努力赚钱，努力提升自己的内涵，努力去找漂亮的女生；同理，女人就应该努力培养自己的气质仪态，让自己变得更漂亮，同时提升自己的内涵，努力去找有钱的优质男。

当然，这个世界上仍有拜金女的存在。一类拜金女，在选择男朋友的时候，完全看不到这个男人身上的其他缺点，如懒惰、不够爱她、残暴……而只看到了有钱这一项条件。这样的女孩我们只能说她不够智慧，牺牲了自己在婚姻中理应获得的幸福感以及内心的宁静。但充其量是她不够智慧而已，而不应从道德层面上对她进行指责。

另一类拜金女，明知道自己选择的对象在有钱的同时具备一系列缺点，如懒惰、不够爱她、残暴……但她宁愿牺牲这一切，以换取经济利益的最大化，宁愿在婚姻中忍受痛苦而一往无前。对于这样的女人，或者，除了指责，我们更应该做的是向她的"隐忍"致敬。

总之，对于有钱的男人，我们可以套用一句老话：我不会因为他有钱而拒绝他。就是这么简单。

"但为什么有人嫁了有钱人，却不幸福呢？"我问道。

"是呀，豪门怨妇不是很多吗？"陈燃接着问道。

"那是因为，人们在选择配偶的时候，往往寄希望于配偶可以改变自己的命运。缺少金钱的人往往惧怕没有钱，这种惧怕又往往让人在金钱面前变得谦卑，没有自信甚至奴颜婢膝。婚姻不过是一面镜子，映照出了不好的自己。而且，人不喜欢和自己不一样的人，没钱人似乎天生不喜欢有钱人，因为彼此的思维模式和行为模式有着很大的差异，话不投机半句多。而实际上，很多时

125

第十章 断其退路

候，正是因为我们的思维模式和行为模式的差异，才导致了我们拥有的财富的多寡不同。"Alex 说道："让自己拥有一颗富足感恩之心吧，你会觉得，你和有钱人并没有本质的不同。你讨厌的只是坏人，或者是坏的有钱人。对吧。"

Alex 的这番话，不由得让我沉思了许久。

它顿了顿，接着说道："好吧，既然嫁不嫁有钱人，已经不是问题了。问题是，你选的有钱人，除了有钱以外，他还有其他的一些什么优点和缺点。说到底，关键还是你们是否匹配。我从来不反对女性通过婚姻改变自己的命运。更确切地说，我认为美好的婚姻可以将女性引向更加美好的未来。但改变命运不应是婚姻的全部。在此之前，我们更要考虑，从感性的角度来讲，这份婚姻是否美好。"Alex 说到这里，突然变得语重心长了起来。

"Alex，你的意思是，我那个半老精英男，还是可以继续深入交往的，是吗？那我到底应该如何继续和他交往下去呢？"夏小米问道。

6. 四步为营

"是的，你要做的是抛开金钱的问题，单纯考虑两个人是否合适。我时常讲，所谓的合适，是指你们有共同的人生观、价值观，即思想上一致，在此基础上，若有性格上的互补则更好。

相匹配的人在交往的过程中，会和与旁人相处时不同。相匹配的人在一起会感觉十分踏实、幸福、安稳，这种感觉让你觉得指向婚姻是必然的事情。

所以，嫁个有钱人的第一步，应该是：继续交往，感受（feel）——慢慢体会两个人是否匹配，是否能够产生依赖感、幸福感、踏实感和安稳感。当然，让人产生这些感觉的基础是，首先你自己必须是安稳踏实的，而不应是患得患失的。如果你出现了'患得患失'的症状，不好意思，事实证明你的筹码不及对方，是你在高攀，是你处在劣势，请继续修炼基本功；反之，如果对方能在与你交谈的过程中，继续眸子放光，你左躲右闪，仍让他欲罢不能，则双方可以进入下一步。

那么，如何才能'即使是面对有钱人也从容淡定，不患得患失'呢？这就要求你有一定的人生阅历。"

"人生阅历，OK，我还算好吧。人生阅历会让你变得从容淡定？为什么呢？"夏小米说。

"你先想想，什么算是有钱人呢？身家 100 万元的遇见身家 1 000 万元的，会觉得后者是有钱人；身家 1 000 万元的遇见身家 1 亿元的，会觉得后者是有钱人；身家 1 亿元的遇见身家 10 亿元的……。人不怕遇见比自己更有钱的，怕只怕在这巨大的数字面前，低下了头颅，心里的自卑胆怯都冒了出来。

于是，女孩的眼界就变得格外重要了起来。很多做记者、主持、明星的女

孩子往往都嫁得好，想想平日里，她们天天见的不是商界精英就是高官富豪，正所谓'上可陪玉皇大帝，下可陪卑田园乞儿'，遇见什么主，还不都瞬间就把对方给拿下了呀？或者你也是出身名门，见惯了大场面，自然不会露怯；再或者你自己也同样有钱，那谁怕谁啊，咱就光谈感情，多美好；又或者你天生就见得大场面，即使自己没钱，也从来不把有钱人当大爷，这也不错；再退一万步，你愿意给钱当孙子，顺道给有钱人当孙子……好吧好吧……那也成，那是你的自由。……"

"看来，我们得先积累积累人生阅历了。"陈燃说道，"反正我见周先生，就会觉得不自在。原来是有钱人见少了，见多了可能就见怪不怪了。"

"哈哈，你们知道吗？我第一次自己一个人进五星级酒店大堂的时候，心里直发虚。再后来，进得多了，发现自己变坦然了。原来是这么回事呀。"我也不由得感慨道。

王晴看着我，直笑："你进五星级酒店大堂都会心里发虚呀，你怎么从来没告诉过我。"

"哈哈哈，小艾……"Alex也跟着笑了起来。真囧。

"那嫁给有钱男的第二步就是：证明你与其筹码相当（power）——很多时候，恋爱中的筹码是相当主观化的。你手中的筹码是否重要，一要看你是否觉得这些筹码是珍贵的，二要看对方是否觉得这些筹码是珍贵的。如果你有的，恰是他所缺的，那么恭喜你；如果不是，即使你身上有再多优点，这些优点也没有办法在对方眼中转化为正值筹码。不过，没关系，既然你能吸引同等层面的优质男性，那么，即使你放弃了这个半老精英男，转身一样有大把机会找个同等层次的优质男性。

第三步：容忍他的一两项别人无法容忍的缺点（shortcoming）——他的缺点，别人无法容忍，只有你能够容忍，这就意味着你是他的唯一选择，他毫无退路。那么，他必定就是你的了。

落实到你的情况中，夏小米，你应该很明白，精英男身上的缺点就是'多疑+护财'，生怕女人拿走自己的财产。这样的缺点——'多疑+护财'，恐怕也是别的拜金女最没有办法容忍的了。但你不同，你自给自足，自力更生，本就不贪图精英男的金钱。既然你看上的是精英男的实干的能力，那么就明确告诉精英男自己的诉求，甚至可以主动要求进行婚前财产公证，婚后创造的家庭财富才是两人共有的财产。这种坦荡磊落的作风，瞬间秒杀所有竞争者，完美胜出。"Alex说道。

"不过，我是没办法接受多疑和护财的男人的。"我不禁说道。

"嗯，那你可千万别选多疑和护财的男人呀。但，你知道吗？每个人的选择有所不同，特别是当你爱上他后，有些你觉得自己无法接受的缺点，也变得能够接受了。"陈燃说道，"其实，他的缺点就是你的福利。比如，丁小果的

个子不够高，但我知道，这也是这么优秀的他没有被别的女人瓜分掉的终极原因呀。反正我不在乎男生高不高，我自己这么高。"

"是呀，每个人都是有缺点的。"巧锦说道，"况且，每个女人的品位和口感都不同。嘻嘻，有人喜欢小龅牙，有人喜欢小结巴，有人喜欢小肚腩，有人喜欢小秃顶……如果你的那个他，身上也恰有这些你喜欢的小缺点，那么，他被正常口味的女人抢走的可能性就又低了一点点。"

"但是，花心、自私自利、不善良等道德品质上的缺点是坚决不能容忍的。其他的一些缺点，也要看你是否能够顺利地加以因势利导哦。"Alex 补充道。

巧锦说："比如，我的老公，第一次和我约会时，就和门卫大吵大嚷，当时对他印象有点差。不过后来发现，原来他是一个自我要求极高的人，所以也会对别人的要求极高，当别人没办法满足他的要求时，他就会变得很暴躁。这也是他为什么不太讨别的女人欢心的原因哦。不过，好在我是一个乐观向上又充满笑容的女孩子，老公说，结婚后，看见我，每天焦躁的心情就会大有缓解。我心中暗自在想，没关系的，老公，你的这个缺点还是不要改了。我宁愿偶尔忍受一下你的坏脾气，也不想这么好的老公被别的女人撬墙脚。"

Alex 再次补充道："不过，姑娘们，你们得特别注意，并不是所有坏脾气的男人都是自我要求高哦。所以，还是要认真在交往过程中去观察，看看他到底是自我要求高导致的，还是缺乏爱心、同情心造成的，还是根本就是心理变态，或有暴力倾向。"

"我记得有人说过，这世界完美的人本就不多，其实'真小人好过伪君子'，肯以本色示人者，必有禅心和定力，所以，伪名儒不如真名妓。"还是王晴看过的书多。

"再说了，他爱你，你才能看见那些别人看不见的他的缺点。

也许你总会抱怨，为什么只有你的他身上有那么多缺点，而其他人没有。你看见了他的缺点，其实证明了一件事，那就是他爱你。

当我们喜欢上一个人的时候，她是展现在公众面前的样子：自信、优雅、时髦、幽默、体贴、善解人意……我们爱上了那个人，发现她身体里有那么多的喜、怒、哀、乐，她的悲伤、她的软弱、她的无理取闹、她的种种，让你觉得你怎么会爱上这样一个人，你无法忍受的地方——暴露在你的面前。这个时候，我们总会忘了一件最重要的事，你能看到这些，是因为，她也爱着你。[1]'"陈燃说道。

"是呀，最开始，我们以为爱的是对方身上那些闪闪亮亮的优点，那些看

---

[1] 电视剧《男人帮》台词。

128

小艾恋爱记

起来美丽炫目的才华，那些听起来如传说般神奇无敌的履历……直到后来，我们才知道，一同走过了这条漫长的'耀眼成就展'走廊后，最终抵达的目的地却是'看尽对方所有缺点后，最彻底的体谅'。只觉得彼此是两个孤独且可怜的灵魂，依靠着'心手相牵'彼此取暖。这时方才领悟：'苍茫人生，我愿与其终老。'"巧锦说道。

"是呀，当你接纳了他的缺点，了解了彼此是否匹配，然后，你就可以走出你的第四步了。这就是：投入你的感情（love）——实在难以想象，这个世界上还有什么力量能够阻止两个既有感觉又相匹配的成年男女走到一起。所以，请放心大胆地爱吧，这爱情虽然来得晚了一些，但会无比甜蜜和丰厚。"Alex 说道。

"Alex，你说得对。但是，如此精心的四步设计，会不会让人觉得我太过聪明，更让他难以接近了呢？"夏小米不禁问道。

"哈哈，你可以这样解释——这个世界上的人大体分三类：'笨人'、'狡猾人'、'智慧人'。在'笨人'眼中，'狡猾人'是聪明的；在'狡猾人'眼中，'智慧人'是聪明的。

狡猾的人觉得比自己还聪明的人必定是更加狡猾的，其实不然。

真正的大智慧，是创造而非抢夺，是共赢而非个人利益的最大化。如果你和半老精英男在一起，可以只当一切清零，两人重新白手起家，共创未来，这一定会让精英男兴奋不已，仿佛焕发了新的生机。"

"根据新婚姻法解释，即使半老精英男同夏小米结婚，婚前财产也仍是半老精英男的，这点半老精英男实在无需太过担心。"巧锦补充道。

"看来，夏小米和半老精英男应该是可以继续了。那我呢？"小七心急地问道。

"你和周先生的接触时间不长，我想你还是先仔细观察为好。"Alex 建议。

7. 柯立芝效应

Alex 的话音刚落，小七的屁股就开始不自觉地扭来扭去了。她有个毛病，心里装不住事儿，总喜欢磨叨别人。

"说了半天，你还是没告诉我，到底应该不应该嫁给周先生呀。哎，你说我是嫁呢还是不嫁？嫁呢还是不嫁？嫁呢还是不嫁……"小七一边唠叨，一边挨个摇晃周围的人，搞得好像人家真想娶她似的。

于是，我们寝室剩下的三个女人，集体用靠垫把她给埋了起来。

"要不，我再派苗小小去试探一下周先生？"小七整理了一下被大家蹂躏了的头发，突然冒出了这么一句，大家吃惊不小。

"你和苗小小还没闹掰呀？这样了，你们还不掰？"陈燃恨铁不成钢地咆

哆了起来，"真不知道是你的肚量大，还是苗小小的肚量大！"

"就这么办！可不知道周先生的 QQ 号码是多……"小七还没说完这句呢，就被大家再次压在了一堆靠垫底下。

"其实我觉得，在恋爱中，一些情报的收集还是很重要的。不过，……"王晴沉吟了稍许，说道，"我觉得你这样反复地去试探爱人实在不应该。"

"好吧，不过，说实话，我到现在都不觉得考验齐大圣有什么不对。"小七嘴还是很硬。

"齐大圣的劣迹不是被你考验出来的，好吧！姑娘！"陈燃说。

"而且，要命的是，即便是你考验出了他的花心，你也还是没办法狠下心用掉他，不是吗？"王晴也搭腔道。

"要不是那天快出了事……"陈燃不住地摇头道，"你呀，还不知道得多死心塌地地对他呢？"

"是呀，很多姑娘都并不觉得这样的试探有什么不妥。但，这里我们还是要引入一个新的概念，帮助大家认识这种行为的问题所在。"夏小米说，"我本身是学法律的，我用一个法律专业术语来解释一下吧。在英美法系中有一个专门的概念叫'钓鱼执法'，也称执法圈套（entrapment），它和正当防卫等一样，都是当事人无罪免责的理由。从法理上分析，当事人原本没有违法意图，在执法人员的引诱之下，才从事了违法活动，国家当然不应该惩罚这种行为。这种行为如果运用不当将致人犯罪，诱发严重的社会问题。钓鱼执法是政德摧毁道德的必然表现。"

学新闻的巧锦也补充道："英国《泰晤士报》某记者曾以 40 万英镑为诱饵与牛津大学四个学院联系，让其儿子到该学校学习法律。结果一个学院允诺在对方保守秘密的情况下满足其愿望。此后，该记者报道了这件事情的始末。没想到引发了极大的讨论，这涉及'钓鱼式采访'。对原本不存在的、因引导而生的新闻事实，而非已经存在的新闻事实进行的采访为钓鱼式采访。钓鱼式采访在新闻实务中，同样不得采用。"

"的确如此。"夏小米说，"因为，类似钓鱼执法的钓鱼式考验，很多人都禁受不起。每个人的人性中都有恶的部分，在日常生活中都压抑得很好，但在特殊的诱惑之下，人内心的犯罪欲望会被激发出来。"

没想到，这看似柔弱的夏小米，聊起专业知识来，还真是头头是道。

"是呀，'钓鱼式执法'曾让孙中界自断手指证明未开黑车。这条新闻我至今记忆犹新呀。真心觉得，小七，你不应该去用这种方法试探周先生。用欺骗的方式永远无法获取真正的真实。"王晴说道，"如果产生不必要的误会，那就更糟糕了。"

"嗯，其实，很多时候人们已经学会远离诱惑，保持自己内心的舒适。我们会在喉咙发炎的时候，尽量避免吃辛辣的食品；我们会在单身时，尽量避免

在夜间听伤人心的音乐。所以，我们也应该在恋爱关系还不算稳定的时候，不让别的女人过度接近男友，即使这个人是你的闺蜜——当然，即便结婚了，稳定了也不成。如果你爱你的男友如爱你自己，请帮他杜绝身边可能出现的诱惑，这是对他的保护，也是对你们之间关系的保护。"Alex 对夏小米的解释给予了极大的认同。

"当日，大婚之前，刘嘉玲在邀请嘉宾名单上轻轻将'张曼玉'这三个字抹去。你只当这是女人家家的小气作风吗？其实，将一切可能都扼杀在摇篮中，勇于捍卫自己婚姻爱情的女人，才是真正的大气从容。"巧锦说。

"再何况，你送苗小小到他身边，不就相当于为他的艳遇创造条件吗？还记得我讲过，女人在恋爱中，要给自己留有退路。除此之外，为了保证我们的爱情必胜，姑娘们，还请记住，对待男人，别忘了要断其退路。"Alex 这个军师，摇头晃脑地说道。

"断其退路，哈哈，真恶毒哦。此招果然狠辣！"陈燃笑道。①

"这听起来……似乎……"我低声说道，"反正我说不太好。"

"好吧，小艾，或者你愿意听下我的解释。"Alex 说道，"涉世未深的姑娘们，喜欢推己及人地去揣度别人的内心。她们时常认为，我是这样想的，对方也大抵应该这样想。但事实上，男人和女人之间有着巨大的差异，我们必须去正视，才能赢得更好的爱情。"

Alex 说完，回头看了一眼大家："大家知道吗？其实男人天生就比女人更花心。"

美国总统卡尔文·柯立芝和他的妻子参观了一家家禽农场。在参观时，卡尔文太太向农场主询问，怎样利用这么少数量的公鸡生产出这么多能孵育的鸡蛋。农场主自豪地解释道，他的公鸡每天要执行职责几十次。

"请告诉柯立芝先生。"第一夫人强调地回答道。

总统听到后，问农场主："每次公鸡都是为同一只母鸡服务吗？"

"不，"农场主回答道，"有许多只不同的母鸡。"

"请转告柯立芝太太。"总统回答道。

公鸡如此，男人也是如此。假如有 100 个女人，让一个男人做如下选择：（1）和 100 个女人各睡一次；（2）和最漂亮的女人睡一百次。毋庸讳言，正

第十章　断其退路

---

①　显然，写到这章，作者"腹黑女"的本色和"新女权主义者"的身份已经暴露无疑了。我根本就是一个在给女孩子们讲"退路"，却又不肯给男孩子们留"退路"的人哦。这里，咱们要先来解释一下新女权主义，以及为什么会宽于律己、严于律人的道理。新女权不是让女人事事和男人去争；不是让女人和男人一同站在百米跑道上，一较高低；不是让女人个个去做女强人，像男人一样全情投入于事业；更不是要求男人像女人一样怀孕、生子、经历痛经。新女权就是让女人做女人该做的事，男人去做男人该做的事，但同时强调男、女之间拥有的权利平等，男女之间的尊严和灵魂平等。

常的男人都会选择前者。①

因为从族群繁衍的角度来讲，男性更注重配偶的数量。因为只有拥有更多的配偶，才能繁衍出更多的后代，这使得男性在选择配偶时，有重量不重质的倾向。而女性则因为十月怀胎的艰巨使命，加之要负责抚养后代，因此则表现得更加重质不重量。

"柯立芝原理作为经典的恋爱心理学原理，也解释了为什么男性在获得女性的青睐后，往往变得不如追求异性时那么殷勤，这正是柯立芝原理在作祟，使得男性没有办法一直对配偶表现出如刚恋爱时般的热情。这是男人没有办法摆脱的'悲惨命运'。而当新的异性出现在男性面前时，他们又会再次陷入新的狂热中了。"Alex说。

"虽然，我们必须首先了解男人花心的原因，但也不能纵容男人的花心。"坐在一边的巧锦说话了，"比如我吧，就会经常指着老公鼻子跟他讲大道理：老公，你虽然也是男人，虽然天性是花心的，但这并不意味着你的花心是可以被理解和原谅的。因为你已经不是原始人了哦，你是进化了的人类，是社会化了的人类，你已经可以用理智去克服生理上的缺陷，了解并接纳一夫一妻制哦。因为只有这样，才有利于整个社会的稳定哦。然后，老公会频频点头。因为他知道，如果他公然支持一夫多妻制，那么我就一定会动用家庭暴力对其进行镇压的。"

"所以，这也是我们为什么要给自己留'退路'，但绝对不能给男人留'退路'的原因。因为，出于对恋爱关系稳定的考虑，女性即使身后有着成千上万条'退路'，也绝对不会轻易地'夺路而逃'，因为女性更看重的是配偶的质量而非数量，再加上谈多男友，女人会贬值，女人也不会主动选择更多的配偶数。但男人不同，如果他身边有着比你更适合他的人，或者在一起更开心的人，那么即使他不背叛你，也会搞出点小暧昧或婚外情。这也就是为什么'女小三'的数量远远大过'男小三'的原因。"Alex说道。

"是呀，而且男人比女人更容易从失恋中走出来，是因为他们觉得不断的失恋是让他们逐渐成长的一个过程。女人则很难从失恋中走出来，是因为她们觉得不断的失恋是让她们逐渐贬值的一个过程。对吧，Alex。"夏小米说道。

"是呀，即使女人有'退路'，对恋爱关系的负面影响也是微不足道的。但男人若是有了'退路'，则不利于爱情关系的稳定，即使他不选这些'退路'，对他来说也是一种煎熬。何必让他忍受煎熬呢，干脆还是断了他的'退路'吧。"Alex总结道。

---

① 美国伊利诺伊州布莱德雷大学心理学教授施密特曾针对全球五大洲，共五十个国家的一万六千多名对象进行问卷调查，研究男女对性多样化的需求。研究结果显示：男性希望在未来一个月内能拥有性伴侣的平均数是1.87个，而女性只是0.78个；男性在未来十年内希望拥有性伴侣的平均数是5.95个，而女性是2.17个。

"那又应该如何断其退路呢？" Alex 故作玄虚。

"断其退路，哈哈！" 陈燃兴奋地说道，"终于出狠招了。如何，听着就狠毒。"

Alex 接着说道："简单讲，有三个要点：一是找个靠谱的男生，因为选择永远比努力重要；二是杜绝男人一切出轨的机会；三是让你成为他的唯一。"

关于找个靠谱的男生。

金庸小说里有两个绝顶聪明的女人：一个是黄蓉；另一个就是赵敏了。如果你有幸挑到的男友是"郭靖"类型的，生性憨直无比，且心无旁骛，人家根本就自动自觉地自绝"退路"，根本就不劳您费心呀；而赵敏就悲剧了，张无忌如此多情，恐怕就只能掳他去冰火岛上共度余生（掳去冰火岛，掳去冰火岛呀），绝了他见别的女人的后路了。所以，从源头上讲，找个更靠谱的男生才是王道呀！看看赵敏为张无忌受的罪，你就有思量了。

"那为什么有的男人花心，有的男人专一呢？

动物会分泌一种叫做'垂体后叶素'的激素，科学家曾对小白鼠进行了实验，用人工方法对其'垂体后叶素'的感受器进行干扰，发现小白鼠出现了'花心'的迹象；而感受器正常工作的小白鼠则对配偶很疼爱，家庭观念强，不仅照顾家庭，还帮忙抚养后代。人类也如此，如果人类的'垂体后叶素'的感受器正常，则这样的男人相对'靠谱'，不会乱来；而一旦'垂体后叶素'的感受器出现故障，这样的男人则会表现得十分'花心'，没有办法将爱固定到特定对象身上。" Alex 说。

"这么说来，金庸笔下的韦小宝一定就是垂体后叶素的感受器出现故障的人喽。"我问道："那是不是比较帅的男生都会比较花心呢？"

Alex 接着说道："总是有女人会根据男人的长相判断他是否花心，觉得男人长得帅，就一定会花心。其实，从原则上讲，帅的男人不一定就花心。"

陈燃说："是呀，看看金城武、吴彦祖、梁朝伟、周渝民、周润发、刘德华这些超级大帅哥，并没有怎么花心呀，花心的反倒是曾志伟、成龙大叔等人吧。"

Alex 说道："可见，决定男人是否花心的关键在于其'垂体后叶素'感受器的运作是否正常。"

王晴说道："有人说，智商高的人一般对伴侣忠诚，这恐怕也是有一定道理的。因为智商高的人，整个大脑的发育比较完善，这样其'垂体后叶素'感受器运作正常的概率也就高；而智商低的人，其大脑发育没有那么完善，其'垂体后叶素'感受器运作出现问题的概率也就比较高。"

"是呀，" Alex 说道，"帅哥的问题并不在于其'垂体后叶素'的感应器，

133

而在于天生帅气的他在成长过程中获得的莫名其妙的自信和优越感。帅哥还有一个问题，就是在选定其终身伴侣前，因为自己本身条件优越，可选范围比较广，因此往往不会轻易就动心，会在若干女人之间徘徊，圈选最终的合适人选。再有就是，帅哥们就算结了婚，其身边仍不可避免的有'蜜蜂'围绕。请选择帅哥的姑娘们认真考虑下自己能不能镇得住这些'小蜜蜂'。"

"Alex，话说也有不招惹'小蜜蜂'的帅哥。对吗？"小七问道。

"哈哈，这个当然。"Alex说道，"小概率的人才，需要运气或者是耐心的等候与寻找。此外，别忘记第二个要点，不管是帅哥还是普通男人，女人都要记住，尽量杜绝男人一切出轨的机会。尽可能别放他自己出去游荡，比如放出国或让闺蜜主动追求，钓鱼执法什么的就更要不得。"

听到这里，小七知道在说她，撇了撇嘴巴。"哦，对了，苗小小，"提到钓鱼执法，小七突然想起了什么，"你们都知道她吧，她经常跟我说，就算老公有了婚外遇，只要不和她离婚，她都可以睁一只眼闭一只眼。我说，好家伙，就算您大小姐真这样想，也真不能这么说。到时候真有了，就有的后悔喽。这就是典型的退路没断干净，对不？"小七这会儿突然变灵光了。

"是呀，是呀，创造各种让男人出轨的可能，容忍男人出轨，都是典型的没断干净退路。"Alex说，"让男人，日日面临各种各样的诱惑和考验，就好比让一个蹒跚学步的孩子，每日走在悬崖边上，这是何其残忍和愚蠢。我们知道，即使他不掉下悬崖，每日在这悬崖边上，也会感受冲击和压力，而总有女孩子美其名曰：'这是对爱情的考验。'拜托，爱情不是用来考验的，对待爱情应该像对待易碎的水晶，盛放在漂亮的丝绒盒子里，小心翼翼地呵护，而不是每日拿它出来经历风吹雨淋、烈日曝晒的。中国不是有句老话叫'慢藏海盗'吗？如果你没有收藏好自己的财物，那就是在引诱别人来偷盗。若因此而丢失财物，你自己也是有责任的。没看管好自己的爱情，用别的女人来测试自己的爱情，没断干净退路，不正如那'慢藏海盗'之人吗？"

"是呀，有人说，两个男人争一个女人，用情深的进，用情浅的退；两个女人争一个男人，用情深的退，用情浅的进。其实，女人，你也许并不知晓，他也希望他的人生，未来有你相伴。你只当全身而退是对另外一对的成全，却不知道，谁的爱情没有风吹雨打呢。所以，女人，请揭竿而起，打退小三，不然，男人会用男人的逻辑，以为你并不够爱他。总之，女人就应该不给男人留'退路'，这是在呵护爱情啊。"巧锦听到这里，有感而发道。

"等等等等，巧锦姐，你本科专业是学逻辑学的吧。你的逻辑无敌啦，等等等等，让我再顺顺。你是说，男人认为，如果深爱一个人，那么他一定会奋力争取；没奋力争取，意味着他还不够爱。所以，男人推断，如果一个女人不懂得保卫她的爱情，势必是因为她爱得不够彻底。是这样吗？"王晴追问道。

"是这个意思。很多时候，男女大不同哦。"巧锦补充道。

"那是不是说，为了断其退路，应该对男人进行全方位的监控呢？"小七问道。

夏小米此时，也加入了讨论："替自己的爱站岗放哨，这是有担当的表现，但绝对不是说要动不动就去查男人的手机短信，把男人当囚徒一样困住。当你无法提供给男人舒适感时，你的筹码就又减少了。不是吗？"

"不去查手机，不去查短信，但很多时候女人会没有安全感，不是吗？我们不是在讨论，如何断掉男人的退路吗？不去查手机，不去查短信，那我们到底要怎么做呢？"小七问道。

"好吧，"Alex 重重地垂下了头，它显然被小七打败了，"我再重复一遍刚才讲过的内容：一是找个垂体后叶素感应器运作正常的男人；二是别总是去搞什么钓鱼执法，别主动给男友外遇创造机会……"

"哦，对了，我听人说，女人千万别在自己老公或男友面前经常提起自己的闺蜜——不管是好话还是坏话，都不要讲。因为，当一个女人的名字反复被提起时，男人会开始对这个女人产生好奇，甚至是幻想。"陈燃说，"Alex，是这样吗？"

"的确如此。这都属于主动给男友的外遇创造机会的行为。当然，断其退路，还有最重要的第三个要素，那就是让你成为他的唯一。

在私企或者是外企混到高管位置的人，恐怕都有如何防止被开除的心得。那就是成为这个公司不可替代的那个唯一。其实在恋爱关系中，恋爱关系是否稳定，很大程度上也取决于你在这段关系中的不可替代性。如果，你是他不可替代的那个唯一，他在这个世界上，只能选你，毫无退路，那么你已经胜算在握。

在职场中如何成为唯一呢？首先要成为职场中的稀缺资源。比如在一家公司，如果一个岗位需要一个懂法律，同时也懂会计，还懂西班牙语的人，如果你同时拥有律师证和会计师证，还会西班牙语，那么你就是这个公司的稀缺资源，被开除的可能性就会大大降低。同理，在情侣关系中，如果他喜欢的是长头发、大眼睛的女生，那么你被替换掉的可能性就比较大，因为这个类型的女孩子比较多。但如果你是一个有点小脾气，小魔女类型的女生，会打魔兽，能陪男朋友一起去野营历险，喜欢高空攀岩，那么恭喜你，在你成长的前二三十个年头里，你没有按照大众审美长成了一个路人甲，而是按照自己的内心驱使，长成了一个独一无二的你。当这个独一无二的你遇见了喜欢你的人，你被替换掉的可能性就大大降低了。"Alex 这段话，显然是在给小七打气，我分明看见小七脸上闪烁着兴奋的光彩。

说完，Alex 转头面向了我们："这也就提醒了我们，和男朋友初次交往时，别一个劲儿地按照大众审美装淑女，你是什么样的，尽量展现出来就好。

这样，你遇到把你当成唯一的他的几率才会提升。但是，当你成为了他的女朋友后，也别忘记了你当初吸引他的那些特质是什么，这样你才能永远成为他的唯一哦。

总有女孩子会问男朋友：如果我变丑了，你还会不会爱我；如果我变穷了，你还会不会爱我；如果我变胖了，你还会不会爱我；……总之，女孩的逻辑就是不管我变成什么样了，你也得一样爱我。但事实上，你必须是那个独一无二的你，如果他爱上你的一切理由都消失了，你已不再是你，你说你男朋友还会不会继续爱你？

很多时候，有些男生遇见了自己最钟情的那个女生后，会丧失所有免疫力。还记得启东和小晨吗？小晨因为其性格及外在条件的辨识度低，很容易会被其他类似的姑娘所代替。但后来，启东遇见了一个同样挺平凡的女孩子，这次却陷入爱河，启东说，她身上有一种特殊的像奶香一样的味道，闻到了会觉得特别的安心。所以呀，这个唯一性，有时候还真的很难讲哦。

唯一，不是足够优秀，而是不可替代，在他眼中不可替代。

不可替代不是让他每日承诺你是他的唯一，而是做唯一的你，然后去找适合这唯一的你的那个他。（好绕）

成为唯一的稀缺资源后，别忘记，两人要共同成长，共同进步。"

"那如果，他不肯与你共同进步呢？"我问道。

"当然，大前提是找个肯进步的男友。或者……如果你们愿意一同原地踏步也不错呀。"Alex 说道。

"天呀，肯一同原地踏步的情侣们呀，我们还是预祝他们好运吧。"巧锦摊开手无奈地说道。

"除此之外，记得让彼此的感情，在彼此的心中扎根，长成一株参天大树，任谁也拔不走，也拔不动。当然，这个都靠个人修行。琼瑶阿姨讲了很多，这里就不赘述了。"Alex 说道。

"最后一条成为唯一的方法，记得把你和他用共同的利益捆绑在一起。在一家公司中，如果你是公司的大股东，那我知道，你一般也不会被轻易开除掉。在爱情关系中，同理，如果你们之间除了爱情外，还有更多的捆绑利益，那么，你被替换掉的可能性也会大大降低。利益捆绑最有效的方法便是用你的梦想捆绑住他的梦想。相爱时要静静想一想，你的梦想里是否有他，他的梦想里是否有你？共同的梦想是爱情和婚姻的保鲜剂。"

"我呀，我认识一对夫妇，"夏小米说道，"他们认识 27 年，恋爱 11 年，结婚 8 年，自助旅行 10 年，23 个国家，十几万张照片，几十万文字。从大学生到小编辑，再到摄影师，唯有梦想始终绽放着微小的光芒。爱情迟早会褪去激情，而他们却始终牵手旅行。"

"如果真嵌不进他的梦想，那就一起要个宝宝吧，至少也有些共同的期

图 10.1

待，不然人生那么长，爱情那么短，你凭什么要天长地久。"听到这里，巧锦也加入了讨论，"又或者，像我的一个朋友一样，学会用经济利益捆绑住老公，这也是个办法。我那个朋友，23 岁，是个大美女，长得像刘晓庆，不对，应该说长得像刘晓庆年轻的时候，反正很符合那个年代男人的审美要求。朋友毕业时认识了一位公司老总，40 多岁，是做五金生意的，生意做得非常大，每次请她吃饭，动辄二三万元。结果，两人接触了一段时间，我那朋友发现，这位老总，其实是有老婆孩子的，他说他没办法离婚，提议带着我朋友去国外注册结婚。好在我那个朋友还算清醒，没答应，分手了。因为老总和老婆识于微时，所有财产都是他们共同攒下的，而且公司的大小事务，老婆也多有打点。在家族企业中，不管老婆的亲戚，还是自己的亲戚，都是在一起共事的。如果他要离婚，全部身家就要分一半给老婆了，那么，公司马上就会面临各种困境，真是牵一发而动全身呀。你说他会不会分手？绝对不会。能用感情拴住老公当然好，不过能同时用感情和利益拴住老公，也不错。这个，你懂的。"

第十章 断其退路

"是呀，" Alex 说道，"其实，所谓的利益捆绑，简单讲，就是他和你在一起，他有好处；他和你分开，他有损失，有切肤之痛。你说，如果你们非常相爱，他和你在一起还能获得额外的好处，难道他不应该开心吗？难道他还会责怪你工于心计吗？

"有道理，有道理，不过，我怎么听那个五金老总，那么像周先生呀？"小七突然惊醒道。

"天呀，不会吧，我说的那个老总，也姓周，叫周天铭。"巧锦回答道。

"天呀！"

这回轮到小七说"天呀"啦。

只见小七用双手捂住了自己的脸，等她抬起头，脸色都变了。

"我这就打电话给周天铭！"小七愤愤地说道。

9. 本章复习

（1）记住，除去"对你好"筹码，单纯地去思考两者是否匹配。

（2）两女争一男，更有安全感的胜。

（3）男人无法提供乳汁，只能提供物质。进化论使得男女之间承担了不同的社会分工。女人负责生育子女，男人负责提供物质。

（4）为未来家庭选择一个较强的物质保障，这是身为女人的责任。

（5）其实，很多时候，不加筛选地受经验主义的影响，是我们常犯的毛病。

（6）男人就应该努力赚钱，努力提升自己的内涵，努力去找漂亮的女生；同理，女人就应该努力培养自己的气质仪态，让自己变更漂亮，同时提升自己的内涵，努力去找有钱的优质男。

（7）让自己拥有一颗富足感恩之心吧，你会觉得，你和有钱人并没有本质的不同。你讨厌的只是坏人，或者是坏的有钱人。对吧。

（8）从来不反对女性通过婚姻改变自己的命运。更确切地说，我认为美好的婚姻可以将女性引向更加美好的未来。但改变命运不应是婚姻的全部。在此之前，我们更要考虑，从感性的角度来讲，这份婚姻是否美好。

（9）嫁个有钱人的四步：一是继续交往，感受；二是证明你与其筹码相当；三是容忍他的一两项别人无法容忍的缺点；四是投入你的感情。

（10）最开始，我们以为爱的是对方身上那些闪闪亮亮的优点，那些看起来美丽炫目的才华，那些听起来如传说般神奇无敌的履历……直到后来，我们才知道，一同走过了这条漫长的"耀眼成就展"走廊后，最终抵达的目的地却是"看尽对方所有缺点后，最彻底的体谅"。只觉得彼此是两个孤独且可怜的灵魂，依靠着"心手相牵"彼此取暖。这时方才领悟："苍茫人生，我愿与其终老。"

（11）真正的大智慧，是创造而非抢夺，是共赢而非个人利益的最大化。

（12）类似钓鱼执法的钓鱼式考验，很多人都禁受不起。每个人的人性中都有恶的部分，在日常生活中都压抑得很好，但在特殊的诱惑之下，人内心的犯罪欲望会被激发出来。

（13）用欺骗的方式永远无法获取真正的真实。

（14）因为从族群繁衍的角度来讲，男性更注重配偶的数量，因为只有拥有更多的配偶，才能繁衍出更多的后代，这使得男性在选择配偶时，有重量不重质的倾向。而女性则因为十月怀胎的艰巨使命，加之要负责抚养后代，因此表现得更加重质不重量。

（15）爱情不是用来考验的，对待爱情应该像对待易碎的水晶，盛放在漂亮的丝绒盒子里，小心翼翼地呵护，而不是每日拿它出来经历风吹雨淋、烈日曝晒的。中国不是有句老话叫"慢藏诲盗"吗？如果你没有收藏好自己的财物，那就是在引诱别人来偷盗。若因此而丢失财物，你自己也是有责任的。没看管好自己的爱情，用别的女人来测试自己的爱情，没断干净退路，不正如那"慢藏诲盗"之人吗？

（16）两个男人争一个女人，用情深的进，用情浅的退。

（17）男人认为，如果深爱一个人，那么他一定会奋力争取；没奋力争取，意味着他还不够爱。所以，男人推断，如果一个女人不懂得保卫她的爱情，势必是因为她爱得不够彻底。

（18）利益捆绑最有效的便是用你的梦想捆绑住他的梦想，相爱时要静静想一想，你的梦想里是否有他，他的梦想里是否有你？共同的梦想是爱情和婚姻的保鲜剂。

（19）所谓的利益捆绑简单讲就是：他和你在一起，他有好处；他和你分开，他有损失，有切肤之痛。

10. 超级练习册

（1）如何辨别花心男

①一上来就让你感觉非常对胃口的男人，很多是有着丰富恋爱经验、深知女人需要什么的男人。这样的男人反倒要警惕。

②进一步交往时，可以尽量通过各种途径了解其恋爱经历，一般之前就有花心史的男人，想换得他的"浪子回头"，还是比较难的。

③咸猪手的男人，一定不能选。

④有人说老实木讷的男生也会花心，而且花心起来势不可挡。拜托，一直不花心的男人，以后花心的概率也不大。如果真的移情别恋，对不起，那叫"真爱"，好不好？

⑤责任心重、家庭观念比较强的男人比较少花心。

（2）回忆断其退路的四种方法
①选一个靠谱一点的男生。
②杜绝钓鱼执法。
③让自己成为对方的唯一。
④学会利益捆绑。

第十一章
恋爱要趁早

【上集提示】

　　夏小米和小七都在为要不要嫁个有钱人而纠结。Alex 干脆抛出了嫁给有钱人的四个步骤，要夏小米和小七自己决定要不要继续。巧不巧，咖啡店老板巧锦也认识小七的相亲对象——周先生。

【本章概述】

　　在本章中，我们会大体梳理一下 A112 寝室四个姑娘的恋爱进程，并开启新的故事。

1. 真相女帝

　　巧锦说，她是当之无愧的真相帝。

　　好吧，真相女帝。

　　继上次成功揭秘方小圆和陆家明的爱情纠葛的原因后，巧锦再次成功地拆散了小七和周先生这对"怨偶"。果不其然，周先生和巧锦口中的五金老总就是同一个人，他果然有妻子和孩子……

【小七】

　　周先生这事儿，让小七再次备受打击。

　　紧接着，小七妈妈又给小七介绍了一位标准商务男——用商务手机、开商务车、坐商务舱、吃商务套餐、穿商务装的标准商务男。这位商务男大小七 8 岁，家境殷实，人又努力，两人相处了一段时间，便把结婚纳入到了日程规划中。商务男表示希望在一年内结婚，170 多平方米的婚房写两个人的名字。商务男什么都好，只是平时有点忙。我们看来，商务男实在是一个合适的结婚对象。

　　但小七跟我们说，她觉得和商务男之间貌似直接进入亲情阶段了，没有爱的感觉。

　　好吧，没有爱的感觉。

　　我们败了。

【陈燃】

陈燃和丁小果，最近倒是一直很恩爱。

除了一次一同外出旅行，陈燃主动给迷路的丁小果问了回来的路，结果惹来丁小果一肚子不高兴。

Alex 告诉我们，当男人迷路时，千万要忍住，千万别帮他们问路，老老实实坐在副驾驶的位置上，咬紧自己的嘴唇，如有必要咬出血来，也绝对不能帮他们问路。

因为男人需要的是尊重和信任。

【王晴】

王晴成功地与 W 约会了。不过，让她难过的是，在心理学导论课上，W 坐第一排，不是因为他好学，是因为他的眼睛近视——为了不破坏自己的帅哥形象，所以从来不戴眼镜，这才坐了第一排。

【小艾】

至于我嘛，我在实习单位受了一肚子憋屈气，跑去事务所的档案室痛哭，惊扰了蹲在角落查资料的杜老师。机缘巧合下，我和他成为了推心置腹的好友。

2. 四月，拒绝爱的愚人

二月，失恋情人节；三月，纠结表白日；四月，拒绝爱的愚人。

是的。

我就是那个拒绝爱的愚人。

一晃，日子便来到了四月里。

愚人节这天，大家再次相约 Sirens Coffee。

"小艾，听说，最近你和杜老师走得很近嘛。"

"哎，Alex，你什么时候变得这么八卦了起来。"我低头说道，"我们只是好朋友啦，我还不想这么早就开始新的恋情。"

我知道，说到底，我还是没有办法彻底忘掉萧健，我希望等到心伤痊愈后，再开始新的恋情。

"哎，小艾，我只想说，女孩子呀，恋爱可要趁早。"巧锦语重心长地说道。

"啊？"我一脸迷惑。

"好吧，这是孟倩寄存在我这里的故事。"巧锦说着，拿出了一个气泡故事，用鸟嘴状的长针刺破，一个故事跑了出来。

"她也是我们这里的一个顾客。"巧锦解释道，"她说这个故事要送给有缘人。"

孟倩，22 岁，大学三年级，国内某大学校花。

孟倩在18岁之前从来没觉得自己很漂亮，除了个子高。她和所有同龄女孩子站在一起，时常会被自己的大高个儿弄得尴尬无比，这也让她拥有了从不轻易张扬的好性格。孟倩的父母都是大学教授，从小对她的管教就严格，再加上学习努力，成绩在高中时候就一直名列前茅。可惜高考失误，没能进入清华、北大级别的名校，但也进了一所小有名气的财经类大学。

孟倩说，上天对她的眷顾已经很多了，哪能事事如意。她放弃了复读，欣然进了这所学校。和很多高考失误、一心想通过读研重回心仪学校的学生不同，孟倩决定好好经营自己的人生。在学好本科金融课程的同时，她还选报了双学位的法律课程。当然，还有一门新课程——让自己变漂亮。人们常常说，干得好不如嫁得好。但孟倩说，不仅干得好，也要嫁得好，当然还要长得好。先天的诗书气质加上后天的塑形美体，孟倩出落得越发楚楚动人。

孟倩的好友们各个前赴后继地在不同的男人课堂，通过恋爱分手，再恋爱再分手，血淋淋而又充满伤痛地学习相爱这门课程。而孟倩则显得冷静许多，只有一个姑且可以称之为男朋友的男性好友。孟妈妈就是最好的恋爱军师。恋爱不咸不淡谈了两年整，临近毕业，眼看在一起没有结果，平静分手。恋爱中，孟倩只不过丢掉了自己的初吻，毫发无损。大三那年，孟倩破天荒开始相亲。孟妈妈说，恋爱要在合适的那群人里选一个看对眼的谈。恋爱的步骤是先看是否合适，再投入感情。如果先投入感情，后来发现不合适，实在太伤筋动骨。

在升入大四前，孟倩已经找到了她的 MR RIGHT。他大她8岁，绅士优雅，家境殷实，和孟倩也情投意合，实在是让人艳美的一对儿。孟倩说了，毕业就工作，回头等家庭稳定了再回头读个在职的研究生。

孟倩还偷偷告诉了我一个小秘密。她的 MR RIGHT 的择偶条件里有一条，女方年龄不能超过23岁，恋爱经历不能太复杂。孟倩就这样优雅地战胜了那些还在爱与不爱之间苦苦挣扎的怨女们，开启了自己的美好人生。

"故事听完了，姑娘们，你们一定是羡慕、嫉妒、恨了吧。"巧锦说道。

"但孟倩的恋爱太顺利，也许婚姻不一定一片坦途。"我说道。

"恋爱经验，分直接经验和间接经验两种。恋爱经验不一定要通过亲身体验才可获得，通过专门的恋爱课程，也能够得到提升。我要说的是，那群在恋爱中还懵懂的、不懂恋爱规则的人，婚后才会有更多危机。懂恋爱的人，婚姻也会顺利不少；不懂恋爱的人，婚姻也充满坎坷。"巧锦说。

"是呀，所以我们要认真学习恋爱课程哦。"小七说着拿出了她的那套打印文稿，"Alex，你看，筹码理论，断其退路……Alex，你看呀，我学得最认真。连直接经验，我都算是最丰富的了。"

"是呀，恋爱课程要尽早学习，不然等年纪大了，纵使参悟得再透，也不

免有些知道得太晚了的遗憾。女孩们，抓紧啦！"

"女孩们，15 岁就可以暗恋了，等你长大就会明白，所谓暗恋，其实是一些美好的小情绪。20 岁就可以恋爱了，不然就晚啦。22 岁就可以以婚姻为目的择偶，因为已经超过法定结婚年龄两年啦。"Alex 补充道。

"但是，学归学，为什么我们要尽早开始恋爱呢？"我问道，"只学习下间接经验不就可以了吗？"

"孩子，年轻时我们并不知道，我们手中有一个重要的筹码，等我们失去了，才会幡然悔悟。所以，过来人都会告诉我们：恋爱，要趁早。"Alex 说道。

"哪个重要的筹码？"小七问。

"青春呀。"Alex 说道。

"我知道，因为青春是一小段生命，是最最重要的筹码。对吗？"小七说道。

"是的。虽然很多女人认为，即便是 30 岁之后再结婚也没有什么不可，但残酷的事实告诉我们，男人是如此看重女人的年龄。某知名相亲网站的统计数据称：70.8% 的女性认为有房才结婚；而 92.2% 的男性则认为女性应该在 27 岁前结婚。而且，女性的黄金择偶期为 20～25 岁，男性则为 20～40 岁。显然，女生能够真正用来谈恋爱的时间并不多。而且，一旦谈上两场失败的恋爱，那么剩下的时间就越发少了。其实，我更鼓励女孩子多去和异性正常交往，而不一定是以恋爱或婚姻为目的——男女间正常的社交活动，应该值得鼓励和提倡。"Alex 说道，"所以，当我听到我的女学生们满腔豪情地说，要去国外留学，拿下硕士或博士学位的时候，我就满头大汗。女孩和男孩的恋爱黄金期不同，对人生的整体规划也不应该完全同步。高学位当然也可以拿，但在这之前，请先抽空学习一下恋爱这门功课。这十万火急。"

【名人榜样·孙芸芸】

她的祖父是太平洋电线电缆集团的创始人孙法民，父亲是台湾富商孙道存，母亲何念慈则是元大证券副董事长。她 8 岁得到了人生第一颗钻石，12 岁拥有了第一只 CHANEL 包包，13 岁开始看时尚杂志、开始一个人过马路。也是在那一年的圣诞 PARTY 上，孙芸芸遇到了自己的真命天子廖镇汉。她 15 岁时向对方表白，21 岁结婚，22 岁当上了母亲。现在刚步入 30 岁的她，被誉为台湾第一名媛，与丈夫一起打理夫家的事业，一对女儿对她来说是最珍爱的。

【名人榜样·徐子淇】

她硕士学位，24 岁嫁给了恒基兆业李兆基的次子李家诚。她出身小康之家，徐父任职中电高层，徐母开设清洁用品公司，恒基旗下的美丽华酒店便是其大客户。她 13 岁进军模特界，徐妈妈便对女儿采取"盯人政策"，不让闲

杂人等靠近她，使她几乎与绯闻绝缘。

24 岁的徐子淇与 35 岁的李家诚的恋情，其实在 10 多年前已埋下伏线。徐子淇的父亲是会计师，在中华电力担任要职，而徐、李两家属于世交，不时聚会。1995 年，当时只有 13 岁的徐子淇，已令李家诚有触电的感觉，碍于子淇年纪尚轻，才放弃追求的念头。

李家诚即使有跟其他异性交往，但徐子淇又纯又美的印象仍一直留在他心里挥之不去，直到徐子淇与洪天明分手，前往英国读书后，这段爱火才正式燃烧。由于李家看着徐子淇长大，对徐子淇有很好的印象，所以两人拍拖得到了双方家长的认同及支持。两人于 2006 年举行了世纪婚礼，如今已育有两女一子。

3. 特洛伊战争的大后方

"是呀，Alex，我明白，但恋爱这样的事，不能强求的。不是说'你不要找，你要等'吗？"我问道。

"那是 90 岁的冰心说给 34 岁的铁凝的话，好不好？"王晴说道，"而且铁凝是 50 岁才结婚的好不好？"

"哎，看来，所谓的名人名言，也得考证后才能拿来用。"陈燃说道。

"好吧。就算要早点开始恋爱，但也得身边有合适的人才行呀？"我又一想，"可为什么身边总没有合适的人出现呢？"

"因为男人都忙着去争夺海伦去了，你在特洛伊战争的大后方，当然身边没有合适的人啦。"王晴说道。

"是呀，小艾。这个世界上的绝大多数男人都会扎堆去追求美女，于是，剩下没被扎堆追求的女孩子，身边可供选择的男生便不再是一对一的平衡关系了。再说，你在抱怨身边没有合适人选的时候，拜托也要照照镜子。"巧锦说完，把我推到了咖啡店的一面大镜子前，镜子中的我，穿着牛仔裤，蓝色格子衬衫，粉红色的框架眼镜。

我歪着头想了想，说道："可大多数大学生都是这个打扮呀？这有什么不妥？"

"不仅仅是打扮，还有你的气质。看看你的气质，你的脸上分明写着硕大的几个字：不喜搭讪，不喜打扮。我问你，如果 100 米开外，有搭讪气息的男人出现，你是不是恨不得用内功把他震个七丈远？所以，你这种女人，身边怎么会有合适的男人出现呢？"巧锦说道。

"可是，大家都这样呀。"我向来对批评意见的接纳性都比较差。

"大家怎样，你就怎样呀？你又不是克隆人！"陈燃挤对了我一句，我没回话，心想，她说得倒也在理。

4. 文艺女青年的白日梦

"是呀，大家都一样呀。我年轻时，也一样。我们在情窦初开的那个年纪里，谁没做过一些类似的白日梦呢？梦的内容大抵是：虽然自己像简·爱一样，容貌平凡到让人忽略，平日里也低调到很难引起别人的注意，但总会有慧眼识英才的王子看见自己，爱上自己，永远守护自己。对吗？有点文艺腔的女孩们，更是人手捧着一本琼瑶或是亦舒，要不然就是《红楼梦》，为别人的故事伤筋动骨、感天动地。"巧锦说道，"这些白日梦的重点无外乎：（1）我是平凡的，平凡是美，最好平凡到让人看不到。（2）白马王子会注意到我，这是命运。（3）我要为我的白马王子发现我制造障碍，因为这是爱的考验。继续引申开来，白日梦的重点还包括：我穷，我不漂亮，我懒惰，我脾气坏，我有很多臭毛病，但我的白马王子就是只爱我一个。当然，如今又有无数韩剧反复重申类似的论调。白马王子多爱脾气坏的穷姑娘，漂亮富有的女二号大多内心狠毒，最终会惨遭抛弃。

而现实又是怎样的光景呢？

我所念的大学，所在的系有300多学生。大部分在大学三年级前谈成恋爱的男女，都是能让人一眼注意到的帅哥、美女。即使不美不帅，也气质出众，夺人眼球。此外，无一例外都是家庭状况优越的富家子弟，至少买得起耐克，穿得起阿迪。

而所谓的平凡简·爱们，大多窝在八人寝室，躺在被窝里，一边看着'小言情'，一边咒骂命运不肯眷顾，一边八卦有男友的富家女的种种劣行。直到大四，有些有着现实感的普通男女才怀着功利主义的心态，找一个和自己一样平凡的人，好赶在进入复杂社会前，谈段相对纯情的恋爱。而梦做得久的文艺女，可能到了临近30岁，还没搞清楚梦境与现实之间的巨大差异。

'夺目'会比'平凡'更受瞩目。更受男生注意的女生，往往可以获得更多的选择机会，有更大的概率挑选到合适的伴侣。"

"是呀，还记得那个嫁给威廉的凯特王妃吗？"王晴补充道，"她刚进入高中校园时，全班同学都只给她打了2分，同学们评价她瘦弱笨拙，沉默寡言，经常把自己锁在房间里学习，几乎无人与她交际。但在高中即将毕业的时候，凯特却在妈妈的帮助下，发生了翻天覆地的变化。她把自己那头栗子色的浓密秀发打理得漂漂亮亮，并且开始化妆——虽然只是淡妆。一个暑假回来，男孩们突然发现，凯特变成了一个无可争辩的十星满分的美女，因此吸引了一大堆男生的注意力，从此身边追求者不断……张爱玲说得更透彻，她说：'没有一个女子是因为她的灵魂美丽而被爱的。'"

就在此时，咖啡店里响起了一首老歌——"Close to me"，我突然变得无限伤感。

我知道，这样的伤感，源于我对自己过去抱有的爱情观的彻底反讽。回顾我和萧健的过往，我时常以为，只要用力真心去爱就好，简单去爱就好，顺其自然去爱就好。如今，我终于明白，的确是要用力真心去爱，也要简简单单去爱，顺其自然去爱。只是，要采用一种全新的方式。

在镜子中，我看见了全新的我，眸子中闪动着异样的光彩。也许，这就是旁人口中所说的"成长"。

"是呀，年近 38 岁的李嘉欣，还不是嫁得风光。"对这种八卦新闻，小七最在行，"她的身边总是不乏追求者。和她拍拖、传绯闻的富豪，全都是香港数一数二的，什么刘銮雄、庞维仁啊……她完全可以成为香港富豪的坐标。虽然那么多女人一直咒骂她情史丰富，可就在她'已届高龄'时，还是照样光鲜亮丽的嫁入许晋亨家的豪门。为什么？还不就是因为李美女身边总是有富豪环绕，随便伸伸小手就能招徕一个。"

"是呀，"巧锦接着说道，"每个单身男女，都是一个不完整的半圆。半圆的一边有突起、有凹陷。合适的男女，圆上的突起和凹陷正好可以切合在一起，形成一个完整的圆。每个人都在努力寻找与自己合适的那半个圆。很多人笃信，自己命运中有一个独一无二的半圆，只属于自己。而自己内在的巨大磁场，早晚有一天会把这半圆吸引到自己身边。但事实上，放眼世界，与你相契合的半圆绝对不只有一个。只是在一夫一妻制度下，合适的最终伴侣只有一个。

明白了吗？从理论上讲，我们的 MR RINGHT，绝对不是只有一个，而是至少有一群。而我们需要做的不是苦等那唯一的一个半圆，而是运用自己的小雷达，搜寻所有貌似与自己合适的那个半圆，并逐步排查清楚，最终确定唯一的那个终身伴侣。

SO，好吧，文艺女们，现在就请你放弃自己的白日梦，从梦境走到现实中吧。我们需要明白，无论是'45 度角仰望天空'，还是'脖子上有颗痣'，都没办法从根本上帮助你找到合适的伴侣。漂亮才是王道！"

"是呀，看来我们得赶快从寝室的床上爬起来，整理一下包租婆卷发，敷个面膜，再捧本《货币战争》，努力地内外兼修一下。对吧？"王晴说道。

5. 第二道雕花大门

"是的，特别是你，小艾。你看陈燃、小七、王晴，各个比你神采奕奕。难道你还没从失恋中走出来吗？算算也有两个多月了。"Alex 说道，"看来，我得把你送进 TINA 那里了。"

"TINA？"

"这盘带子，你帮我带给她。"说着 Alex 引领大家再次来到了平行空间的入口。

这次又是去哪里呢？望着黑洞洞的大门，我心里一片茫然。

十秒钟后，Alex 直接让我出现在了上海浦东高架桥上。

是的，你没听错。

浦东高架桥。

这一次，我直接出现在了狂风乱舞的浦东高架桥上，独自凌乱。

"Alex，你难道不知道，高架桥是不可以上人的？……"

可还没等我回过神来，身边呼啸着跑过了一位新娘。

是的。

新娘。

她差点没把我给撞飞，紧接着……什么？还有一位？

我只得慌忙躲避，可，什么什么什么？那么多新娘，哪里来那么多新娘？？

"小艾，快跟上，跟上她们。"Alex 的声音再次传来，"不然你会找不到路的。"

"小艾加油！小艾加油！"同寝那几个女生的声音一并从天外传来。这可真让人欲哭无泪，我只得追在这一大群画着新娘妆、穿着高跟鞋、拎着白婚纱的女人的屁股后面，在塞车塞成停车场的浦东高架桥上悲催地狂奔。不，简直就是泪奔。

更让人悲催的是，这群衣着光鲜的新娘们，各个身材苗条均匀，各个高出我一头多。

而我，在她们白色旌旗一般飘扬着的裙摆扬起的尘埃中，像个伺候别人的小丫鬟一样，抱着我的那一大盒 BETA 带一路猛跑。

好吧，我还能怎么办？在随后追来的那几位手拎着硕大无比的服装箱的保安赶来压死我之前，我必须拼了小命往死里跑。

偏巧，电话又在这个时候不合时宜地响起。

"喂喂喂，你怎么还没有到呀？？"电话那头是一个陌生女人的声音，"BETA 带，BETA 带呀！！三分钟之内必须给我赶到秀场！"

打电话的这人正是我这次要去见的秀导 TINA。此时此刻，秀场那边也忙成了一锅粥。几分钟前，录制节目用的 BETA 带搅成了一团，彻底坏掉；婚纱秀的模特和服装全部塞在高速公路上；女主持人刚踏上舞台，就被舞台助理踩掉了曳地的抹胸礼服，走光露出了 NEW BRA……不过，放心，即使是再大的麻烦，TINA 也能一手搞定。她在一秒钟之内炒掉了小助理，然后电话通知模特们在车子里化好妆，直接跑到秀场，最后向 Alex 发出了求助信号……而我就是那个被派来的救火队小队长，即将上任的临时助理。

"TINA 姐。"一路跑到秀场的我显然有些上气不接下气。

"哦，什么？TINA，姐？"TINA 的声音瞬间拔高了八度，"什么？你管我叫姐？谁是你姐！你才是姐！你们全家都是姐！！"……

就在我不知应该如何接话的当口，一群模特们直接走到我身边，把换下来的衣服一件件堆在了我的身上，很快，我就被埋在了一堆衣服下面。从一大堆衣服的空隙中，我看见了后台经理正一脸同情地望着我。

好端端，我也不会显得太差不是，模特们怎么直接把我当做衣服架？我心里好不平衡。好在，挨了一个上午，秀终于走完了。我揉了揉站得生疼的小腿，甚至想打退堂鼓。

"小艾，来。"是 TINA。我这才抬头仔细端详了下她的样子。身材高瘦高瘦的，剪着不对称的波波头，薄薄的头发，一边遮住了快半张脸，平胸，黑色衣服，一副生人勿近的架势。

"现在十一点一刻，陪我去趟恒隆。"

好吧，这 TINA 说话怎么全是命令句。难怪秀场的姑娘们私下里都叫她司令——专司命令句。

恒隆？那可是上海最大的奢侈品购物广场，我一白眼，别说是我们这样的穷学生，就连小白领们都很少去光顾。还是大一时，我和王晴去上海旅游时路过一次，并在商场外面拍了张照片做纪念。现在让我陪 TINA 去恒隆？哎，我这可怜的小丫鬟呀，还不得像个佣人一样给她提包拎鞋。想到这，我头皮发麻，不由得央求道："可以不去吗？"

"不去？"TINA 说道，"不成。我得完成 Alex 交给我的任务。"

好吧，可是，如果早知道就换身稍稍漂亮点的衣服了。

"穿上这个。"说着，TINA 扔过一件单位的走秀服，"吊牌不能剪。"

嗯，衣服看起来真漂亮，我欢天喜地地换上新衣服，穿上高跟鞋。

"真是肥滋滋的。"TINA 斜眼瞅了下在镜子前搔首弄姿的我，接了句，"你屁股不要扭得那么欢乐。"

……

TINA 姐的修辞，永远那么……

人！神！共！愤！啊！

不过也奇怪，让 TINA 这么一说，反倒激起了我的斗志。我总不能在被损之后，灰溜溜地夹着尾巴逃走吧。不就是，不就是穿个高跟鞋逛恒隆吗？有什么了不起的！

恒隆离秀场不远，TINA 让公司的司机载了我们一程。从车子里出来，就望见了浦西最著名的这栋建筑。这不，还没进恒隆，一股铺面的气场就排山倒海地压了过来。想着自己口袋里装的 30 块散碎银子——还不知道在 3 号空间能不能用，我不自觉地就弓起了背，心里冷汗直流。

"哼，不就是有钱人逛的地方吗，有什么了不起。有钱人各个目中无人，有钱人各个自以为是。"看着出入恒隆的男男女女，我不由自言自语了起来。

"哎哟，"TINA 的阴阳怪腔又拉长了，"你对有钱人的意见还蛮大。提起

精神，看看自己，你不是鄙视有钱人吗？怎么可以这样卑躬屈膝、低三下四。记住，你在恒隆的状态就是你在'有钱人'面前的状态，也是你在'钱'面前的状态。你一没偷，二没抢，堂堂正正走进去呀。"

"我不是卑躬屈膝呀，我这叫不屑。"

"是呀，对呀，你不爱钱，钱不爱你。你不屑钱，钱不屑你。难怪。"

我差点忍不住要大爆发了，是呀是呀，我不爱钱，我更讨厌你！！不过，好吧，我还记得水晶球后面那三个女人这时正在兴致勃勃地看着我如何智斗TINA呢！得让观众们值回票价！

我就只当这是人生最艰巨的挑战之一吧。

"小艾，按照我说的做。请颔首，优雅地微笑，优雅地……，记住这种状态。放松背部，挺直腰部……"

于是，我微微颔首，带着微笑，一瘸一拐地踩着我的高跟鞋，扭进了恒隆的大门。

"敞敞亮亮地给我微笑起来，气沉丹田，挺起腰杆，屁股收紧，肩膀打开！"

我只得在心底默念："我，我就是小艾，我就是名媛！"

就在我咬牙切齿、自我激励时，屁股上突然被TINA狠狠地招了一下。我下意识地收紧了臀部。

"嗯，好多了。"

我回头看见TINA满意的微笑，还没等我回过神来，我突然发现我绑成发髻的头发被哗啦啦散开来，是TINA一把扯开了我的发带。

"这样才有女人味。记住走路像女王，说话像女王。心里默念：'快来服侍我，我的奴仆们。快快臣服于我的脚下吧，我的奴仆们。'"

"我不想当女王！"

"矫枉必须过正。想综合掉你身上那股子丫鬟气，你只能往女王练了。记住，如果迎面有人走过来，你要像女王一样行进，你的气场会让他们自动为你让出一条通道。你甚至会看见他们像遇见真正的女王一样微笑向你示意。"说完这话，TINA主动让到我身后。

让我奇怪的是，我踩在高跟鞋上，越走越顺了。而且历来对我很冷淡的店员们，今天各个都殷勤得不得了。不管是进入哪间店，导购小姐们都亲和有礼地替我开门，彬彬有礼地介绍当季的新款。我真的觉得自己像一个优雅的名媛了。

* * * * * *

逛完了恒隆，我和TINA就近找了家餐厅吃了午饭。

和TINA一上午的接触，不知为什么，我突然觉得她似乎没那么讨厌了。

"TIAN，你到底做了些什么，为什么我觉得自己在这一上午突然变得与众不同了起来。我站在扶梯上回头往下望，看见所有人的目光都聚集在我的身上，仿佛我的头顶上罩着一个巨大的闪闪发亮的大灯罩……"

"你关键的问题在于气场。"

"其实，我并不希望自己有太强的气场。我觉得这样会有些生人勿近的距离感。"

"其实这一切都来自于你对'气场'的误解。气场其实分四种：正面强气场、正面弱气场、负面强气场、负面弱气场。你所说的生人勿近的距离感就是负面的强气场。"

TINA 顿了顿，接着讲道："我们需要培养的是正面的强气场。因为正面的东西才能吸引更多正面的东西，强大的气场就是你对他人的影响力，是你吸引力的源泉，是你为自己的人生掌舵的内在力量，也是你掌控世界的能量。"

"那我原本的气场是哪一种呢？"

"负面弱气场。"

"为什么会是这样呢？"

"首先，你还没有从失恋中恢复你的自信；其次，你的所有问题都来自内心过度的谦虚。"

"过度谦虚是负面的呀？凡事皆有度。不卑不亢才是修炼的终极目标，过度谦虚的确是负能量。你给自己挂上一个'过度谦虚'的光环，也正是这负面的弱气场吸引了诸多的负能量。比如，你走路的时候会下意识的弓背、弯腰、低头，你是不希望其他人注意到你，希望自己是个隐形人。这样的弱气场会让人对你推推搡搡，走进商场也会有店员对你爱答不理、冷冷淡淡。再比如，你在秀场的后台，连模特们都在公然地欺负你。我让你来恒隆练习气场，其实就是要唤醒你内心深处自信的力量，形成正面的强气场。"

"哦，就和在瀑布底下练习北斗神拳是一个道理吧。但是，但是练习气场和谈恋爱又有什么关系呢？"

"负面弱气场会吸引负面能量。你自己轻视自己，自然也会受到别人的轻视，最终你会引来一个轻视你的男朋友。希望获得别人的尊重与善待，必须从尊重自我开始练习。21 天养成一个习惯，加上 90 天的巩固练习，你的自信、优雅的仪态就会养成，你看起来会更加夺目，也更受欢迎。"

"除此之外，你还需要一定程度的'自我催眠'。对着镜子练习，当然，你也可以多加上几个形容词，如最美的、最多人爱的、最有魅力的、人人都爱我、人人都喜欢我……"

"但我并不是这样的人呢。我从来不觉得自己是最美的、最多人爱的。"我的眼神渐渐暗淡了下来。

"我过去和你一样，很多女孩都如此。她们从来都不觉得自己最美，自己

会拥有很多人的爱。不过……"TINA 低头沉思了一下，"嗯……或者……你想不想听一个关于我的故事。"

看着 TINA 的眼睛，我诚恳地点了点头。

"你知道我最初的梦想是什么吗？"

我摇了摇头："你应该希望自己成为名模吧。"

"也许你并不知道，我最初的梦想是去做一个主持人。"TINA 换了个姿势，学主持人的样子端坐在桌子对面，"故事挺长，你得慢慢听。这事要从我很小的时候谈起。在我还在上幼儿园时，有一次，爷爷带我去医院看病，坐在走廊里等打针。我咿咿呀呀和爷爷说个不停，旁边走过的老大爷回头跟爷爷说，这小姑娘声音真好听。那家医院里有面巨大的落地镜子，我甚至开心地跑到镜子前，试着张开嘴巴大喊了几声。

其实，听到别人夸自己的声音好听，我还是很得意的。因为这个，我有了人前说话的自信，即使自己在骨子里是如此自卑的一个人。

因为声音'好听'，小学时，班里如果有演讲比赛或者是讲故事比赛，老师就一定会让我报名参加。我还依稀记得，有时会因为要参加比赛，不用去上课，在老师的办公室里练习背诵。再后来，上初中，被选做班级主题班会的主持人，最辉煌的时候，曾主持了全校的露天舞蹈比赛。当然，最让人得意的是，因为是主持人，所以不用在烈日炎炎之下参加舞蹈排练。

在人前讲话的过程中，我也在不断地同自己的恐惧作战。一直没有被恐惧打败的原因，恐怕就是来自于对自己声音的自信。直到初二时，参加艺术学院的专业课考试，第一次需要用麦克将自己的声音录进设备，第一次通过外放听到了自己的声音。很不幸，我发现，这声音并不好听，这让我沮丧不已。不出所料，我落榜了。那一天以后，我又尝试着独自一个人在录音间不断地去录音……

最后，我只能默默地坐在录音麦克前……

实际上，从专业的角度来讲，我的声音有着天生的缺陷——它太过单薄，没有共鸣，没有层次。"

"啊？"我下意识地捂住了嘴巴。

"就这样，我的主持人梦碎……不过，好在我的个子高，13 岁那年进了模特训练班，开始了我人生的新篇章。当年教我走猫步的老师总是表扬我，说我一旦到了人前，就会变得特别自信。其实我知道，这自信源自何处。"

"源自何处呢？"

"源自盲目的乐观与不切实际的自我肯定。"[1]

"是的。直到现在，仍会有新模特跑来问我，为什么可以站在台上不紧

---

[1] 详见本章超级练习册。

张。我突然想说，这其实要好好感谢我那'好听的声音'。'好听的声音'煽动了它的翅膀，给了我最初的动力，让我可以通过训练不断去克服心中的障碍。正是因为来自对自己声音的盲目乐观与肯定，我才变得越来越自信。即便到最后，你发现最初的乐观与肯定其实只是场误会时，自信也已经变成了一种改不掉的习惯。这实在是一场最最曼妙、绚丽的蝴蝶效应。

所以，多给自己一些正面的鼓励吧。比如多夸夸自己漂亮，多夸夸自己能干，多夸夸自己无比聪慧。即使事实和这些夸奖仍有差距，但谁知道呢，也许这些鼓励也能煽动它们的翅膀，带来意想不到的收获。Alex 告诉我，当人们得到社会的认可时，头脑中的血清素含量会提升，这让他们变得安全、勇敢、镇定、灵活，而且自信。而自我肯定、自我激励时，血清素也会同样提升。当认可无法从他人那里获得时，我们必须适时地主动给予自己认可，这会让我们变得更加自信。"

说到这里，TINA 望着我，露出了一个大大的微笑："当然，所有的训练都是表面的东西。除了形体训练和自我催眠外，你还得不断去探究让自己保持自信与强大正面气场的内在源泉。"

"那属于我自己的内在源泉又在哪里呢？"

"不急，我们今天的任务安排得很紧。这个问题，我想你还是留着回去问 Alex 比较合适。"TINA 说道，"你今天还有一个'叫板女明星'的任务，我得检验一下今天一整天的训练成果如何。"

话说，这个 TINA 果真很像我们小学时的训导主任——凡事锱铢必较，认真苛刻到常人难以理解的地步。我不就是来上节课吗？犯得着还出份试卷考我吗？

哎，我真是无语了。

"好了，剩下的时间不多了，我们必须赶紧去做个头发。下午 3 点我帮你约了上海最有名的化妆师 Kohn Pedersen Fox，你必须抓紧时间。"

* * * * * * *

Kohn Pedersen Fox 果然是一个有怪癖的化妆师。他最奇怪的地方在于，他的化妆室里没有镜子，一面都没有。TINA 说他是一个极其自负的化妆师，最受不了被化妆的人对他的妆容提出哪怕是一点点的意见。

好吧，看在他是国际知名化妆师的身份上，我还是忍忍吧。

就这样，我坐在了专门为我准备的化妆椅上，看着 Kohn Pedersen Fox 一件件展开他的化妆箱。

"小艾，你现在也不能闲着，你得听我跟你讲一遍你今天的任务。"TINA 姐手捧一本时尚杂志，坐到了我旁边的化妆椅上，"我们晚上会一起去参加一个慈善晚宴，走红毯的时候，你走我右边，走我左边的是大明星陈梦妮。按照

晚宴程序，在红毯一端等着我们的是来自法国的 CF 珠宝总裁陈李立。陈先生是法籍华侨，这次晚宴的主办人。他从来没有见过陈梦妮，也没有看过她演出的片子。我和他打了个赌，他会凭着自己的直觉判断站在我身边的哪位是大明星。"

我安静地坐在化妆椅上，心想 TINA 简直是在开一个天大的玩笑，但看到她斗志昂扬的状态，我又实在是不忍心扫她的兴。

"希望今天上午的气场训练和 Kohn Pedersen Fox 的妆容能够帮到你。"

我表示接受。

不然，我还能怎样。

妆画了快两个小时。我觉得我的屁股坐得生疼。

"现在离晚宴还有两个小时，我们必须在这段时间里学习一下如何获得惊人的魅力。"

"两个小时，这恐怕又是一个不可能完成的任务了。"

"放心，有我。你已经做得很不错了。多给自己点自信，别忘了上午我和你讲过的一切。"

"我是最美丽的、最有魅力的、最闪耀的……" 我默念道。

"闭上眼睛自己对自己说也成。让自己确信，你是最美的生灵，这颗行星因你而荣耀，然后让自己的举止行为与此吻合。像 10 分美女那样举手投足。"

"除了这个呢？"

"发挥出你女性的魅力。始终含笑，别带着那种贱贱的让人作呕的微笑，脖子从脖子窝里拔出来，双肩向后，胸部突出，神情愉悦，笑意盎然，信心十足。相比起去逛街的肢体语言，如果你想获得更多瞩目，你的肢体语言应该是更加柔软的、缓慢的、笑意盈盈的。同时记得，善用你的眼神。"

"眼神？"

"你知道更具魅力的眼神是什么样的吗？魅力的双眼，就是我们所说的电眼，是一种瞳孔放得更大的眼睛。比如，当你看到你非常喜欢的东西时，你的瞳孔会不自觉的放大，闪现出光彩，这就是电眼。获得电眼的方式有两种：一种是想象自己看见了非常喜欢的东西；另一种是凝视着对方眼睛后面视网膜那个位置，你的瞳孔会自动放大。"

"是这样吗？" 我按照 TINA 的指导，努力体会那种看见喜欢东西后的感觉。

"太飘忽了。显得很没有自信。"

"不是有人说，这样的眼神像灵巧的小鹿，左顾右盼，顾盼生辉吗？"

"丢掉那些可笑的自我感觉良好。"

"你不是说自信源自无原则的自我肯定吗？"

"认真按照我说的话去做。"

"好吧好吧。你快讲。"

"迷人的双眼有一个共同的特质，那就是移动速度缓慢，而不是每次都像一只慌张的小鹿，只会匆匆将眼神从这张面孔上扫到另一张面孔上，或是凝视对方 0.05 秒后便慌张地低下头。姑娘，你是做贼心虚吗？你慌张什么呢？坦然淡定地凝视着对方视网膜后面的那个地方，至少持续 3 秒以上，这样并不会让你看起来粗鲁与不礼貌，相反，会让人产生迷恋的感觉。"

"就像梦露那样去做吗？"

"谁？谁是梦露？"

"好吧，我差点忘记你是 3 号平行空间的人了。"

"总之，这种凝视与缓慢的眼神移动会强化对方怦然心动的感觉，让人产生'打'或'逃'时的感觉。"

"'打'或'逃'，什么意思？"

"这是人类面对压力时的两种原始反应。原始人类遇见危险时，会产生'打'或'逃'的冲动，这时，人的身体会因为高度紧张并分泌出肾上腺等多种化学物质。而面对关注的眼神时，人类也会产生类似的感觉，肾上腺素会冲进他们的血管，进而让他们产生心醉神迷的感觉。"

"但是，TINA，你不觉得这样很做作吗？我们为什么要这样去取悦别人呢？自自然然地做回自己不好吗？什么眼神，什么动作，什么细节，什么手不能这样放、脚不能那样放，我快疯掉了。"

"好吧，让我来回答你的这个问题。你还记得 Alex 曾经讲过，每个平行空间里的女人都有一段失败的恋情吗？现在，我就跟你讲讲我的故事。"

6. 假小子遭劈腿

站了一天，我和 TINA 都觉得好累，索性就窝在化妆室里的大沙发上，TINA 还嘱咐服装助理帮我们冲了两杯咖啡。

"说实话，我谈恋爱谈得还是蛮早的。你也知道我啦，牙尖嘴利，嘴不饶人。但其实呢，我小时候是一个很男孩子气的女生。因为家里一直想生一个男孩，结果生了我，父母多少都有点遗憾。那我就说啦，我一定要做得比人家男孩子还好，还要出色。所以很小的时候，我就去剪很短的头发，像男孩子一样凡事冲在最前头，仗义、豪侠，很多男生都视我为兄弟。后来进了模特学校，又因为样貌身高出众，身边总有追求者，所以很小我就早恋了。不过谈了几场恋爱，我发现，怎么我喜欢的男生都是很温柔的类型呢？我对温柔的小男生特别没有免疫力。但相处久了，就会发现，其实我和他们真的并不合适。

因为很多时候，遇见大事还需要我自己出来拿主意。更糟糕的是，这些男生几乎无一例外地选择了劈腿。我曾经一度以为自己就是传说中的人渣磁石。

直到有一天，我遇见了 Alex，它用水晶球照出了我的症结所在。"

是我自己压抑了自己的女性魅力。我的潜意识一直恨自己是一个女生，为自己不能成为一个男生而感到难过。"

"正因为你身上过重的男性特质，所以让你总是吸引一些具有女性特质的男生，是这样吗？"

"你很聪明。而这些具有女性特质的男生又因为和我在一起后，觉得自尊受到了伤害，因此无一例外地选择了劈腿。后来，我在 Alex 的帮助下，终于找回了属于自己的女性力量。实际上，在现实生活中，我们不屑于展现自己的女性魅力，这并非源自于我们对自我的认同；相反，这是真正的自我否定、自我压抑与自我约束的结果。因为从心底里，我们不想做女生。"

"你是说，其实，我们不应该学着像男人一样大大咧咧、随随便便，我们不应该穿人字拖、大短裤，不应该不修边幅。女生生来就应该尊重自己的女性价值，生来就应该充满魅力、充满诱惑。是这样吗？"

"是这样的。"TINA 肯定地点点头，"所以，现在听了我的故事，你还会对形体训练和眼神训练感到反感吗？你还会觉得我们所做的一切都是为了取悦男性吗？"

"不，当然不。这些原本就是属于我们自己的独特魅力。我们要重新找回它们！"

"铃铃铃……"

是 TINA 的闹钟打扰到了我们。天，马上就要到下午 6 点了。我们根本没有时间再做准备，只得匆忙跑出化妆室，还好，我已经换好了鞋子和衣服。我们必须马上坐电梯赶往会场。

* * * * * * *

我们一直希望找到一个喜欢我们的人。他会爱上我们身上的一切，包括外在的、内在的，从来不会要求我们为他做任何的改变，坦坦荡荡做回自己。但，你希望别人喜欢你，你希望通过别人的喜欢让你自己更加喜欢自己。可你自己却从来没有认认真真地喜欢过原本的你自己，你又凭什么让上帝发一个"喜欢你的人"给你呢？

* * * * * * *

"认识你自己，然后爱上你自己。"

原来，让别人爱上自己的办法竟然如此简单。一想到这些，我不由得心潮澎湃了起来。

* * * * * * *

慈善晚宴上灯光明亮，我拖着美丽的衣裙，昂首挺胸，面露微笑。我站在

TINA 的右边，另外一边就是大明星陈梦妮。她真美。鼻子小巧立体，眼睛深邃动人，睫毛如忽闪着的蝴蝶翅膀。

"她可真美，不是吗？"趁晚宴还没开始，我回头小声问 TINA。

"嗯，巧夺天工。" TINA 说完，不由得抿嘴偷笑。

原来是整容整出来的呀。我心里马上平衡了很多，发现就连自信心都瞬间爆棚了起来。是呀，小 S 矮、孙红雷丑、孟飞嘴歪，难道我不如梦妮漂亮就一定会输给她吗？

聚光灯下，短短几米的红毯，让我觉得仿佛有几百米长。

我从红毯的这头，穿越了曾经的那个自卑胆小的自己，那个连自己都瞧不起的自己，那个曾经憎恨自己的自己……红毯尽头，我发现，我的眼睛中闪动着爱上自己的光芒。

* * * * * *

晚宴结束了，TINA 姐的老公赶来接她回家。牙尖嘴利的 TINA 站在她的 MR RIGHT 身边，看起来是那么温柔、善良。她没有配搭任何饰品，也没有拎着 LV 的名牌包包，但即使是现在，如果"警报"拉响，她也能在 20 秒之内换上一套爱马仕，冲上 T 型台，铿锵有力，毫不慌张。

我想，这就是 TINA 希望我能够拥有的形象。不在于有多少华美钻饰加身，更不在于有多少名牌陪衬，只是这通体的气派和散发出来的气场，便已足够。

想到这些，我不知不觉挺起了腰身——像她所说的那样——然后展开了我的双臂，给了她一个大大的拥抱。

"哦，对了，小艾，我有一件私人的礼物送你。" TINA 说完从口袋里拿出了一面化妆镜。

天，我看着镜子中的自己，惊得说不出话来。

化妆镜中映照出的我的脸，上面根本没有什么彩妆。

原来化妆师 Kohn Pedersen Fox 只是简简单单地帮我修饰了肤色，简简单单地涂了点睫毛膏和唇彩。原来，让人着魔的魅力，其实更多的就在我们内心的最深处，而非外在的一切修饰。

* * * * * *

"小艾，很高兴遇见你。离开 3 号平行空间后，请记住，一定要努力寻找让自己持续保持自信与强大正面气场的内在源泉。"

"我会的。谢谢你。TINA 姐——！"

第十一章　恋爱要趁早

"小艾，听到我的声音后，请向后转，走回你身后的大楼。走进电梯。"

然后只觉眼前一黑，等我睁开眼睛时，再次回到了 Sirens Coffee。

"小艾，你可真行呀。"

"看看，你的确有好大好大的转变呀。"

"是呀是呀，好有女人味。"大家七嘴八舌的。

"不过，Alex，其实我还是有疑问的，TINA 在这节课上教会了我如何发掘自己的女性魅力，这显然在谈恋爱的时候非常重要。但让我一直困惑的是，为什么我们寝室，最有女性魅力的王晴没有男朋友，而最男孩子气的陈燃却找到了男朋友呢？女性魅力在谈恋爱时，真的那么重要吗？"我说。

"是呀，其实，对这个问题最感兴趣的应该是我。"王晴接话说道。

Alex 看了看王晴，又看看陈燃，说道："好吧，或许审视一下自己的人生轨道，这个问题的答案就找到了。我们先从王晴开始。"

说着，Alex 开始念它的水晶咒语了。

很快，水晶球上浮现出了王晴的童年——那个我们所不知的王晴的另一面。

王晴出生在一个富有的商人家里，父亲有能力且为人宽厚，母亲温柔貌美，是让人羡慕的一家。只是王晴的奶奶一直都很重男轻女，特别希望能抱上个孙子，所以一直对王晴不太好。好在父母从小疼爱王晴，从来没有让她受到过一点伤害，王晴一直活得像一个小公主。

"所以，王晴，告诉我，你是不是觉得自己的经历特别像 TINA？"Alex 问道。

"是呀是呀。不过我很女性化耶。"

"是呀，为什么呢？同样重男轻女，你怎么没变成个假小子呢？"小七搭腔问道。

"其实，刚才看过水晶球后，我也认真地去思考这件事。说实话，我在心底里也一直很不服气，一直在跟奶奶叫板，觉得自己怎么就输给了男孩子。小时候会说，你看，虽然我不是男孩子，但我是小公主哦，父母那么疼我；长大后，又处处争先，处处努力，事事都不想输给男孩子。但我和 TINA 不同的地方就在于，我一定要用一种女性的姿态来战胜男性，不然，被同化成男孩子的模样，不就相当于去取悦奶奶了吗？我为什么要取悦她呀！"

"哦哦哦，原来我们都被你的外貌给骗了，原来你是女儿身，男儿心呀！"大家嘻嘻哈哈笑成了一团。

"嗨，我说姑娘们，其实，不管是女性化装扮也好，男性化装扮也好，一旦你产生了和男性一较高低的意识后，找男朋友，或者说找一个合适的男朋

友，就会变得很难。" Alex 说道。

"什么？" 姑娘们的声音一下子提得很高："你的意思是，我们不应该和男生比，我们应该心甘情愿地承认低人一等？"

就这样，Alex 的耳朵齐齐被我们薅住，身子被拎了起来，悬在了半空中。

"虽然我们都不是女权主义者，但想让我们低头认输，可也没那么容易！" 大家异口同声地说道。

"哎哟，姑娘们，你们误会了。痛呀，快放我下来。"

被我们欺负了的 Alex 解释说："其实问题的症结就是，试图比较。请问各位，你试着比较过羊和西红柿吗？你试着比较过太阳和笔记本吗？虽然男人和女人从外表看起来有很多相近之处，但实际上，两者之间的差异性大到远远超乎我们的想象。比较绝对是男女问题的症结所在。正确的解决方式应该是，彼此努力去认知对方的差异性，包容肯定这种差异，以真正平等的姿态来对待彼此之间的关系。"

"原来是这样，看来我们误会你了。" 大家说道。

"其实，不仅重男轻女的家庭会导致男女问题的出现，重女轻男的家庭养出来的女孩子也往往比较难找到男朋友。" Alex 说。

"心中的天平不平衡，不管偏向哪一方，都会有问题，对吗？" 我问道。

"是的。内心坦然了，相处自然会融洽，不纠结。"

"就像我一样，虽然外表很王子，不过内心很女人的。" 陈燃说道。

"哦，原来是这样。" 大家异口同声地大叫起来。

"对了，Alex，我还有一个非常重要的问题想问你。" 我说。

"你是想知道如何让自己持续保持自信与强大的正面气场吧？"

159

8. 自信之源

"来来，" 说着，Alex 拿出了一个大木桶，"我们先来看看经典的木桶原理。"

"我知道这个原理，木桶的短板决定木桶能装多少水，是吧？" 王晴抢答到。

"是呀，但是我们来看看木桶原理的变形。"

说着，Alex 把木桶倾斜了起来。"看，现在是不是装进了更多的水？"

"你的意思是，如果善于扬长避短，个人能力会得到更大的提升？" 王晴接着抢答道。

Alex 笑而不语，这次，它干脆拔掉了木桶的短板，七拼八凑，重新组装了一个没有短板，但直径小了一点的一个木桶。

"这次，是不是装进来的水更多了？"

"天，木桶原理可以这样用吗？" 我疑惑地说道。

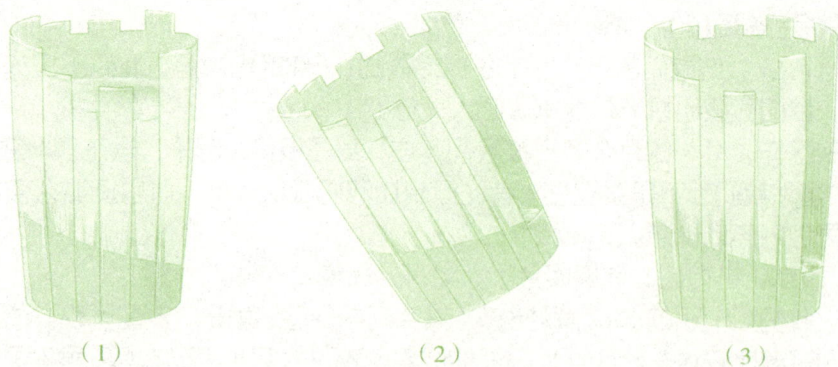

（1）　　　　　　（2）　　　　　　（3）

图 11.1

"谁说不可以呢？短板也好，长板也好，每个人都会有那么几条。主观能动的选择与扬长避短可以达到个人能力的最大化。如果，仅仅将你的视线停留在你的短板上，那么你的自信心也就很难建立起来。"

"但是，忽略掉自己的短板，这难道不是掩耳盗铃吗？"

"在回答这个问题前，我们先来看看这样一幅图。"说着 Alex 拿出了一张图片。

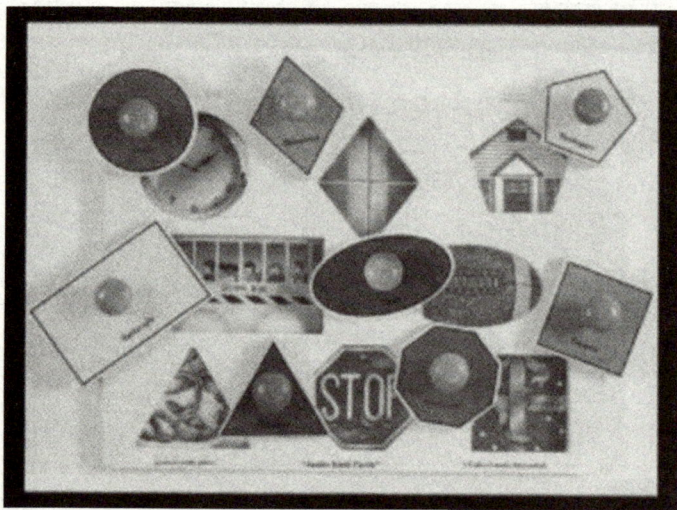

图 11.2

思考两分钟，告诉我，图上有几个几何图形。"

大家对着图片看了两分钟，然后给出了不同的答案。

陈燃："8 个。"

小七："10 个。"

王晴："38 个。"

我："16 个。"

"现在，不去看刚才的图片，告诉我，图片上的时间是几点，车子上有几个小孩。"

所有的人都面面相觑，这显然是被我们忽略掉的一个问题。车上有小孩吗？钟表倒是有，但时间是几点呢？

Alex没理大家，接着又拿出了两张图片："这张图片上画的是什么？"

"老妇人。"陈燃说。

"少女。"小七说。

"老妇人和少女。"王晴说。

"我看也是少女呀，我怎么没看见老妇人？"我问。

"你把项链看成嘴巴，老妇人就出来了。"王晴解释说。

图 11.3

"哦，还真是。"我恍然大悟。

"那这张呢？"Alex又拿出一张图片。

"估计是某街区的道路示意图吧。"我说。

"小艾，你看不到字母FLY吗？"王晴说。

"是哦。"我突然反应过来了，"可是，Alex，这和自信问题有什么关系吗？"

"嗯，我是想说，在漫漫的人生长路中，带给我们不自信的往往是我们身

图 11.4

上的缺点。我们总是希望能够改掉我们身上的缺点——也就是短板——从而获得自信。但是，这样的努力，其实是基于两点错误的认识的。其一，人的一生时间无限；其二，所有缺点就是缺点。"

"人生当然不是无限。"我说道，"这是显而易见的一个错误呀。"

"是呀，如果我们的人生被压缩到 2 分钟之内，你会发现，当你过度去关注你的缺点——如上图中的几何图形，那么，你势必会忽略掉你的优点——如上图中的孩子和时钟；当你忙着用你的时间去改善你的缺点时，你势必就没有足够的时间来发挥你的优点。结果，你发现你越来越不自信了。"

"是呀，如果韩寒每天都忙着改善他的数学成绩，那么恐怕就会少了一个知名作家了。"

"其实，每个人都是特定的人，教育不应是筛选优秀人才的过程，而应成为发掘个人天性优势的过程。我们强调的不应是这个人是否优秀，而应是这个人在哪方面优秀。很多板子，其实你一辈子根本就用不到，比如，高数能力和微积分能力。这些短板你完全可以闲置不用，这些短板根本不应该左右你的自信。"

"但容貌呢？外在容貌上的局限总是让我们很难自信起来，不是吗？"我问道。

"那你见过超越容貌的自信吗？"Alex 问道。

"你是说，看起来不漂亮，但看起来很自信、有魅力吗？"我追问道。

我认真低头想了想："李娜。我觉得她长得不算漂亮吧，但真的超级有魅力，超级有自信。她的笑容简直像阳光一样耀眼。"

"还有吕燕，虽然刚出道时，很多人都觉得她不够美。但如今，有记者在法国拍到她筹划艺术展时的样子，十足的美人样呀。"王晴说道。

"是呀，当你找到了属于自己的足够长的长板时，你的自信已经形成，这种自信往往能够超越你的外在容貌。另外一个让我们总感觉不自信的东西，其实并不是真正的短板。这基于我们另外一点错误的认识，缺点只是缺点。但实际上，很多缺点不是缺点，而只是'特点'。

有个姑娘失恋后，开始变得越来越不自信。我问她原因，她说，对方觉得

自己心思太细，和她在一起感觉很累。于是，这姑娘便觉得自己的心思太细就是缺点，既然如此，那恐怕未来是找不到合适的伴侣了，于是她难过十分。但事实是这样的吗？心思细真的就是缺点吗？"

"应该不是。"我说道。

"其实，这个世界上的人，看起来彼此之间没有太大的差别，都是两只眼睛一张嘴，但是，其实每个人的内在差异还是很大的。我们认为，很多差异本身只是差异，只是差异而已……大家明白？"Alex 问道。

我们彼此面面相觑，然后摇摇头。

"很多时候，A 是 A，A 不是 B，但我们没办法说 A 就一定不如 B。B 喜欢说 B 好，A 不好，其实只是因为 A 与 B 不同，而不一定是 A 比 B 差。"Alex 解释说。

我们发现 Alex 简直要把自己绕进去了。看着大家依然一脸茫然，Alex 拿出了一张图表。

"看，就是这个表格。"Alex 说。

1	谨慎细致——迅速
2	重视合理性——人情优先
3	先行动——先思考
4	处事和谐——竞争意识强
5	看重传统——注重创新

这是行为风格 5 条轴，人不可同时兼具两端优势。

结果，做事迅速的人被批评"不细心"；人情优先的人被批评"不够理性"；先思考的人被批评"行动力差"；竞争意识强的人被批评"合作意识差"；注重创新的人被批评"忘本"。

其实，这就好比图片一样，图片还是那张图片，关键是你看问题的角度不同，于是，特点变成了"缺点"。如果过于重视这些缺点，你就会在轴线两端不断地跑来跑去，找不到真正的自我，也就找不到自信之源了。

"所以，Alex，你的意思是，真正的自信之源是对自我的准确认识和准确定位，是这样吗？"我问道。

"是这样的。扬长避短，发挥优势，让自己成为独一无二、不可替代的那一个，你会找到真正的自信之源。每一种缺陷中都有让你幸福的价值，如果你懂得其中的奥妙，你就会打开所有的心结。①"Alex 说道。

---

① 语出本书编辑章北蓓。

第十一章 恋爱要趁早

9. 本章复习

（1）当男人迷路时，千万要忍住，千万别帮他们问路，老老实实坐在副驾驶的位置上，咬紧自己的嘴唇，如有必要咬出血来，也绝对不能帮他们问路。因为男人需要的是尊重和信任。

（2）恋爱经验，分直接经验和间接经验两种。恋爱的经验不一定要通过亲身体验才可获得，通过专门的恋爱课程，也能够得到提升。

（3）某知名相亲网站的统计数据称：70.8%的女性认为有房才结婚；而92.2%的男性则认为女性应该在27岁前结婚。而且，女性的黄金择偶期为20～25岁，男性则为20～40岁。

（4）男女间正常的社交活动，应该值得鼓励和提倡。

（5）扮女王会让你的气场得到提升。

（6）气场其实分四种：正面强气场、正面弱气场、负面强气场、负面弱气场。"过度谦虚"也是负面的。

（7）形体训练的关键几点是：微笑抬头、气沉丹田、挺起腰杆、屁股收紧、肩膀打开。

（8）源自盲目的乐观与不切实际的自我肯定及自我催眠能够帮助我们建立自信。

（9）放大的瞳孔也就是我们常说的电眼，会让人产生打或逃的原始冲动。

（10）很多女人不屑于展示自己的女性魅力，这是基于她们对自我的否定、压抑和约束。

（11）认识并爱上自己，是让别人爱上自己的不二法门。

（12）应以平等的姿态对待两性关系。

（13）主观能动的选择与扬长避短可以达到个人能力的最大化。

（14）教育不应是筛选优秀人才的过程，而应成为发掘个人天性优势的过程。

（15）很多缺点不是缺点，而只是"特点"。

（16）真正的自信之源是对自我的准确认识和准确定位。

10. 超级练习册

实操题

（1）哪只眼睛更像一只"电眼"？哪只眼睛更具有魅力？哪只眼睛更能打动人心？你会被哪只眼睛吸引？（提示：看图片的时候，先看一只，挡住另外一只）

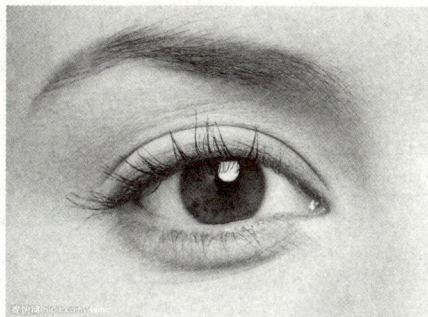
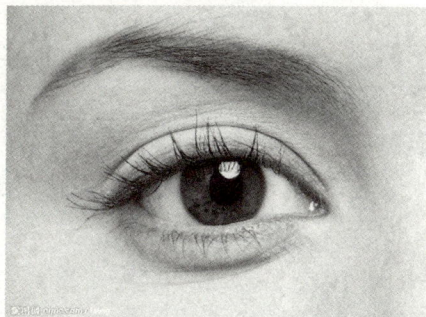

A   B

图 11.5

（2）请别人帮你拍十几张眼睛的特写照片，选出其中你觉得最有电力的和最没有电力的，观察你的瞳孔状态，然后将照片贴在下面的位置上。

A   B

（3）寻找你希望获得的优点，并催眠自己已经拥有了它们。

优点 1	优点 2	优点 3	优点 4	优点 5	优点 6	优点 7	优点 8	优点 9	优点 10
优点 11	优点 12	优点 13	优点 14	优点 15	优点 16	优点 17	优点 18		

（4）如果你不喜欢在人群中被注意到的感觉，请回答本题。你不希望别人在人群中注意到你的原因是？

A. 没有自信，觉得自己不够漂亮。

B. 不想那么高调，特别是不想高调展示自己在外貌上的优势。

如果你的答案是 A，那么按照第三题的训练方式进行练习。

如果你的答案是 B，那么你必须端正态度。在寻找男朋友阶段，你必须暂时忘掉你的低调，这样才能让更多男士注意你，让你的 MR RIGHT 轻易就能在人群中找到你。

（5）虽然秀导 TINA 告诉你，自信更多来自于内在的东西，但你不会傻到不去化妆吧。道理很简单。

内在力量>外在力量

第十一章 恋爱要趁早

内在力量+外在力量>内在力量

所以，在修炼内在力量的同时，记得去学习修饰你的外在。纤体、美容、化妆、服饰、保养、瑜伽、芭蕾……总之，不是为了取悦别人，而是为了自己充满魅力。年轻只有一次，不漂亮对不起自己。

这是网络美妆达人灵鸾妮妮化妆前后的对比照片。①

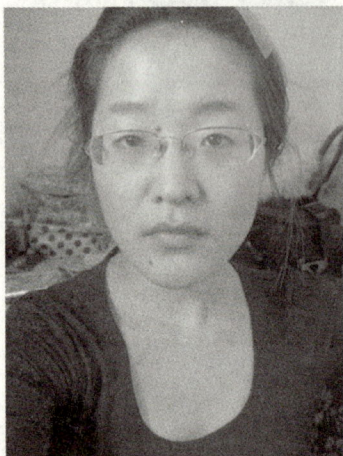
A.化妆前

B.化妆后

图 11.6

（6）向有魅力的明星学习。

你可以选择和自己气质路线一致的明星，学习她们的举手投足。这里有一部 Alex 喜欢的电影推荐给大家，那就是 8 号空间梦露版的《七年之痒》。请注意观察梦露出现的第一个镜头，大约在影片开始后 11 分钟。是的，没错，梦露的眼神你看见了吗？学习她，凝视着对方，1、2、3……哦，应该说至少三秒。然后眨眼，继续凝视，1、2、3、4、5，哦，是的，她居然有 5 秒钟没有眨眼睛，眼神像透过一团雾气，从遥远而浪漫的星球飘来，不是吗？姑娘？你发现，所有人都被她那闪耀着光芒的面孔所完全吸引，你的视线甚至无法从她的脸上移开。不要担心这种放电会让男人觉得你过于主动。怎么会？有人视线移动天生就慢，有人正相反，不是么？明明是你在放电，但男人会以为是他发现了一只绝佳的猎物。事实上，我实在是太迷恋这个镜头了，我甚至反复翻看了十几、二十几遍，也没有觉得腻烦。

（7）对自己进行形体训练。

其实，你现在手上的这本书还有另外一个用途，请把它放在你的脑袋上。对，没错。然后再咬上一根铅笔。然后立正，齐步走。（参考电影《绝代王妃》里面的法国人走路）

_____

① 更多精彩图片，可百度搜索灵鸾妮妮的博客。

图 11.7

（8）正面强气场与正面负气场的不同训练差异性。

如果你的气场很强，而且是负面气场，那么请记住带上你的微笑。

如果你的气场很弱，而且是负面气场，那么请记住带上你的骄傲。

（9）舒展的身体能够带来正能量。

网络素人"刘汪汪是 MM"，下面是她上大学时和工作后的对比照片。可见舒展身体，能够让人感觉舒服很多。个人气质的提升对整个人的美貌程度的影响也由此可见一斑。挺胸抬头，肩膀打开，外加自信的笑容，你的整体魅力值会大大提升。

图 11.8

（10）如何在运动中展现自我魅力？

这是 Alex 为你摘选的一段书摘，摘自《如何让你爱的人爱上你》①。

在我研究相貌的时候，一个朋友寄来了某个电视节目的往期录影，其中讨论了身体吸引的话题。在一个环节中，一个惊艳的女郎站在公路旁，身边的汽车想来是抛锚了。过路的汽车和卡车纷纷"吱"的一声刹车停下，男人们冒着命丧车轮的危险横穿四条车道，一路小跑来帮助这位落难少女。有几个男人由于抢着为她的汽车加油竟然吵了起来。

在下一段录影中，另一名女演员站在公路旁，穿着同样的衣裙，旁边同样是抛锚的汽车。可是，这个女人不那么美，或者节目制作方认为她不那么美。过路的汽车紧急刹车了吗？男人们横穿车道来帮她了吗？没有，汽车一辆接一辆地疾驰而过。有一两辆汽车慢了下来，但当司机看到她的尊荣之后，便飞速开走了。一辆汽车停了下来，但男司机只是简单地指给她加油站的方向，让她自己去加油。

后来，节目主持人采访了两名并肩而坐的女演员。我按下录像机上的暂停按钮，切近地审度这两名女子的相貌。我仔细观察了第一个，又看了第二个，再看回第一个，我想："她们的相貌差别其实没有那么大！"然而，身为女人，我想自己对此无法客观评判，因此决定问问男性的意见。我把那一帧定格的画面给了一个男性朋友看，他也赞同："区别不大。"

那是为什么？我把整段录影给他播放了一遍。"哦，肯定的。"他宣布，现在他终于看出来了，"对，第一个女演员显然更漂亮。"

为了解决这个谜题，我把这段录像又看了一遍。第一个女演员始终含笑望着过路的汽车，她昂着头，双肩向后，胸部突出。看上去，她神情愉快，笑意盎然，信心十足——因此显得美丽。第二个女演员只是倚车而立，满面懊悔之情，和过路的车流中的司机没有目光接触。她面容忧戚，双臂交叠抱在胸前，把一对优质资产隐藏了起来。她表情不悦而乖戾，缺乏信心——因此显得难看。美丽女人与丑姐妹大异其趣的地方是她们的言行举止。

受这段节目的启发，我找到了一个技巧来改变意中人对你容貌的看法——建立自信并使用美丽的肢体语言。如果你的言行举止优雅而热烈，你真的可以显得更漂亮，美是在动态中呈现的。

所以像一个 10 分美人那样举手投足吧。

你可以骗过自然之母吗？不可以，但你可以骗过男人。

让自己确信，你是最美的生灵，这颗行星因你而荣耀，然后让自己的言行举止与此吻合。

小艾恋爱记

① ［美］莉尔·朗兹：《如何让你爱的人爱上你》，毛燕鸿译，北京，新世界出版社，2011。

（11）自信记录簿。

找来一本笔记本吧，每天记下 5 件让你感到自豪的事情。持续下去，你会获得更多的自信。①

（12）认识自己的十个身体，发掘自身的内在魅力②。

①生理的身体。它虚弱时，你会愤怒、贪婪、妒忌、竞争、忘恩负义，甚至更易悲伤。所以，进入 8 号恋爱门诊的失恋者，如果晚上 12 点前不好好睡觉，不好好善待自己的身体，那么门诊将一律不再接待。——试着调理你的生理身体。

②阴性的身体，即你的阴柔的那一面。即便是男人，身体里也藏着一个"女性的她"，这便是阴性的身体。她让你体味到满足，激发你顺从的渴望，过度压抑身体中的"女性的她"，会导致人际关系不畅，因为你被他人完全影响，没有足够的包容力。——试着锻炼你的包容力。当悲伤来临时，试着温柔地去包容你的悲伤。

③阳性的身体，即你阳光积极的那一面。它具有扩展性，能够带来欢乐、幽默感。压抑你的阳性身体，你会感觉消沉、愤怒和暴躁。

④中性冥想性的身体，即你慈悲的一面，终极的皆大欢喜。自渡最好的方式便是渡人。当你试着给予并慈悲时，你的中性冥想性的身体就会被激发。

⑤灵魂。当它强大时，你是用心在生活而不是用脑；当你把握了你的灵魂时，你会以极大的谦卑看待一切。

⑥普拉那身体。通过呼吸，不断地把生命力和能量带入你的肌体。它强大时，你的呼吸深长且放松。

⑦光环，即能量圈的光彩。它使你具有专注和冥想的能力。

⑧能量圈。它是你的盾牌，帮你阻碍不必要的负面指责，帮你获得自信，抵抗消极性。

⑨精微身体。它可以帮助你超越现实的一面，进而进入背后神圣宇宙的运作之中，感知强大的宁静感。所谓的禅，便是对这种精微身体的感知，与自然的共鸣、共振。

⑩光体。它可以带来灵性的威严和光芒，使你在面对任何阻碍时，具有勇气和力量。你会产生一种磁性般的力量，并使所有认识你的人都表现出尊敬。光体虚弱时，或其他人注意你时，你会害羞地躲开。

试着感受自己的十个身体，并善待它们。

---

① 关于自信记录簿的相关内容，详见《小狗钱钱》。［德］博多·舍费尔：《小狗钱钱》，金福子译，海口，南海出版公司，2009。
② 《水瓶年代的教师》，选自《KRI 昆达瑜伽教师内部培训教材》。

（13）其他魅力的训练技巧。

● 练习甜蜜温柔的语气。

● 如果你不是十分排斥女性化路线，那么可以考虑留黑长的直发，穿连衣裙，再加上清纯的眼神，这可是必杀绝技。

● 试着放缓你说话的速度，这让你显得更加性感。

● 温柔呀，温柔些，再温柔些……

● 如果经济允许，一个月至少买一本《世界服装之苑》（10元一本），或者任何你喜欢的时尚杂志。不要买过刊，买当季的。

女性魅力测试题

这道测试题能够帮助你认清，自己身上是女性特质更为明显，还是男性特质更为明显。请先拿笔记下你选的 abc 各有几个，再算出分数。

（1）你在看地图或街上的指示时会：

a. 有困难，而找人协助

b. 把地图转过来，面对你要走的方向

c. 没有任何困难

（2）你在准备一道做法复杂的菜时，一边正在播放收音机，一边还有朋友的来电，你会：

a. 三件事同时进行

b. 关掉收音机，但嘴巴和手都没有停

c. 告诉朋友，你做好菜后马上回电话给他

（3）朋友要来参观你的新家，问你该怎么走，你会：

a. 画一张标示清楚的地图寄给他们，或是请别人替你说明该如何走

b. 问他们有没有熟悉的地标，然后告诉他们该怎么走

c. 口头上告诉他们该怎么走

（4）解释一个想法或概念时，你很可能会怎么做？

a. 会利用铅笔、纸和肢体语言

b. 口头解释加上肢体语言

c. 口头上清楚简单的解释

（5）看完一场很棒的电影回家后，你喜欢：

a. 在脑海里回想电影的画面

b. 把画面及角色的台词说出来

c. 引述电影里的对话

（6）在电影院里你最喜欢坐在：

a. 电影院的右边

b. 不在意坐在哪里

c. 电影院的左边

（7）一个朋友的机器出了问题，你会：

a. 深表同情，并和他们讨论他们的感觉

b. 介绍一个值得信任的人去修理

c. 弄清楚它的构造，想帮他们修理好

（8）在不熟悉的地方，有人问你北方是哪个方向，你会：

a. 坦白说你不知道

b. 思考一会儿后，推测大约的方向

c. 毫无困难地指出北方方向

（9）你找到一个停车位，可是空间很小，必须用倒车才能停进去，你会：

a. 宁愿找另一个车位

b. 试图小心地停进去

c. 很顺利地倒车停进去

（10）你正在看电视，这时电话响了，你会：

a. 接电话，电视开着

b. 把音量转小后才接电话

c. 关掉电视，叫其他人安静后才接电话

（11）你听到一首新歌，是你喜欢的歌手唱的，通常你会：

a. 听完后，你可以毫无困难的跟着唱

b. 如果是首很简单的歌，听过后你可以跟着哼唱一小段

c. 很难记得歌曲的旋律，但是你可以回想起部分歌词

（12）你对事情的结局如何会有强烈的预感，是借着：

a. 直觉

b. 可靠的资讯和大胆的假设，才做出判断

c. 统计数字和资料

（13）你忘了把钥匙放在哪里，你会：

a. 先做别的事，等到自然想起为止

b. 做别的事，但同时试着回想你把钥匙放在哪里

c. 在心里回想刚刚做了哪些事，借此想起放在何处

（14）你在饭店里，听到远处传来警报，你会：

a. 指出声音来源

b. 如果你够专心，可以指出声音来源

c. 没办法知道声音来源

（15）你参加一个社交宴会时，有人向你介绍七八位新朋友，隔天你会：

a. 可以轻易地想起他们的长相

b. 只能记得其中几个人的长相

c. 比较可能记住他们的名字

（16）你想去乡间度假时，但是你的伴侣想去海边的度假胜地，你要怎么说服他呢？

a. 和颜悦色地说你的感觉：你喜欢乡间的悠闲，小孩和家人在乡间过得很快乐

b. 告诉他如果能去乡间度假，你会感到很愉快，下次你会很乐意去海边

c. 说出事实：乡间度假区比较近，比较便宜，有规划适当的休闲设施

（17）规划日常生活时，你通常会：

a. 列张清单，这样一来，该做什么事一目了然

b. 考虑你该做哪些事

c. 在心里想你会见到哪些人，会到哪些地方，你得处理哪些事

（18）一个朋友有了困难，他来找你商量，你会：

a. 表示同情，还有你能理解他的困难

b. 说事情并不如他想的严重，并加以解释

c. 给他建议，或是合理的忠告，告诉他该如何解决

（19）两个已婚的朋友有了外遇，你会如何发现：

a. 很早就察觉

b. 经过一段时间后才察觉

c. 根本不会察觉

（20）你的生活态度为：

a. 交很多朋友，与周围的人和谐相处

b. 友善地对待他人，但保持个人隐私

c. 完成某个伟大目标，赢得别人的尊敬、名望及获得晋升

（21）如果有选择，你会喜欢什么样的工作？

a. 和可以相处的人一起工作

b. 有其他同事，但也有自己的空间

c. 独自工作

（22）你喜欢读的书是：

a. 小说或其他文学作品

b. 报纸杂志

c. 非文学类

（23）购物时你倾向：

a. 常常是一时冲动，尤其是特殊物品

b. 有个粗略的计划，可是心血来潮时也会买

c. 读标签，比较价钱

（24）睡觉、起床、吃饭，你比较喜欢怎么做？

a. 随心所欲

b. 依据一定的计划，但弹性很大

c. 每天几乎有固定的时间

（25）你开始一个新的工作，认识许多新同事，其中一个同事打电话到家里找你，你会：

a. 轻易地认出他的声音

b. 谈了一会儿话后，才知道他是谁

c. 无法从声音辨认他到底是谁

（26）和别人有争论时，什么事会令你很生气？

a. 沉默或是没有反应

b. 他们不了解你的观点

c. 追根究底地问问题，或提出质疑，或评论

（27）你对学校的拼字测验以及作文课有何感觉？

a. 觉得两项都很简单

b. 其中一项还可以，另一项就不是很好

c. 两项都不好

（28）碰到固定的舞步或是爵士舞时，你会：

a. 听到音乐就会想起学过的舞步

b. 只能跳一点点，大多想不起来

c. 抓不准时间和旋律

（29）你擅长分辨动物的声音，并模仿动物的声音吗？

a. 不太擅长

b. 还可以

c. 很棒

（30）一天结束后，你喜欢：

a. 和朋友或家人谈谈你这一天过得如何

b. 听别人谈他这一天过得如何

c. 看报纸或电视，不会聊天

计分方法：

选择 a：+15 分

选择 b：+5 分

选择 c：−5 分

（1）多数男性的分数会分布在 0 ~ 180 分之间；多数女性的分数会分布在 150 ~ 300 分之间。

（2）偏男性化的大脑，分数会低于 150 分。分数越接近 0 分，就越男性化，雄激素的分泌也越多。他们有很强的逻辑观念、分析能力、说话技巧，很自律，也很有组织，不容易受到情绪的影响。要是女性得到很低的分数，那她

很可能有女同性恋的倾向。

（3）分数高过 180 分的，就是很女性化的人。分数越高，大脑就越女性化，越富有创意，越有音乐艺术方面的天分。他们会凭直觉与感觉做决定，并擅长从很少的资讯中判断问题。分数高过 180 分的男人，是同性恋的概率也越高。

（4）分数低于 0 分的男性或高于 300 分的女性，他们大脑的构造是完全不同的，同在地球上生活是他们唯一的共同点。

（5）分数在 150 分到 180 分之间的人，他们的思考方式拥有两性的特质。他们对男女都没有偏见，在解决问题方面，反应会比较灵活，能够找出最佳的解决方法。不管男性还是女性，他们都可以成为其他人的好友。

如果，你作为一名女性，得分过低，即男性特质较为明显，那么，这很可能是阻碍你找到合适伴侣的内在原因。

阅读分析题

阅读以下内容，并谈一谈你对不切实际的自我肯定能产生的作用的认识。

郎咸平在台湾东海大学读书的时候，成绩并不理想。有一次，美国一位非常著名的微观经济学家来学校演讲，他是美国普林斯顿大学的一位教授，在演讲中讲述了许多新的经济观点。那位教授离开以后，郎咸平反复思考他的话，并且似有所悟。郎咸平非常希望能与那位教授交流，于是就提笔给教授写了一封信，讲了许多自己对于世界经济的稚嫩看法。没有想到，那位美国教授竟然给郎咸平回了信，教授在信中说："一个年轻人有如此激情，你将来一定可以成为一位伟大的经济学家！"

虽然只有短短的一句话，郎咸平却非常受鼓舞，他念完本科以后又继续念研究生。尽管如此，他的成绩依旧很差。研究生勉强毕业后，郎咸平想出国念书。他的老师对他说："郎咸平，你的水平这么差，就找个银行上班算了，而且还有房子分，薪水和福利也很不错！"

郎咸平听了老师的劝导，开始去一些银行应聘，但面试之后，没有一家银行要他。失落之余，郎咸平想起了那位美国教授给他的回信，他不禁来了精神："我将来一定可以成为一位伟大的经济学家，将来即便他们来求我，我也不会委身于他们。"

郎咸平左思右想之后，还是决定去考 GRE（美国研究生入学考试）。总分 2 400 分，他只考了 1 640 分，只有一家学校要他，那就是美国的沃顿商学院。因为沃顿商学院新创了一个"商业经济系"，是第一届招生，报考的人数极少，于是就把郎咸平破格录取了。

开学后，郎咸平的"表现"并不好，他的系主任找他谈话，说他的水平有问题，他的教授对他的评价也不高，让他考微积分的资格考试。郎咸平也知道自己的实力，他根本不可能通过资格考试，于是就百般哀求免除考试，可是

他的系主任根本不同意。

　　郎咸平非常沮丧，一次在校园里闲逛的时候，他看见几个金融系的学生垂头丧气地走出来，郎咸平问他们怎么回事，他们回答说金融系好难念。郎咸平又问他们需不需要考微积分，他们说不用，郎咸平就说："带我见见你们的系主任。"

　　郎咸平见到他们的系主任后，就问能不能转进来，他还自称自己对金融系更有兴趣，系主任一听很开心，就给了他一个肯定的答复。此后，他就进入了金融系。有意思的是，他在进入金融系的第一天，就问他的老师："金融系到底学什么？"

　　这个问题，自然在他以后的学习中得到了解答。不仅如此，因为郎咸平始终认为自己将来是一位伟大的经济学家，所以在学习中特别用功，对世界经济的理解也越来越深刻。

　　念完博士以后，郎咸平留在了美国教书。第二年，他写了一篇《美国的破产制度》的论文，这篇论文从1990年问世至今，一直是全世界引用率最高的论文。这几乎使郎咸平在美国一炮而红。随后，芝加哥大学、纽约大学、密西西比大学，都纷纷请他授课。

　　郎咸平终于成为了一名不可小觑的经济学家。后来的一次，他在一所大学授课的时候，碰到了那位当初给他回过信的经济学家，郎咸平立刻上前问候并致谢，那位经济学家想了半天后说："你就是那位曾经给我写信的台湾小伙子？其实，你不用感谢我，信里面的那句话我只是安慰你，随口乱说的。"

　　郎咸平在浙江大学的一次公开演讲中说了自己的这个故事，他在讲完这个故事以后，百味杂陈地说："我能有今天，其实是因为在我重新遇到那位美国教授之前，一直都以为他说的话是真的！"

　　PS：遇见灵魂伴侣的101个办法（详见附录）。

第十二章

萧健的婚讯

【上集提示】

小艾从 TINA 那里学到了如何运用气场，让自己变得更加美丽动人。

【本章概述】

听到萧健的婚讯，小艾悲催地发现，自己仍未能走出他的阴影。

1. 旧日时光的味道

好吧，我承认是我手贱。我没忍住。我去翻了萧健的 QQ 空间。我喜欢去那里寻找往日时光的味道。就像 Alex 说的那样，我缅怀的不仅仅是失去的爱情，更是往日的青春。

可这一次，我却猛然发现了他和小雪的结婚照。还有 200 多平装修一新的新房照片。原来传闻不假。大四的他已经和小雪登记领证了。据说，连萧健的工作，小雪的父母也给安排好了。

说实话，我的心里真不是滋味。

萧健是个苦孩子，若是从此平步青云，我多少也有些慰藉。只是，我还是毫无意外地低潮了。

整整一个星期。持续低潮。

Oh，so down.

so down.

down……

回忆翻江倒海地袭来。离人心上秋意浓。记得他曾经唱过这首《李香兰》给我听。如今的他，已经在另一个人的怀抱了吧。可我还是想他呀。

记得他曾经陪我步行整个下午，讲所有心事给我听。

记得他第一次低头吻我，借口是：看你身上有没有那小饭馆菜的味道。

记得他把所有看过的电影讲给我听，把所有他喜欢的歌存进我的电脑。

记得他曾经穿过我的小衣服，滑稽的样子，逗我开心地笑。

记得一起去唱 KTV 时，他要每唱罢一首曲子，便开心地跑过来吻我的面颊一下下。

记得他总嘲笑我唱歌跑调，还耐心地一句句教我。

记得他任性地要和我同用一个杯子。

记得他喜欢把胳膊搭在我的肩膀，装作很大个儿。

记得我说要撇掉他时，他孤孤单单，满眼难过的神色。

记得他曾拿我的照片，去做电脑屏幕，说喜欢得不得了。

记得晚上他打车送我回家时，一定会替我记下出租车号码。

记得我在朋友面前莫名地数落他时，他的无奈与隐忍。

记得我们一起在路上打打闹闹，没大样儿的模样。

记得他曾背我走过一条小小的马路。

记得我们在外置电梯上，将双手齐齐贴到透明玻璃上，他告诉我，这样就可以变成在空中飞行的超人了。

记得记得，我都记得。只是要记下来，因为我怕，就这样突然忘记了……

巨大的悲伤突然袭来，我原以为我能撑过去。

但七天后，我放弃了。

今天，冒着大雨，我独自一人来到了 Alex 的门诊。

"你的意思是，箫健混得好，所以，你不快乐?" Alex 疑惑地望了望我，眼睛中似乎满是失望。

是呀，我怎么糟糕到，这么久仍然耿耿于怀，不肯放下呢?

"好吧。你先告诉我: A. 你还爱着他。B. 你不爱他，你恨他。C. 你不爱也不恨他。这三项你选哪一项?"

我犹豫了一下，不知道该如何选择。

"好吧。我们来逐个分析。

A. 你还爱着他。一个你爱的人过得好，你应该快乐。

B. 你不爱他，你恨他。你应该不会蠢到用'一个你恨的人的幸福'来惩罚自己，让自己不快乐吧? 如果你不蠢，你仍然快乐。

C. 你不爱也不恨他。拜托，一个陌生人过得好不好，和你有神马关系? 所以，你还是快乐。对不?"

"Alex，道理我都懂。但我还是很难受。哎，想想小雪，总会觉得很心酸。你看看人家，怎么就既能有金钱，又能获得真情呢? 凭什么呀?"

"你心里在和箫健的老婆做较量。对不? 这世界上若干美貌富有的女子你不羡慕嫉妒，唯独羡慕嫉妒她。……嗯，你心里还是有前男友，对不? ……你的痛苦，在于你心中仍有他。你心中有他，于是他飞黄腾达，你会痛苦; 他穷困潦倒，你还是会痛苦。你心中有他，他有风吹草动，你都会心有所感，心有所念，心有所恋。你之所以痛苦，就是因为你从来都未曾学习过，如何从心中割舍一个人。如果他不在你心中，那一切的一切都会迎刃而解。所以，解锁的

第十二章 箫健的婚讯

钥匙其实就在你的心中。不是吗？”

“可又如何才能割舍呢？这样的事情我做不到。我想在心底为他保有一个位置，直到永远。”

“好吧，”Alex 无奈地看着我，“这就好比你的牙齿发炎，你还想吃辣椒。牙痛必须要戒掉辣椒。你看看你，一边明知道会痛，一边还自虐般地去翻人家的空间。痛都是活该的。或是选择痛，或是选择戒，你自己选一个吧。”

“可我不想选啊！我甘心自虐。”

“正所谓‘求之得之’，便是幸福。你若求自虐，得之便已是幸福。”

“但我不幸福。”

“所以，你的所求并非自虐呀。”Alex 挖了一个大大的坑，让我跳了进去。

“好吧，我承认，我不想自虐。”

“说到底，你想得到的是幸福。你的目标并不是萧健，和小雪也更无关系。你的所愿其实是幸福，对不？这才是你的真心。”

好吧，我默默地点点头：“我曾一直认为，萧健就是我的幸福。”

“但如今已经不是了。你未来的 MR RIGHT，他托我捎给你一封信，你愿意看吗？”说着，Alex 交给我一封信。

信笺是漂亮的淡粉色，还有一个小小的精致的蝴蝶结。我缓缓地展开了它。

2. MR RIGHT 的来信

亲爱的小艾：

我不知道你在这个地球的某个角落里孤孤单单地等我等了多久。我想跟你说，我也同样焦虑地等待着与你重逢的那一天，我时刻准备好了一颗爱你的真心。我知道，也许你在遇见我之前，曾经遇见过一个很像很像我的人。但，不要难过与他的分离，他再像我，毕竟不是我。他再好，但唯独少了一颗与你白头偕老的心——就像一部再好的跑车，却没有发动机一样。

小艾，你放心。我仍在茫茫人海中奋力寻找，我知道在寻找的过程中，我也可能会遇见与你很像很像，却不是你的人。这便是上帝带给我们的考验，他在考验我们的眼光是否足够毒辣，能否透过层层迷雾寻找到真爱；他在考验我们的意志是否足够坚定，能否历经磨难仍保有最初对爱的信仰；他在考验我们的内心是否足够强大，能否不受挫折与失败的困扰，时刻保有我们自己那份简单的快乐。人生途中所遇的各种安逸、各种甜言蜜语、各种诱惑，为的都是让我们在悲伤中多沉浸一天，这样我们就会晚一天相见。我知道，你为上一段错误的爱已经耽误了整整一年，但不要忘记，我们之间七十年甜蜜的约定。所以，别再为一年的错误投资，彻底毁掉你余下的七十年。要知道，你和 MR WRONG 纠缠得愈久，我就会愈加感到悲凉和惶惶然。

所以，请坚定地走出来，坚定地去接受精神上无所傍依的那段痛苦煎熬，坚定地去割舍掉一段并不适合你的恋情，坚定地等待我们重逢的那一天。

直到，有天，你能做到，即便在精神上无所依靠，你仍能自给自足地感受到生命的欢乐；直到，有天，你发现了，所谓幸福与快乐，是一种你能给予别人的馈赠，而非只能从别人那里讨要来的施舍；直到，有天，你成为了那个最棒的你自己的时候，我一定会在你最美好的时候遇见最美好的你。

我等你，永远。

你知道我在等你。

你一定知道！

永远爱你的 MR RIGHT

不知不觉，我的泪水已经冲破了我的眼眶。

"Alex，真的有 MR RIGHT 吗？他真的在等我吗？"我将这封信捧在胸口，仿佛捧着一颗真心。

"你若相信，他便一定存在。唯有认真对待自己的'喜欢'、认真要求自己的'未来'的人，才有资格收获一个自己'喜欢'的人，以及一个自己想要的'未来'。再说，乐观可以有效控制焦虑和抑郁的出现，在未来一年内降低患抑郁症的一半概率。"

"Alex，谢谢你。"

"哦，小艾，除此之外，我还想说，我从不在任何时候和任何人做任何比较。如果比的话，那好，我只比谁更快乐。"

"好好好。"我赶紧擦了擦我的泪水。

是呀，就像 MR RIGHT 所言，我必须做到即便在精神上无所依靠，仍能自给自足地感受到生命的欢乐。

"一个人来到世上，如果他在精神上没有经历'孤儿'的阶段，他就永远不能长大、成熟、发展起自己的世界，而只能是一只寄生虫。[①]"

好吧，也许我真的应该重新起程了。

多艰难的岁月，隔着时光回望都是美丽的。

我要努力走出这段艰难，走进一片新的阳光里。

晚上睡觉前，我摘了一小朵连翘花放在枕头下面。

连翘花有着它小小的魔法，放在枕头下，就能梦见你的 MR RIGHT。MR RIGHT，希望我能梦见你。

3. 本章复习

（1）失恋之人之所以痛苦，就是因为失恋之人从来都未曾学习过，如何

---

① 语出自残雪。

第十二章 萧健的婚讯

从心中割舍一个人。如果他不在你心中，那一切的一切都会迎刃而解。所以，解锁的钥匙其实就在你的心中。

（2）唯有认真对待自己的"喜欢"、认真要求自己的"未来"的人，才有资格收获一个自己'喜欢'的人，以及一个自己想要的'未来'。

（3）直到，有天，你能做到，即便在精神上无所依靠，你仍能自给自足地感受到生命的欢乐；直到，有天，你发现了，所谓幸福与快乐，是一种你能给予别人的馈赠，而非只能从别人那里讨要来的施舍；直到，有天，你成为了那个最棒的你自己的时候，MR RIGHT 一定会在你最美好的时候遇见最美好的你。

4. 超级练习册

总有人会对 Alex 说，道理我都懂，但就是没有办法落实到行动上。哈佛大学商学院 MBA 学员，要在两年时间内分析至少 400 个案例，以缩小知行之间的差距，或许足够多的案例分析能够帮助到你。

附录　遇见灵魂伴侣的 101 个办法

1. 参加朋友的聚会，或自己举办聚会，与朋友们一起跳舞。通过朋友引荐结识新朋友是最好的办法。

2. 朋友失恋后，给他打电话，向他发出邀请。

3. 联络已经丧偶或者离异的朋友，即使过去你们没能擦出火花，现在却可能萌生爱意。

4. 参加"收养单身"计划。请求一对已婚夫妇收留你三个月，并把你介绍给他们的朋友。在此期间，你可以让他们讲讲恋爱成功的经验。多花些时间与那些生活很幸福的已婚夫妇在一起，他们能够感染你，能在你的头脑中树立积极健康的情侣形象，他们相亲相爱的情形，会告诉你什么是和谐的两性情感关系。这些都有助于你选择到最适合你的那个人。如果你本来就拒绝异性，不愿与之接触，那么你根本不可能找到与你真心相爱的人，你将无法得到成功的恋情。

5. 参加一个社区活动或者爱心志愿者活动，比如"关爱贫困人口"或者救助孤儿。在这个过程中，你不仅自己会感觉到幸福与快乐，并且你也有机会遇到欣赏你的人。

6. 去那些你可以遇到许多专家的地方，让他们给你提供一些适合的建议。对别人提供给你的爱情帮助或支援，千万不要迟疑，快快接受它。

7. 参加一个口碑极好、颇受欢迎的课程，讲授课程的教授或老师一定要风趣幽默、循循善诱。在课堂里，轻松的环境会使你幽默感倍增。你还可以邀请有可能成为情人的同学帮助你共同完成作业，或者一起做一个课题。

8. 参加校友聚会可能会给你带来惊喜。许多人相隔数年之后，再度重逢，很有可能就会坠入爱河。

9. 去一个你从来没去过的地方，很自如、很放松地和别人打声招呼，这样做不是为了找恋人，而是为了锻炼与人结识的能力。

10. 总有一些人是你真心想要遇见的。在交往中，通过谈论你们两人都熟悉的话题，使你们的关系更进一步。

11. 去那些你占有绝对性别优势的地方。女人应该去男人频繁出现的地方，而男人应该到女人常去的地方。

12. 去参加城市集会。在那里，你会遇到很多人，并且与他们交流彼此的观点。倾听和支持某个人的信仰，并且当那个人受到挑战或质疑时，坚决地拥护他（她），就可能使他（她）成为你终生的益友。

13. 去那些你平时并不常去的地方。那里的人们都热衷于做一些你并不感兴趣的事情。比方说，如果你平常不愿意去美术馆，那么你就找个合适的时间去吧，有什么不懂的，你可以尽情地向艺术爱好者们咨询。

14. 在餐厅里用餐，女人应该多走动几次，到休息室里，以便男人有机会看到你，并对你产生兴趣；而男人面对自己有意了解的女性，应该更大胆一点，可以径直走上前去与她打招呼。如果你生性羞涩，可以递给她一张你的名片。

15. 与你感兴趣的人进行目光的交流。女人完全可以左顾右盼，环顾四周，看似在与朋友聊天，实则借聊天之时，寻找机会。看到中意的男人，你大可以回过头去，对他微笑。这就等于给男人发出一个清楚的信号，你对他感兴趣。

16. 去一个能够展现你靓丽风采的地方。如果你喜欢穿泳衣，那么就去海滩。如果你不喜欢，也没关系，你可以去让你觉得自己最美丽的地方。

17. 即使在休息时，也不妨偶尔穿一下制服。这使你看起来更容易为他人所接受，别人能够以某种方式问你问题或者寻求帮助。

18. 在集体中，努力制造独行的机会。让一个男人接近在一起的一群女人中的一个，那将是一件非常令人害怕的事情。如果他的邀请遭到了她的拒绝，他就会知道，在他转身离去时，这些女人肯定要在背后七嘴八舌地议论他。

19. 在一次聚会上，一个女人不停地走来走去，男人是很容易接近她的。所以，男人千万不要总死死地坐在沙发里，主动出击，相当必要。

20. 人们在厨房里聊天总是最舒服的，所以要多和朋友去食物丰美的地方玩。

21. 多参加教堂或学校的募捐、集会、重大事件的庆祝活动。

22. 如果你能够操持教堂、学校和社区的活动，那就更好了。

23. 参加教堂的援助小组。处于为他人服务的状态下，也是最容易为人所接近、了解的。他们能够提供帮助，他们同时也在寻求帮助。

24. 做那些你并不特别擅长、需要得到他人帮助的事。

25. 如果你是一个"单身家长"，你可以去结识你孩子玩伴的父母。通过分享育儿经验，与他们成为朋友。与他们缔结深厚的友谊，将有助于你遇到中意之人。

26. 在学校、教堂或者社区的庆祝会上，主动摆座位或者码放挂名牌。这

种方法可以让你与参加该会的每一个单身人士取得联系。

27. 在"火星与金星"研讨班中帮忙或者参加学习，当然，你也可以参加任何其他针对单身人士举行的活动，这样你可以遇到那些与你有着共同想法与价值的人。

28. 如果你是一个民主党，你可以去共和党的集会，让他们试着说服你认同他们的观点。这无疑将颇费口舌，但却使你们能够充分交谈，密切彼此的联系。

29. 如果你平时对园艺不感兴趣，那么你可以尝试参加一个园艺辅导班，去一个公共的花园，或者从那些喜爱园艺的人们聚集的花卉市场上买一些花草回来。

30. 如果你不了解本地历史，那么你可以到镇上进行一次徒步旅游，你可以向你所在社区的人咨询各种问题。

31. 如果你不会操作计算机，那么你可以多花些时间逛逛计算机商店，向店员求教；或者去每年的计算机展销会，在那里欣赏最新的、设计精巧的计算机。

32. 如果你对理疗不感兴趣，并且从没体验过，你可以参加一个个人能力拓展工作室，在那里，你会遇到许多热爱理疗并从中受益的人们。

33. 如果你平时不爱看星期一傍晚的橄榄球赛，那么请你开始关注当地所有的体育赛事，如少儿足球、棒球、篮球、橄榄球以及职业体育赛事。你可以问别人任何有关此类运动的问题，了解比赛的规则，了解球场上踢中卫的那个运动员叫什么名字。

34. 带着食物去参加社区的活动。

35. 如果你没有宗教信仰，那么请开始访问当地的教堂或者犹太人会堂，或者到一些其他的地方朝拜。你可以向那些参加这个宗教活动的朋友咨询。

36. 如果你总喜欢把书买回家看，那么你可以试着在图书馆逗留一下。在那里，人们只读书，却从不买下它。

37. 如果你平时不读书，那么你可以到书店逛逛，也可以问问周围的人，了解他们最喜欢读的书。你可以开始与某些人交谈，问许多有关书的问题，然后逐渐了解他。

38. 你钟爱的作者举办签名售书活动时，一定要参加。

39. 如果你经常在家吃饭，那么试着多去餐馆吃几次。

40. 如果你经常光顾一家餐馆，那么偶尔试试别家的口味如何。

41. 如果你不习惯早起，那么不妨破例几次。你可以在清晨的空气中，散散步或者慢跑一下，你将会发现另一片天空。

42. 如果你经常开车上班，那么下周再换一个时间散步。不断更换时间，最终你将会遇到更多的人。反复见面能够让你们逐渐熟悉，有可能产生情感

反应。

43. 如果你总去看电影，那么你不妨到音像店逛逛。如果在那里发现了让你有些感觉的人，你就可以与他（她）聊聊电影。

44. 如果你平时很少去剧院，你可以试着去一下那些为戏剧而开设的酒吧和餐厅。

45. 如果你爱看戏剧，却很少看电影，那么去看一场刚刚开始放映的新片，买票的人肯定很多，你将在排队中，认识陌生人。

46. 如果你从不参加开幕式或者大型的活动，那么你的灵魂伴侣就有可能找不到你。

47. 如果你喜欢歌剧却不喜欢流行歌曲，也从没参加过歌星演唱会，那么你可以试着与朋友们一起参加一次这样的音乐会。你可能会在那里发现你的灵魂伴侣。

48. 如果你不喜欢跳舞，那么你绝对有必要强迫自己出去跳舞。你可以参加舞蹈课，并且报名参加业余舞蹈比赛。

49. 如果你喜欢精美的菜肴，你可以参加烹饪班，学习厨艺。

50. 如果你热爱厨艺，会做许多拿手菜，一定不要错过任何可以在朋友们面前大显身手的机会，让所有人都知道你的厨艺有多么棒！

51. 如果你喜欢喝酒，经常光顾同一个酒吧，那么试着去一家咖啡馆，在那里没有酒精可以提供。你的灵魂伴侣可能正坐在那里，悠闲地喝咖啡呢！

52. 如果你不喜欢听闹哄哄的音乐，那么你可以约几个朋友一起出去，到那些音乐声很大很吵的地方，大跳特跳一番。如果你遇到了让你怦然心动的人，那么一定要让他（她）知道，你想要与他（她）约会。

53. 如果你对水上运动不感兴趣，那么你可以选择一个水上运动基地，度一次假。

54. 如果你从没进行过海上旅游，不妨试试，《泰坦尼克号》里的恋情就是这么发生的。

55. 如果你只是不能忍受排队漫长的等候，那么至少要站在队列外来回转转，装作你正在寻找什么人一样。

56. 如果你经常自带午餐，那么也要试着偶尔在外面吃一顿。

57. 你可以暂时放下手中的工作，喝一杯茶或者咖啡。就这一杯茶的工夫，你就有可能遇到某个新朋友。

58. 你可以多花一些时间逛逛市场，没准儿你的灵魂伴侣恰恰是擅长厨艺的美食家呢！

59. 如果你更喜欢健康食品及营养配餐，没准儿你的灵魂伴侣却不懂这些，正等着你去点拨他（她）呢。所以，你也可以偶尔光顾一下快餐店，吃些快餐食品。

60. 如果你的品味高雅，经济宽裕，喜欢一些颇费脑筋的娱乐项目和昂贵的食品，那么你可以试着约朋友们一同出去，做一些既简单又能放松身心的娱乐项目。

61. 如果你总是浓妆艳抹，或者把自己打扮得珠光宝气，那么你应该试着化化淡妆，有时候甚至完全可以不化妆出去。你的灵魂伴侣没准儿就喜欢你本来的面目，要想让他接受你化妆后的容颜，可能要花些时间。

62. 如果你总是着装性感、暴露，赢得极高的回头率和男人贪婪的目光，那么你应该试着穿正规一点的服装，吸引那些更有辨别力的男人，他们除了对你的外表感兴趣外，还想进一步了解你的内心。

63. 你可以参加一些正式的晚宴。在那里，每个人看起来都神采奕奕、精神抖擞。西装革履的男人和打扮得体的女人总是会有许多的机会相互沟通。

64. 当你度假时，喜欢坐在海边，却从不泡游泳池，那么试着改变一下。坐在游泳池旁，同样也可以让你结识许多朋友。

65. 如果你不喜欢沙滩，更愿意坐在泳池旁，那么试着到海边漫步，你的灵魂伴侣可能喜欢沙滩呢。

66. 如果你不喜欢日光浴，那么你可以到日光浴旅游胜地，你的灵魂伴侣可能特别钟爱日光浴。

67. 如果你不喜欢宿营，那么你现在就可以开始新的探险啦！你可以先到户外用品商店逛逛，问些有关野外活动的问题。结识一些朋友，一起到某个地方宿营，在那儿，你可能会遇到其他的野营者和徒步旅行者。

68. 如果你不喜欢骑车，那么你可以参加一个喜欢骑车探险的团体。即使他们当中没有一个是你想要的那个人，通过他们，也有可能找到你的灵魂伴侣。

69. 如果你不喜欢滑雪，那么你可以到滑雪爱好者俱乐部去，和他们一起吃饭、喝酒或者消磨时光。

70. 男人参加健美操班，可以遇到许多女人；女人到健身房，也可以遇到很多男人。

71. 参加探险旅程，你会认识许多新朋友。

72. 如果你喜欢室内锻炼或室内运动，那么试着到户外走走，参加一些户外体育项目。通常来说，喜欢室内运动和经常户外运动的人最容易擦出火花。

73. 如果你是个早起的百灵鸟，你可以晚些起床，迟些出门。最适合你的那个人没准儿是个擅长熬夜的猫头鹰。

74. 对学校举办的活动，如节目演出、庆祝活动、募捐筹集和体育活动等，你要格外留心，经常参加。在这些活动中，你有机会因为同一个理由——爱孩子，而找到共鸣。

75. 女人特别愿意被那些照顾孩子或宠物的男人吸引。当一个男人正在牵

着狗散步时，女人愿意与他攀谈，聊聊宠物。

76. 如果你经常穿着得体，那么不妨偶尔也穿一些休闲的便装。

77. 如果你的生活总是秩序井然，连你的业余时间都安排得满满的，那么你可以试着随意过一个轻松的周末。有时候，我们为自己的头脑所左右，没有机会听从心灵的召唤，去找我们的灵魂伴侣。

78. 如果你习惯与朋友结伴而行，那么你可以试着自己一个人出去。一个人通常更容易感受渴望得到支持的需要，同时也乐意认识陌生人。并且，只有你一个人的时候，其他人才更愿意给你提供帮助，为你服务。

79. 如果你从没骑过马，或者你压根儿就不喜欢骑马，那么是时候享受风驰电掣的感觉啦！

80. 如果你不喜欢开快车，你可以到业余赛车场玩一天，没准儿你的灵魂伴侣就喜欢追风逐电。

81. 试着到野外进行一次徒步旅行，也许会在那里遇到你的灵魂伴侣。当然，出于安全考虑，也不一定非得只身体验，有许多团体可以支持你。甚至，你还可以去野营设备专卖店，那里的店员就能给你需要的帮助。

82. 如果你从没去过旧货市场，那么是你大买特买的时候了，你的完美情人可能正等在那儿。

83. 如果你经常沿着固定的路线上下班，那么试着改变一下，创造新的机会。

84. 如果你总把车停在单位的车库里，试着偶尔将它停在路边或者稍远一些的地方。步行不仅可以锻炼你的身体，还能让你结识新的朋友。

85. 报名参加一个团，进行一次漂流探险。当你不知道有什么人与你一同探险的时候，一个崭新的自我就被唤醒了。

86. 如果你喜欢摇滚音乐，那么你要试着听一听交响乐或者歌剧。幕间休息时，你可能会发现你的灵魂伴侣正在食物和饮料的柜台前呢。

87. 与人约会，不必非要等到周末，周一至周五，人们很少有安排。因此，这些晚上也许更方便。

88. 许多情侣有不同的温度喜好。如果你喜欢温暖的地方，那么试着去体验一下更为寒冷的天气，可以去滑雪。如果你喜欢寒冷，那么就试着去热带的阳光海岸度假。

89. 如果你对高科技产品一无所知，那么就去出售那些产品的市场走走，多问一些问题，自然会有喜欢高科技产品的人过来帮助你。因为男人在女人面前特别喜欢成为某一方面的专家。

90. 如果你对欣赏美景提不起兴致，那么去一个久负盛名的地方吧，那里景色壮观或风光秀美，看看你是否能找到你的爱。

91. 浏览你所在的城市。你假装成从外地来旅游的游客，你就会有很多机

会认识许多好心人，带你参观这个城市，与你分享旅游的乐趣。有时候，你还会听到一些你居住这么久以来，从未听到的轶闻趣事。或许在交流的过程中，你就会遇到适合你的那个人。你还可以参加旅游团队，一起游览城市中所有的景点，没准，你的灵魂伴侣可能就是游客中的一员。

92. 如果你因为自己迟迟不能结婚而讨厌参加别人的婚礼，那么你应该开始改变习惯了。婚礼上的人最富于灵感，最乐于交谈，每个人都深为婚礼的喜庆气氛所感染着。在这样的气氛中，最容易认识并发现适合你的人。

93. 与朋友一起去喜剧俱乐部。你开怀大笑、心情愉快时，就是最迷人、最美丽的你。有时候，当你自我感觉最好的时候，就会吸引最适合你的那个人。

94. 你心情不好的时候，可以做一些平常最不喜欢做的事，这并不会让你感觉更坏。我们情绪不佳时，更能深切地体会到内心深处被人爱和爱别人的渴望。正是这种暂时的脆弱，能够吸引到最适合你的那个人。当我们最穷困潦倒、最落魄的时候，我们才最需要帮助、最需要爱，这时，可爱的天使就会赐予我们奇迹。

95. 有时候，你也可以通过征婚广告找到合适的伴侣。你要注意，写征婚广告，要准确、清晰地表达出最自信、最积极的自我。女人不要写一些句子去迎合男人，而应该着重写自己想要一个什么样的男人，自己最喜欢什么。男人的征婚广告就需要站在应聘者的立场，他需要以吸引眼球的词语描述自己，并且展示他能提供什么，同时将来还会有什么可能。简单地说，男人必须说明他能够给予什么，而女人则需要标明她喜欢接受什么。

96. 婚介所也是遇到可心人的好地方。在那里，你将在尚未与某人见面之前，就对他（她）有一个大致的了解。如果你从没考虑过婚介服务，而又为孑然一身而深感苦恼，那么不妨试试婚介所，没准儿你的灵魂伴侣就在那里等着你呢。（个人小语：我个人感觉这个希望不大＝。＝）

97. 如果你已从学校毕业多年，那么试着继续接受教育。你可以报一个班，学习以前从没接触过的东西，这样的学习班最好要涉及实验、课题和讨论。

98. 加入一个合唱团，练习合唱。唱歌能使你疲惫的身心得到放松，并且带给你快乐。

99. 去那些会员制的度假酒店，在那里你只需一次付费，就可以享用一切。

100. 你自己开的杂货铺是认识人的极好地方，你可以通过切磋烹饪、询求建议等等方式认识许多人。在店里，要经常练习向别人询问或者给购物者提供帮助。

101. 飞机上也是邂逅佳人的好地方。你可以在休息室附近走一走，当你

在那儿排队等候的时候，不妨与周围的人寒暄几句。在这里，极容易与陌生人沟通。一定要记得在走廊里来回走走，如果你的灵魂伴侣恰好在那儿，这么做可以让他（她）发现你，或者让你发现他（她）。①

待续……

小艾恋爱记

① ［美］约翰·格雷：《男人来自火星，女人来自金星2》，白莲译，长春，吉林文史出版社，2010。

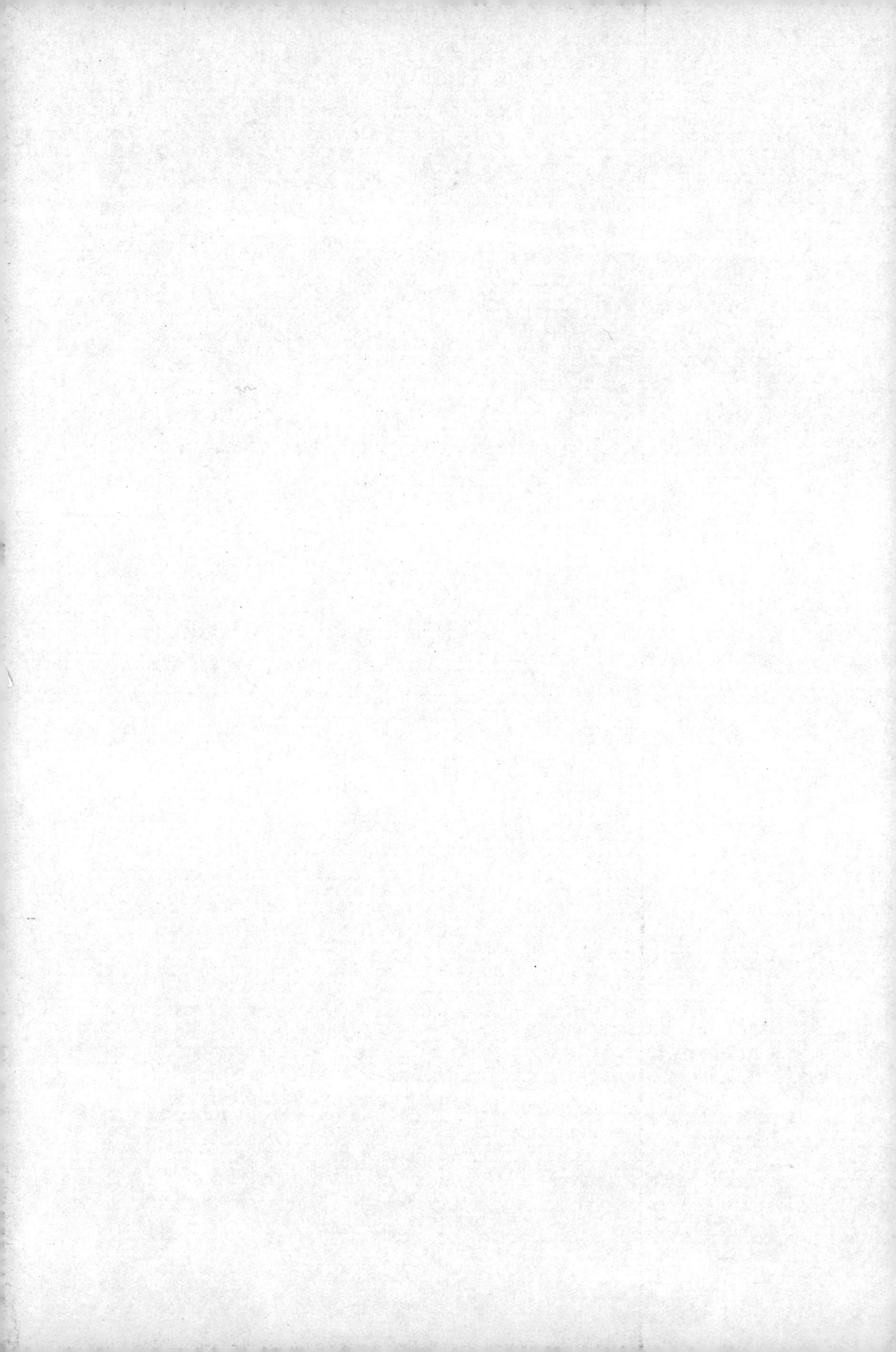